# 잭과 천재들 3

아바, 잭 그리고 매트와 같은 아이들을 위해
훌륭한 일을 해 주고 계신,
수양 아이들을 키우는
세상 모든 가족에게 바친다.

와이즈만
청소년문학
03

# 잭과 천재들

Jack and the Geniuses

**3**

## 정글에서 길을 잃다

빌 나이 · 그레고리 몬 지음
남길영 옮김

와이즈만 BOOKs

목차

**일러두기**

1. 옮긴이의 역주는 본문에 * 표시로 처리했습니다.

2. 이 책의 배경이 된 아마존 정글은 지구상에서 알려진 종들의 25%를 품고 있으며 지구 표면에서 생성되는 광합성의 5%를 담당하고 있는 곳입니다.

3. 이야기 속에 나오는 발명품들과 기술은 실세 현실에 바탕을 두었으며 부록에서 자세히 소개하고 있습니다.

# 1

## 보라색 복면을 쓴 남자

 우리 셋은 흩어져서 엉망이 된 연구실 이곳저곳을 살폈다. 전날 밤 이곳을 나설 때만 해도, 모든 것이 아주 완벽한 상태였고 내가 바닥까지 깨끗하게 청소를 해 두었다. 그런데 바로 다음 날 아침, 이 거대한 연구실이 완전히 난장판이 된 것이다. 연구실 천장을 맴돌던 새 모양의 드론들은 산산이 부서진 채 바닥에 널브러져 있었다. 자율 주행차 내부도 엉망이 됐다. 뜯겨진 계기판 밖으로 빠져나온 전선들은 마치 스파게티 국수 가락처럼 보였다.

피자를 구워 내는 우리의 휴머노이드 로봇, 해리도 파손되어 전선 가닥들이 바퀴에서 삐져나와 늘어져 있었다. 6미터 깊이의 잠수함 시험용 수조에 생긴 작은 균열을 통해 새어 나온 물이 바닥으로 흘러내리고 있었다. 매트는 연구실을 가로질러 걸어가더니 컴퓨터 키보드 앞에서 몸을 숙인 채 모니터를 살폈다. "대체 누가 이런 짓을 저지른 거지?" 그가 물었다.

아바는 바닥에 주저앉아서 널브러진 드론 하나를 집어 마치 날개를 다친 새를 다루듯 조심스럽게 자신의 허벅지에 올렸다. "그리고 왜 이런 짓을 한 걸까?"

내가 짚이는 게 있어서 그 얘기를 꺼내려는데, 머리 위쪽 창문이 폭발했다.

부서진 유리가 자율 주행차로 비처럼 쏟아져 내렸다. 까만 육면체가 차량의 둥근 지붕으로 튕겨 올라오더니 쿵하고 바닥으로 굴렀다. 순간적으로 나는 그 물건을 수류탄이라고 여겨서 누구든 다치기 전에 그 폭발물을 얼른 집어 들어 영웅처럼 공중으로 높이 던져 버리는 상상을 했다. 그러나 바닥을 구르던 그 물건이 멈췄을 때, 그제야 그게 카메라임을 알았다.

매트가 내 쪽으로 뛰어와 천장을 가리켰다. 연구실은 10층 건물 높이의 커다란 하나의 열린 공간으로 되어 있지만, 승강대의 벽을 따라 여러 개의 연구 공간이 있는 구조다. 각각의 연구 공간은 바닥에서부터 천장까지 나선형의 계단처럼 뻗어 있는데, 그 공간 중 파손된 창문을 통해 모락모락 수증기가 새어 나오고 있었다. 얇은 검은 밧줄이 승강대에서 바닥까지 길게 매달려 있었다. "저기가 생물권역 연구실 아니야?" 내가 물었다.

"맞아, 그런데 누군가 저 안에 있는 것 같아." 매트가 속삭였다.

"오, 이런, 세상에." 아바가 반응을 보였다.

"혹시, 행크 박사님이 계신 거 아닐까?"

연구실 안쪽에서 불꽃이 튀겼다. 한 남자가 욕설을 해대며 소리를 질렀다.

"저건 행크 박사님 목소리가 아니잖아." 아바가 말했다.

우리가 행크 박사라고 부르는 그분의 이름은 핸리 워더스푼이고, 이 연구실의 주인이다. 그분이 우리들을 이 연구실에서 일을 하도록 해 주셨고, 또 우리를 챙겨 주고 계신다. 돌봐 주신다고도 할 수 있다. 그런데 우리는 3주째 박사와 연락이 닿지 않았고, 그를 보지도 못했다. 3주나 연구실을 비우는 일은 좀처럼 없는 일이고 더욱이 이메일이나 문자 메시지 한 통도 남기지 않은 것은 매우 이례적이다. 솔직히, 이모티콘 하나만 남겼어도 우리는 안심했을 것이다.

그런데 행크 박사는 좀 평범한 분은 아니시니까, 아마 그럴 만한 충분한 이유가 있었을 거다.

참, 어쨌거나, 박사는 그토록 아끼는 자신의 연구실을 망가뜨릴 아무런 이유가 없다. 특히나 지금 우리가 올라가고 있는 그 공간은 더 그렇다. 유리벽으로 만든 생물권의 그 연구실은 박사가 가장 좋아하는 공간이기도 하다. 우리가 사는 아파트의 약 반 정도 크기의 모형 생태 공간은 실제 세계 생물권의 규모를 축소해서 만들었고, 다른 공간들도 그렇게 만들어졌다. 그러나 지금 생물권 연구실은 전깃불만 들어왔다 나갔다 깜빡이고 있었다. 연구실 내부에서 공기는 약 20여 종의 식물들과 나무들 사이로 순환하고, 물은 축소형 개울을 따라 흘러가면서 증발하고 응결된다. 태양열을 동력으로 작동하는 숨은 펌프가 물을 계속 흘러가는 구조다. 물론, '출입 금지'나 '주의'라고 적힌 안내판이 미끼처럼 궁금증을 자극했지만, 그래도 우리들 중 누구도 그 연구실로 들어가지 않았다. 당연히 나도 들어간 적이 없다. 정말이다. 딱 한 번 예외가 있기는 했는데, 그래서 내가 그 공간에 대해서 많이 알고 있다.

매트가 내 팔꿈치의 셔츠 자락을 잡아끌었다. "우리 여기서 나가자." 매트가 목소리를 낮추며 말했다. "행크 박사님이 돌아오신다고 말씀하셨단 말이야."

그 말은 틀렸다. 행크 박사는 언제나 별다른 예고 없이 나타나고 또 사라진다. 그렇다고 형의 말이 틀렸다며 덤비지는 않았다. 나는 아바를 쳐다보았다. 아바는 미동도 없이 서 있었다. 형도 입으로는 나가자고 하면서도 정작 나갈 준비는 하지 않았다. 형도, 아바도 나가자고 선뜻 앞장서지 않았다. 이럴 때 항상 앞장서는 사람은 나다. "좋아, 내가 가서 확인해 볼게." 내가 얼른 말했다.

매트가 작은 작업대로 가더니 망치를 움켜쥐고 왔다. 아바가 매트를 힐끗 보더니 입모양으로 말을 했다. "정말 그거 쓰려고?"

몸은 운동선수처럼 근육질이지만, 정작 격투 실력은 걸음마를 하는 아기 수준인 우리 형은 아바의 말 한마디에 바람 빠진 공처럼 이내 기세가 수그러들었다. 망치가 있든 없든, 형은 그 누구와도 싸움을 벌일 생각은 없었다. 우리 중 어느 누구도 그럴 의도는 없었다. 형은 조심스럽게 망치를 다시 제자리에 가져다 두었고, 우리는 닌자들 마냥 조용히 연구실을 가로질러 걸어 들어갔다.

자, 이쯤에서 행크 박사의 연구실에 대한 이야기를 좀 해 보겠다. 연구실은 조금, 아니 상당히 특이한 공간이다. 연구실 내부에는 잠수함이나 로봇식 보트, 그리고 산소통 없이 물속에 머물 수 있는 잠수복을 시험하기 위한 거대한 수조가 있다. 유리로 둘러싸인 화성 모형 공간은 실제 화성의 모습을 거의 완벽하게 재현하고 있다. 모든 종류의 탈것들과 로봇들, 그리고 두 개 교실을 가득 채운 학생들이 이용하고도 남을 만큼 많은 컴퓨터들이 여기저기 설치되어 있다. 여기까지는 단지 1층에 있는 시설물일 뿐이다. 천장을 향해서 나선형으로 돌며 올라가는 구조의 각 층의 승강대가 모형 공간을 떠받쳐 주고 있다. 생물권 공간은 4층 승강대에 위치해 있었는데, 행크 박사가 다시 디자인해서 몇 층 더 높은 위치로 이동시켰다.

맨 처음 행크 박사가 우리를 연구실로 초대했을 때, 나는 박사가 어떤 방식으로 각 층의 승강대에서 다른 층으로 이동하는지 도저히 알 수 없었다. 백화점의 마네킹을 15미터 공중으로 날릴 수 있는 정도의 거대한 투석기를 보며 박사의 흥미로운 계획을 짐작했지만, 그는 훨씬 손쉬운 방법을 개발했다. 생물권 연구실이 있는 층의 승강대에 그대로 매달려 있는 로프를 보니 침입자는 그걸 발견하지 못했던 모양이다.

아바가 그 로프를 잡아서는 내게 슬며시 건네며 말했다. "침입자가 벳시는 사용하지 않은 것 같네."

벳시가 아기나 고양이 이름은 아니다. 나의 여자 형제, 아바는 자신이 만든 발명품에 이름을 붙여 주길 좋아하는데, 벳시는 믹서기 크기의 모터가 달린 그녀의 발명품이다. 기다란 로프를 지붕이나 발코니까지 작동시켜서 배트맨처럼 재빨리 높은 곳으로 데려다준다. 행여 이런 말을 내가 전했다고는 아바에게 이르지 마시길. 왜냐면 아바는 수퍼 히어로라면 질색한다. 자, 한번 보시라. 비록 내가 지난주에 한번 사용해 보려다 손가락을 삐기는 했지만, 벳시는 정말, 그야말로, 대단한 발명품이다. 그런데 지금은 벳시를 사용할 때는 아니다. 우리는 안전을 위해서 숨죽이고 조용히 있어야 한다.

"내가 평소처럼 그냥 가 보는 게 낫겠어." 내가 말했다.

아바가 등대 그림 뒤에 숨겨진 빨간색의 토글 스위치를 얼른 켰다. 그러자 벽에서 24개의 계단이 희미하게 '우웅' 소리를 내면서 튀어나왔다. 그 계단들끼리는 서로 이어져 있지는 않았고 벽에만 연결되어 있었고 손을 잡는 난간 같은 것도 따로 없었다. 매트가 여러 번 발에 걸려서 금속 모서리 부분에 무릎을 부딪치자, 박사는 각 계단마다 얄팍한 네모난 고무판을 붙여 두었다. 이런 이유로, 나는 자연스럽게 그 네모 모양의 고무를 '매트'라고 부르기 시작했다. 아바는 내가 그 고무에 형의 이름을 붙여 부르는 걸 재미있어 했다. 형의 반응은? 당연히 별로 재미있어 하지 않았다.

우리는 서둘러서 승강대에서 튀어나온 계단, 매트로 올라가다, 1층 승강대에 멈춰 귀를 쫑긋 세웠다. 생물권 모형 공간에 침입한 자가 누구인지는 모르겠으나, 조용히 있을 생각은 전혀 없나 보다. 그 자가 욕하는 소리가 한두 번 더 들렸는데, 정확히 무슨 욕을 하는지는 알 수 없었다. 내가 스위치를 켜자, 다음 층의 승강대에서 계단이 나왔고, 우리는 조용히, 그리고 조심스럽게 계속 이동했다. 우리가 올라가자, 계단은 내벽을 따라서 시계 방향으로 다시 말려 들어갔다. 각 층의 승강대마다 특징이 있다. 1층은 모두 세포의 증식과 수확에 관련되어 있다. 2층에는 로봇 작업장이 있다. 또 다른 층에는 작은 벌레들이나 주변을 기어 다니는 미생물에 오염되지 않은 상태에서 실험할 수 있는 무균실도 있고, 온실과 3D 프린터도 있고, 그리고 마지막 층에는 생물권 모형 공간이 있다.

우리는 3D 프린터가 있는 승강대에서 멈추었다. 내 옆쪽 벽을 보니 형과 아바는 가장 성공적인 장난으로 꼽지만 내게는 몹시도 고통스런 기억이 떠올랐다. 벽에 달린 후크와 옷걸이에 '투명 망토' 표지판이 보였다. 그때 일을 설명하자니 너무 창피하다. 그런데 그 자리에 있어야 할 망토가 눈에 보이질 않아서, 우리는 그냥 계속 위로 올라갔다. 생물권 모형 공간에서 뭔가 첨벙거리는 소리가 났다. 형이나 아바 둘 중 어느 누구든 무작정 이리로 올라온 거라면? 이건 분명 좋은 전략은 아니다. 그러니 우리가 다시 내려가서 경찰에 도움을 요청한다 해도, 내가 딱히 막을 이유는 없었다. 그러나 아무도 도망칠 분위기는 아니어서, 내가 스위치를 켰다. 우리는 벽에서 계단들이 빠져 나오길 기다려서 살그머니 올라갔다. 침입자는 무어라 투덜거리더니 이내 노래를 흥얼거렸다. 팝송이었다. 아바나 매트가 침입자가 흥얼거리는 노래를 알까 싶어서 나는 그들을 향해 고개를 돌려 손짓으로 내 귀를 가리켰다. 그 천재들이 내 손 동작을 눈치챌 리가 없는데 괜한 짓이었다. 형도 아바도 제대로 음악을 감상하는 부류가 아니다. 형은 오래전에 죽은 옛날 사람들이 만들어 놓은 교향곡만 좋아하고, 아바는 자신의 머릿속엔 이미 복잡한 소음들이 가득해서 음악 멜로디 같은 걸 들을 여유가 없다고 말한 적 있다. "됐어. 신경 쓰지 마." 내가 입 모양으로 말했다.

흐려진 유리창에는 '출입 금지' 표지판이 붙어 있었다.

나는 문을 밀고 들어가 딱 버티고 섰다. 야구 모자를 눌러쓰고 눈만 드러낸 채, 얄팍한 보라색 스키 마스크로 얼굴을 가린 한 남자가 나를 쳐다보았다. 행크 박사와 비슷한 키의 그 남자는 반바지에 티셔츠 차림으로 짙은 파란색 연구실 가운을 걸치고 있었다. 회색 눈동자에 얄팍한 그의 눈썹이 놀라서 잔뜩 치켜 올라갔다. 단단한 근육질의 팔다리를 가진 남자는 꽤 멋진 검은 농구화를 신고 있었다. 만약 그가 우리 연구실에 숨어든 침입자만 아니었다면, 나는 어쩌면 그의 신발이 멋지다고 칭찬을 건넸을지도 모르겠다. 그는 얼음처럼 굳었다. 우리도 얼음이 되었다.

다음 순간 그가 연구실 가운을 머리 위로 홱 뒤집어쓰고, 무릎을 굽혀 가슴에 붙이고 웅크리고 앉더니 가운으로 무릎까지 덮었다. 내 뒤에 있던 아바가 뭔지 모를 소리를 냈다.

딱 꼬집어서 키득거리는 소리였다고는 말할 수 없지만, 거의 그런 소리였다. 왜 웃는 거지? 저 침입자가 자신들이 몇 주 전에 나한테 써먹었던 그 속임수에 넘어갔다고 저러는 거겠지. 우리 형제들은 기가 막히게 똑똑하다. 그야말로 천재들이다. 아바는 뭐는 만들어 낼 수 있고, 우리 형 매트는 위키피디아보다 더 많은 과학적 지식을 알고 있다.

하루는, 지나가다 우연히 벽에 걸린 가운을 봤다. 눈에 들어와서 가만 보니 그 위쪽으로 '투명 망토'라고 적힌 표지판이 있었다. 나는 천재들이 뭔가 또 다른 획기적인 물건을 만들었구나 생각했다. 그게 그들이 꾸민 장난일 거라고는 전혀 생각지 못했기에, 그 후 며칠 동안 나는 그 망토를 쓰고 연구실 이곳저곳을 누비며 다녔고, 나의 천재 형제들은 내가 진짜 안 보이는 것처럼 행동했다. 그러니 나는 망토를 걸치고는 사실 굳이 필요도 없는 사소한 물건들을 슬쩍슬쩍 빌려 썼다. 그 며칠 동안 나의 형제들은 자기들끼리 조용히 웃고 있었던 것이다. 그러다 내가 아바의 비밀 서랍에서 초콜릿 몇 개를 집어 들었을 때, 비로소 아바가 나서서 내가 자기 눈에 보인다고 말했다. 그제야 나는 그들이 장난을 쳤다는 것을 깨달았다.

자, 이제는 내가 나설 차례다. "지금, 우리 눈에는 당신이 보여요. 그건 그냥 가운일 뿐이거든요."

천천히 그 남자가 머리를 들어 올렸다. "내가 너희들 눈에 보인다고?" 그가 물었다.

"네, 보여요, 그건 투명 망토가 아니거든요." 아바가 말했다. "그런데, 누구세요? 대체 여기서 뭘 하고 있는 거죠?"

"저희 연구실에서 대체 뭘 하고 있는 거예요?" 매트도 한 마디 거들었다.

"연구실을 모두 엉망으로 만들었잖아요!" 아바가 말했다.

그 남자가 일어서더니 자신의 오른쪽 팔뚝을 감싸 쥐었다. "그 물건은 어디에 있는 거지?" 그가 물었다. 얼굴에 쓴 마스크 때문에 그의 목소리가 분명하게 들리지는 않았다.

"뭐가 어디에 있다는 말이죠?"

"썸(thumb, 엄지손가락*) 드라이브 말이야."

"무슨 썸 드라이브를 말씀하시는 거죠?"

"행크 박사의 가장 중요한 작업들이 저장된 거 말이야!"

대체 저 남자는 무슨 말을 하고 있는 걸까? 썸 드라이브는 또 뭐지? 그 남자가 앞으로 걸음을 옮기며 노려보았다. "경찰이 이리로 오고 있거든요." 내가 거짓말을 했다. "그러니 당장 여기서 나가시는 게 좋을걸요."

침입자의 뒤쪽에 있는 인공 개울물에서 한 생명체가 첨벙거리자 그는 자신의 팔을 다시 움켜쥐었다. 그리고는 나를 향해 달려들었다. 언젠가 나는 무술에서 검은 띠를 딸 거다.

**16**

아마 유도를 할 수도 있고, 아니면 쿵푸를 할 수도 있겠지. 어떤 무술이든 최소한의 훈련은 받아야 한다. 그때까지는 나는 불리한 입장이다. 왜냐면, 나의 반응 속도는 마당을 기어다니는 민달팽이마냥 느리니까. 내가 미처 상황 파악을 하기도 전에 그가 내 몸을 덮치더니 헤드록을 걸었다.

"썸 드라이브는 어디에 있지?" 그가 다시 물었다.

"지금 무슨 말을 하는지 저희들은 정말 모르겠어요!" 아바가 소리쳤다.

"저 사람을 그냥 가게 해."

형은 이례적으로 입을 꾹 다물고 있었다. 그 남자는 내 머리를 좀 더 단단히 쥐어 잡았다. 귀에 통증이 느껴졌다. 그는 내 몸을 방 밖으로 밀어내며 내 형제들에게는 다시 계단으로 내려가라고 소리쳤다.

"정문을 통해서는 절대 못 빠져나갈걸요." 매트가 말했다. "당신이 밖에 나서기도 전에 경찰이 먼저 이리로 올 거예요."

머리가 점점 아파왔다. 그 침입자는 겨드랑이에 땀 냄새 제거제를 바르지 않는 게 분명했다. 겨드랑이에서는 감자 썩는 냄새가 났다. "놓아 주세요." 내가 중얼거리자 그가 나의 머리를 다시 비틀었다.

"드라이브를 내 놔." 그가 말했다. "당장 내 놔."

형도 아바도 아무런 반응을 하지 않았다.

침입자는 내 머리를 감고 있던 손에 힘을 빼고는 나를 똑바로 세워서 한 손으로 내 등 쪽 셔츠를 붙잡고, 다른 한 손으로는 내 벨트를 움켜쥐었다. 그는 나를 앞으로 밀었고, 나는 창밖을 내다보았다. 바닥 층은 12미터 아래에 있었다. 계단에 난간이 없다는 것은 설계상의 큰 오점이다. 여기서 살짝만 밀리면, 나는 승강대 밖으로 벗어나 추락해서 잘 닦인 바닥에 물방울처럼 흩어질 판이었다.

"당장 썸 드라이브가 어디 있는지 말해. 안 그러면, 여기 이 애가 날 수 있는지 내가 확인을 해볼 거야."

결국 매트가 목소리를 높였다. "그건 행크 박사가 가지고 다녀요!"

"오빠!" 아바가 소리를 질렀다. "그걸 말하면 어떻게 해?"

그 말을 들은 남자는 내 셔츠를 움켜쥐고 있던 손에 힘을 풀었다. 그렇지만 나는 여전히 승강대 끝에서 반 발자국 밖에 떨어져 있지 않았다. 달아나려고 하기에는 너무 위험했다. "박사가 그걸 갖고 다닌다고?" 침입자가 물었다. 그의 목소리는 정말 놀란 것처럼 들렸다. "그게 무슨 의미지?"

"제 말은, 박사님께서 항상 그걸 지니고 다니신다고요."

"박사는 어디 있는 거지?"

"우리는 몰라요." 내가 말했다. "진짜예요."

어디에선가 경찰차의 사이렌 소리가 들려왔다.

"이제 경찰들이 곧 도착할 거예요." 형이 거짓말을 했다.

침입자가 승강대 끝에 세워 두었던 나를 다시 벽 쪽으로 밀었다. 그는 서둘러 모형 공간 안으로 들어가 문을 세게 닫았다. 안에서 더 많은 유리가 산산이 깨지는 소리가 들렸다.

아바가 문 손잡이를 홱 잡아 돌렸다. "이거 꿈쩍도 않는걸!"

형은 이미 서둘러서 다음 층을 향해 황급히 움직였다.

"혼자만 도망가면 어떻게 해?" 아바가 소리쳤다.

"도망 안 가." 형도 지지 않고 소리를 질렀다.

아바가 다시 한번 문을 당겼다.

"야, 아바," 내가 말했다. "근데 저 남자가 나를 승강대 끝으로 밀어 버리게 내버려 둘 작정이었어?"

아바가 어깨를 으쓱였다. "별 문제 없었을 거야. 행크 박사가 여기에 자동 쿠션을 설치해 두셨잖아. 네가 추락하면 움직임을 감지하는 센서가 작동했겠지. 그러면 쿠션이 너를 떠받쳐 줘서 다시 팅겨 올라왔을 거야."

"팅겨 올라온다고?"

"그래."

12미터 아래로 추락하고 나서 다시 팅겨 올라온다는 아이디어는 그렇게 안전한 것 같지는 않았다. 어쨌든 뭐, 나는 무사했다. 그런데, 형이 어깨에 3D 프린터를 둘러메고 계단을 오르고 있었다. 나는 제발 형이 발에 걸려 넘어지지 않기를 바라며 등 뒤에서 손가락으로 십자가를 그었다. 놀랍게도 우리 형은 300밀리미터에 달하는 운동화를 신고 작은 실수 하나 없이 계단을 올라갔다. 그나저나 형이 왜 프린터를 들고 올라가고 있는 걸까?

형은 투포환처럼 어깨에 들고 있던 프린터를 오른쪽 어깨로 옮겨 메고 던질 준비를 했다.

"잠깐!" 아바가 외쳤다. "그게 어디 거지?"

"유코사 거야." 형이 말했다.

"오, 그럼 던져도 돼. 그건 작동이 안 되는 거니까."

형이 닫힌 문을 향해 프린터를 던지자 유리창이 깨졌다. 형은 깨진 구멍 사이로 손을 넣어서 문손잡이에 고여 있던 철제 지렛대를 잡아 뺐다. 생물권 모형 공간 안의 창문이 부서져 있었다. 우리 셋은 뚫린 창문으로 고개를 내밀고 아래를 내려다보았다. 침입자는 이웃 아파트 건물의 지붕을 가로질러 달려가고 있었다. 부서진 창에서 지붕까지의 높이는 아마 2미터는 넘을 것이다. 까만색 지붕에 깨진 유리 조각들이 널려 있었다. 형에게 나를 조심스럽게 지붕 위로 내려 달라고 하는 게 현명한 방법일 수도 있겠지만, 나는 그냥 열린 창틀 바닥에 두 발을 딱 붙이고는 뛰어올랐다.

내가 쭈그린 자세로 한 팔을 앞으로 한 채 내려앉자 발뒤꿈치가 유리에 와자작 닿았다. 한순간, 나는 아이언맨이 된 것 같은 착각이 들었다. 물론 특수 장비 같은 것은 아무것도 없었지만 말이다.

"잭, 너 지금 무슨 생각으로 그러는 거야?" 형이 내려다보며 소리를 질렀다.

생각이라고? 박사의 연구실을 관리하고 지키는 것은 우리 모두의 책임이다. 어떻게 해서든, 우리는 그 침입자를 잡아야만 한다. 그러니 나는 생각 따위는 하지 않았다. 나는 그냥 뛰어내려 달렸다. 옆 건물의 지붕을 가로질러 허리 높이의 벽을 지나 1미터 아래의 다른 지붕으로 뛰어갔다. 앞서 달려가던 침입자가 낡은 텔레비전의 안테나를 쓰러뜨리고는 마치 장애물 뛰어넘기 대회의 참가자 마냥 굴뚝을 뛰어넘었다. 그러고는 지붕에 난 네모난 알루미늄 창틀을 홱 잡아 뜯더니 뒤도 안 돌아보고 그 안으로 뛰어내렸다. 그가 욕하는 소리가 다시 들렸다. 아니면 그냥 말하는 방식이 욕처럼 들렸을 수도 있다. 그런데, 그가 사용한 단어 자체는 외국어처럼 들렸다.

지붕에 난 작은 문에 서서 나는 열린 창으로 안을 들여다보았다. 침입자가 뛰어내린 곳은 코트와 상자들이 빽빽이 들어차 있는 옷장이었고, 거기에는 사다리도 있었다. 그가 계단을 총총거리며 뛰어내려가는 소리가 들렸다. 곧이어 나이 많은 한 여성의 비명이 들려왔다.

나는 사다리를 타고 내려갔다. 내 발이 모피 코트에 걸렸고, 나는 카펫이 깔린 2단의 계단 바닥 위로 내려앉았다. 바닥에서 먼지가 올라왔다. 나는 재채기가 나와서 얼른 자리에서 일어나서 계단 벽 쪽에 기대어 섰다. 서둘러 내려가며 계단의 난간을 붙잡고 있는 그의 손이 눈에 들어왔다. 나이 많은 여성이 다시 한번 비명을 질렀다. 침입자는 이제 막 도로로 나갔다. 그 집의 실내 공기는 끓인 양배추와 초콜릿 냄새로 가득했다. 그 집에 사는 사람 중 누군가가 아주 특이한 잔치 음식을 요리 중이거나 아니면, 방귀 냄새가 지독하거나 둘 중 하나인 것 같았다. 2층 아파트의 현관문 앞에 나이 많은 여성이 작은 냄비 안에 들어 있는 뭔가를 휘저으며 서 있었다. 나는 잽싸게 그녀 앞을 지나서 나무 층계의 마지막 계단을 한 번에 훌쩍 뛰어내려갔다. 내가 카펫 깔린 바닥으로 뛰어내리자, 아까보다 더 많은 양의 먼지와 곰팡이가 바닥에서 피어올랐고, 골목으로 튀어나오면서 나는 세 번도 넘게 재채기를 했다.

　침입자는 이미 골목 어귀에 있었다. 핸드폰을 확인하고 있는 그는 우스꽝스러운 보라색 마스크를 여전히 쓰고 있었다. 지금이 저렇게 여유를 부리며 문자를 보낼 때인가? 나는 달리기 시작했다. 골목의 중간쯤 갔을 때, 형과 아바가 뒤에서 나를 불렀다. 그 바람에 침입자가 핸드폰에서 눈을 떼고 나를 쳐다보았고, 그래서 일이 꼬였다.

　모퉁이를 돌 때, 그가 혹시 매복을 하고 있을지도 몰라서 나는 일부러 넓게 돌았지만 그 남자는 이미 골목 끝까지 달아나 있었다. 그때 마른 체구에 수염이 있는 남자 두 명이 이어버드를 꽂고 고개를 숙인 채 내가 있는 쪽으로 걸어와서 나는 얼른 몸을 피했다. 그들 뒤를 이어서 똑같은 차림의 또 다른 두 명이 다가와서 나는 그들 사이에 끼이다시피 했는데, 그때 커다란 까만색 SUV 차량 한 대가 도로 경계석에 멈추어 섰다. 보라색 마스크를 쓴 침입자가 차량의 뒷문을 열더니 걸치고 있던 연구실 가운을 벗어서 인도 위로 팽개쳤다. 그는 나한테서 불과 6미터밖에 떨어져 있지 않았다. 그와 나 사이에는 아무도 없었고, 무슨 이유에선지 나는 소리를 질렀다. "멈춰!"

　그가 멈추어 섰다. 아, 이 대목은 내가 미처 예상하지 못했던 부분이다. 그가 천천히 나를 향해 고개를 돌렸다. 보라색 마스크가 그의 얼굴 대부분을 덮고 있었지만, 나는 그가 미소를 짓고 있다는 걸 확신했다. 그는 왼손을 내밀어 집게손가락으로 나를 가리키며 말했다. "잭, 맞지?" 나는 꿀 먹은 벙어리가 되었다. 그 남자가 내 이름을 어떻게 알았을까? "네가 잭이지, 그렇지?"

　"아뇨," 내가 말했다. "제 이름은 아바인데요."

그가 키득거렸다. 그제서야 나는 긴장이 좀 풀렸다. 왠지 모르겠지만, 나는 다른 사람들의 약을 올리면 마음이 좀 여유로워진다.

"내가 너희들의 친구인 행크 박사를 위한 메시지를 갖고 있는데." 그가 말했다.

형과 아바가 뒤따라와서 나를 가운데에 두고 양옆에 섰다.

"오, 그러세요?" 내가 물었다.

"그래." 그 남자가 말했다. "박사와 연락이 닿으면, 비밀은 오래 가지 못하는 법이라고 전해라. 내가 무슨 수를 써서라도 그 드라이브를 꼭 손에 넣을 거야."

"이미 연구실을 모두 망쳐 놓았잖아요." 형이 말했다.

"게다가, 천장을 맴돌며 날고 있던, 아무런 잘못도 없는 그 멋진 드론들을 바닥으로 떨어뜨려 박살내 버렸잖아요!" 아바도 한마디 거들었다.

야구 모자 챙 밑으로 드러난 그의 시선은 우리들을 노려보고 있었다. "지금 너희들에게, 그따위 장난감이 부서진 건 중요한 문제가 아닐 텐데. 잘 들어. 내가 만약 행크 박사를 바로 못 찾는다면, 너희 세 명을 다시 찾아올 거야." 그는 우리 셋을 차례차례로 뚫어져라 쳐다보며 마지막으로 나를 보며 눈살을 찌푸렸다. "그리고, 다음번에는 말이야, 너희 셋, 모두 다 잘 날 수 있는지 꼭 확인을 해 볼 거야. 명심해."

# 2

# 전기를 만드는 아이디어

아참, 내 소개를 잊고 있었네. 이름은 잭. 나는 매력덩어리에 용기 있고 외모도 준수한 소년이다. 나는 당연히 날지 못한다. 나의 피부는 종이 타월만큼이나 하얗고, 머리칼은 두꺼운 금발이다. 그러나 눈동자는 푸른색이 아니라 무슨 이유에선지 갈색이다. 나는 종종 나비넥타이를 즐겨 맨다. 내가 잘하는 게 있다면, 음, 그런데 그걸 아직까지 찾지 못했다. 그렇지만 계속 찾고 있는 중인데, 그 과정에서 몇 가지 운동과 관련된 능력, 가령 농구나 서핑 같은 것은 일찌감치 제외시켜 버렸다. 나의 지능에 관해서 말하자면 글쎄. 만약 내 나이 또래의 학생들이 한 교실에 가득 있다면, 아마도 그 중에서는 내가 제일 똑똑한 학생이 아닐까? 그렇지만 나는 일반 학교에 다니지 않는다. 그래서 내 나이 또래의 학생들과 어울릴 일이 없다.

나는 대부분의 시간을 나의 형인 매트, 그리고 여자 형제인 아바와 함께 보낸다. 우리 셋 중에서 매트가 제일 나이가 많다. 그래서 매트는 가끔씩 나이 많은 게 무슨 특권이라도 되는 양, 아바와 나를 대하지만, 그럴 때면, 우리는 그냥 무시해 버린다. 아바와 나는 6개월의 나이 차이가 난다. 지금은 아바가 나보다 키가 더 큰데, 내가 그 사실을 인정했다고 아바에게는 알리지 말길. 그리고 정확히 말하자면, 우리 셋은 서로 관련이 없고, 그래서 외모도 전혀 닮지 않았다. 아바는 커피 빛을 닮은 피부에 머리는 하나로 묶고 다닌다. 매트는 두꺼운 검은 머리칼을 갖고 있으며 일 년 내내 그을린 피부를 하고 다니고 키도 크고, 운동을 안 하는데도 매주 어깨가 넓어지고 있다. 추측컨대, 아바는 아이티에서 태어난 것 같은데, 매트와 나는 우리의 조상이 어디서 왔는지 잘 모른다. 행크 박사는 이런 건 전혀 문제가 되지 않는다고 말했는데, 거슬러 올라가보면 우리가 모두 유전적으로 같은 인종이기 때문이란다. 어떤 의미로 보면, 우리 모두는 아프리카 출신이다. 혹시 만약 여러분이 좀 더 멀리 거슬러 올라가 보고 싶다면, 우리는 선사 시대의 수프 속을 떠다니는, 그런 단순한 유기체에서 온 것이다.

어쨌든, 우리 사이에 진짜 차이점은 키나 피부색, 또는 머리 모양과는 아무 관련이 없는 것이다. 아바는 현재 열한 개의 언어를 구사한다. 아니, 그새 열두 개가 되었을지도 모른다. 그리고 앞서 언급한 것처럼, 아바는 뭐든 만들 줄 안다. 그리고 만약 매트에게 우주에 관해서 묻는다면, 그는 빅뱅에서부터 지구 탄생에 이르기까지 우주 전체의 역사를 줄줄이 외운다. 그는 현재 대학생이다. 그리고 아바는 고등학생이다. 아바는 지금쯤은 고등학교 과정을 이미 마치고도 남는 능력이지만, 굳이 서둘러서 끝내고 싶어 하지는 않는다.

음, 나로 말할 것 같으면, 이제 겨우 6학년 과정을 마쳤을 뿐이다. 좀, 맥 빠진다. 그렇지 않은가?

우리가 어떻게 모여 살게 되었는지는 말하자면 기니까, 몇 가지만 간략하게 이야기하겠다. 약 2년 전, 우리 셋은 같은 가정에 입양되었다. 실제 누가 처음 생각해 냈는지를 놓고 우리들 사이에는 아직도 의견이 분분하지만—그 발상의 시작은 나였다고 나는 생각한다—그렇지만 어느 시점에서, 우리들은 모두 양부모에게서 벗어나야 한다는 결심을 했다.

형은 법학 대학의 도서관에서 며칠을 푹 파묻혀 지내면서 관련된 모든 법적 세부사항들을 숙지했고, 우리는 판사에게 우리끼리 살게 해달라고 설득했다. 우리는 부자는 아니지만, 생계를 꾸리기 위해서 출판했던 우리들의 시집, '외로운 고아들'이 베스트셀러가 되어서 생활을 꾸릴 만큼의 여유는 있다. 그리고 행크 박사와 함께 일을 시작하고 나서는—이것도 긴 이야기다—우리는 여기 저기 여행을 많이 다니게 돼 정규 학교를 다니는 것이 어려워졌다. 그래서 나는 현재 홈스쿨링을 하면서 온라인으로 수업을 듣는다. 물론 나도 가끔은 정규 학교를 다니면서 평범한 친구들과 어울리는 것이 더 좋지 않을까 하는 생각을 하기도 한다. 그렇지만, 평범한 아이들은 남극이나 하와이의 개인 소유의 섬으로 여행을 다니지는 않는다. 평범한 아이들은 특이하고도 이상한 각종 발명품이 즐비한, 좀 비현실적이다 싶을 만큼 멋진 실험실에서 일하지도 않는다. 그리고 평범한 아이들은 마스크를 쓴 남자를 쫓아서 실험실 밖이나 골목 끝까지 뛰쳐나오는 일도 하지 않는다. 하지만 나는 이런 짜릿한 일들을 좀 즐기는 편이다.

　우리 주변의 이웃들은 조용히 아침을 열고 있었다. 트럭, 택시 그리고 온갖 종류의 다양한 크기의 차량들이 도로의 양방향을 오가고 있지만, 어느 누구도 경적을 울려 대지는 않았다. 턱수염을 기른 남자와 금발의 여성이 도로 맞은편, 식료품점의 벽돌 외벽에 기대어서 아이스바를 빨아 먹으며 서 있었다. 나는 일순간 그 남자가 나를 지켜보고 있다는 생각이 들었다. 어쩌면 그의 손에 들린 그 아이스바를 먹고 싶어서일지도 모른다. 8월이 성큼 다가왔고, 한여름의 열기는 상당히 무더웠다. 다행히도 도로에 쌓아 놓은 쓰레기봉투 더미에서 아직은 고약한 냄새가 풍기고 있지 않았다. 골목 어귀에 있는 베이글 가게에서는 진한 냄새가 새어나오고 있었다. 그래도 하루 중에서는 괜찮은 시간이다.

우리 셋은 그 자리에서 그 SUV 차량이 출발하는 것을 멍하니 지켜보았다. 건너편 도로 아래쪽에 순찰차 한 대가 스테이션왜건(좌석 뒷부분에 큰 짐을 실을 수 있는 공간이 있는 승용차*) 뒤로 멈추어 섰다. 앞서 들렸던 사이렌 소리가 저 차량에서 나온 것이 분명해 보였는데 경찰이 과속 운전자에게 딱지를 발부하고 있던 모양이다. 나는 그 순찰차에 뭔가 신호를 보낼 수 있기를 바라며 도로 연석 아래로 발을 내딛었다. 그러나 순찰차는 우회전을 해서 그 SUV 차량을 지나쳐 버렸다.

"이제, 뭘 어쩌지?" 내가 물었다. "진짜 경찰을 불러야 하는 거 아니야?"

"행크 박사님은 아무나 연구실에 들어오는 걸 원치 않으시잖아." 아바가 지적했다. "경찰이라도 예외는 아니지."

우리는 연구실을 다시 쳐다보았다. 행크 박사의 연구실 건물 골목은 평소보다 더 조용했고, 잠시, 우리 셋도 아무런 말이 없었다. 그 순간 천재 형제들의 두뇌가 마구 작동하는 소리가 들리는 것도 같았다.

"그 자가 어떻게 안으로 들어왔을까?" 아바가 궁금증을

**30**

드러냈다.

행크 박사의 연구실로 드나드는 방법은 두 가지가 있다. 맞은 편 도로에 있는 식료품점의 엘리베이터를 통해서 들어가는 것이 내가 좋아하는 방법이다. 출입문이 상점 뒤편 물품 창고에 숨겨져 있어서, 행크 박사와 우리 셋만이 그 비밀번호를 알고 있다. 내가 그 방법을 좋아하는 이유가 따로 있다. 행크 박사가 우리를 위해 그 가게에 장부를 만들어 놓았기에, 우리는 드나들면서 원하는 과자나 음료들을 집어올 수가 있었고, 계산도 우리가 할 필요가 없다.

그렇지만, 아바는 대형 쓰레기통 방식을 선호하는데 버튼을 누르면 쓰레기통이 스르르 밀리면서 숨겨진 계단이 드러난다. 일 년 전, 우리가 처음 행크 박사의 연구실로 몰래 들어갔을 때 바로 그 방법을 이용했다.

"식료품점을 통해서 들어왔을까?" 매트가 의견을 냈다.

"그 사람이 비밀번호를 알 수가 없잖아." 아바가 말했다. "그렇다면, 쓰레기통을 통해서?"

"말도 안 돼. 그 사람이 들어오는 방법을 어떻게 알아낼 수 있었겠어?" 매트가 말했다.

나는 어깨를 으쓱했다. "우리도 알아냈잖아. 안 그래?"

"그때는 내가 대부분 아이디어를 냈잖아." 매트가 우리의 기억을 상기시켰다.

아바는 뭔가 응수를 하려다 멈칫하더니 급히 앞으로 나갔다. 연구실로 다시 돌아와 보니 바닥에 물이 더욱 흥건해졌다. 아바는 연구실 전체가 물바다가 되는 걸 막기 위해 서둘러서 수조의 배수구 뚜껑을 열었다.

"이제는 뭘 하지?" 내가 물었다.

"단서, 단서를 찾아야지." 매트가 말했다. "그 침입자가 누구였는지, 그리고 왜 여기까지 들어왔는지, 알려 줄 만한 것이 있는지, 주변을 둘러봐."

수조의 물이 빠지기 시작하자, 아바가 돌아왔다.

"아까 그 남자 말이야, 아주 근사한 농구화를 신었단 말이야." 내가 말했다.

아바가 시선은 천장을 향한 채, 발로는 바닥을 굴렀다. "그리고 그 이상한 보라색 마스크 말이야." 아바가 말했다. "그자는 우리가 진짜 투명 망토를 발명했다고 믿을 만큼 잘 속아 넘어가는 사람이야."

"똑똑한 사람들 중에도 그런 거에 속아 넘어갈 수 있는 사람들은 아주 많다고." 내가 말했다. "그자가 찾고 있던 게 뭘까? 그가 말하던 드라이브라는 건 뭘까?"

"그 썸 드라이브라는 거?" 형이 물었다.

"그래, 그거," 내가 말했다. 나는 손에서 분리되어 주변을 주행할 수 있는 엄지손가락 형태의 작은 로봇을 그려보고 있었다. 아마 카메라도 장착되어 있을 것도 같았다. 또는 화장실을 사용하기 전에 여러분보다 먼저 들어가 볼일 본 누군가가 남긴 고약한 냄새를 확인해 줄 수도 있는 그런 로봇을 상상했다.

"그건 기본적으로 메모리 스틱이야." 매트가 말했다.

그의 설명은 별로 도움이 되지 못했다.

"그건 네 엄지손가락만 한 작은 디스크야." 아바가 말했다. "정보나 사진, 문서 등을 저장할 수 있어. 네가 컴퓨터에 저장하고 싶은 건 뭐든지."

"그럼, 행크 박사님도 그런 걸 쓰신다는 거야?"

아바가 고개를 끄덕였다. "나도 그 이유는 정확히 모르겠는데, 언제부터인지 박사님께서 모든 작업을 다 그 작은 데다 저장하기 시작하시더라고. 그러고는 어디를 가시든 항상 지니고 다니셨어."

"그래서 요즘 박사님께서 패니 백(허리춤에 매는 지퍼 달린 작은 주머니*)을 차고 다니시는 건가?" 내가 물었다.

최근 몇 번 박사님을 뵈었을 때, 박사는 허리춤에 벨트처럼 매는 작은 주머니 같은 걸 차고 있었다. 관광객처럼 보이니까 제발 그것 좀 벗으라고 설득하기도 했는데, 박사는 끝내 벗어 놓지 않았다.

"아냐," 아바가 말했다. "썸 드라이브는 주머니에도 쏙 들어가는 작은 크기야. 그런데 왜 그 패니 백을 메고 계셨던 건지 나도 이해가 안 가네." 아바는 연구실 바닥 전체에 깔린 고무 트랙에 털썩 주저앉았다. 그러고는 자율 주행 자동차에 등을 기대었다. "이상해, 이해가 안 가." 행크 박사님이 무슨 연구를 하고 계셨던 걸까? 무슨 중요한 일이기에, 침입자까지 나타나서 연구실을 난장판으로 만들었을까?"

우리의 멘토인 행크 박사는 언제나 바쁘다. 그는 한 달에도 몇 번씩 멀리 있는 도시나 다른 나라로 여행을 갔다. 대부분의 경우, 박사는 우리가 무엇을 작업하는지 그리고 필요한 것들은 없는지 묻고, 때론 내가 실수로 폭발을 일으켜 연구실을 가루로 만들어 놓지는 않았는지 알아보라며 우리에게 확인을 하시곤 했다. 매트와 아바에게는 최근 하는 연구에 관해서도 이야기를 해 주셨다. 박사는 자신의 아이디어를 우리 천재 형제들과 나누는 것을 무척 즐기는 것처럼 보였다. 상당히 비밀스럽기는 했지만 말이다. 며칠씩 여행가기도 하지만, 몇 주씩 연구실을 비우기도 했다. 물론, 그런 때도 우리는 잘 지냈다. 우리는 우리들끼리 살아가는 데 익숙했다. 그렇지만, 이번은 뭔가 달랐고, 우리 모두 뭔지 못마땅한 느낌이었다. 정확히 그렇다고 입 밖으로 말을 꺼낸 사람은 없지만, 우리는 버려진 것 같은 느낌을 떨칠 수가 없었다.

"아마 군사 기밀과 관련된 프로젝트를 하시는가 봐." 매트가 의견을 냈다. "특수 무기라든지 뭐, 그런 거 말이야."

아바는 고개를 저었다. "아니야, 그럴 리 없어. 행크 박사님은 이 세상에 무기가 너무 많다고 하셨거든."

"외계인과 관련된 거 아닐까?" 내가 말했다.

"뭐라고?"

그 둘은 마치 내가 외계인이라도 되는 것 같은 눈초리로 나를 쏘아보았다. "그러니까, 내 말은 형이랑 아바도 박사님과 함께 위성 작동 연구를 하고 있었잖아. 그리고 행크 박사님은 언제나 다른 세계에 있는 외계의 지적 생명체에 관한 이야기를 하셨고. 어쩌면 박사님이 드디어 그들과 접속했고 멀리 있는 행성으로 순간 이동해서 새로운 생명체의 문화를 배우며 또 그들에게 지구를 소개할 준비를 하고 계실지도 모르잖아." 나는 그 외계인들을 조르바키안이라고 부르고 싶었다. 내가 그리는 그들의 모습은 초록색 피부에 눈은 하나에 도넛에 뚫린 구멍만큼 작은 손을 가지고 있다. 좀 더 상상해 보면, 그들은 의사소통을 할 때면 코끝이 약간씩 높아지고, 막춤을 아주 잘 추는 생명체들이다. 우리들이 쳐다보고 손가락질을 하고 웃어도 아랑곳하지 않을 만큼 막춤의 대가들인 것이다.

"잭, 너 지금, 박사님이 외계인들을 발견하신 거냐고 묻는 거니?" 매트가 물었다.

"잠깐, 지금 대화가 트랙에서 너무 벗어났어." 아바가 말했다.

아바는 그 말을 하며, 벌떡 일어서서 고무 트랙을 벗어나 내려왔다. 나는 그 상황이 재미있어서 깔깔 웃으며 트랙을 가리켰다. 아바는 눈을 지그시 감고는 고개를 젓더니 생태 모형 연구실로 발걸음을 옮겼다. 아바의 뒤를 따라 가면서 형은 침입자가 다른 연구실들은 전혀 손을 대지 않았다는 사실을 지적했다. 연구실마다 멀쩡했다. 그러나 오직 생물권 연구실만 파괴되었다. 인공 강을 계속 흐르게 하는 펌프가 작동을 멈추었다. 아바가 펌프를 다시 작동시키기 위해 다가갔는데, 수면 근처에서 꿈틀거리는 작은 뱀장어 한 마리가 눈에 들어왔다. 나는 그 가느다랗고 작고 이상하게 생긴 녀석을 만져보고 싶어서 가까이 갔다. 내가 그 녀석을 만지려는 바로 그 순간, 아바가 내 팔목을 얼른 잡아챘다. "조심해." 아바가 말했다. "이 녀석은 전기뱀장어야."

"그래서 그가 어깨를 잔뜩 곧추세우고 있었나 보네." 매트가 추측했다. "그 자가 전기 충격을 받았던 것 같지?"

"전기뱀장어를 덥석 만질 만큼 멍청한 사람이라면, 그랬을 수도 있을 거야." 아바가 말했다.

아바의 말에 나는 뜨끔했다. 매트는 나를 힐끔 쳐다보았지만, 정작 아바 본인은 상황 파악을 못 하는 모양이다. 나는 그냥 아무렇지 않게 굴었다. "그런데, 왜 하필 이 연구실이지?" 내가 물었다. "왜 생물권 연구실이냐고?"

"여기는 기본적으로 모형 숲이 있잖아." 매트가 설명했다.

"사람들은 언제나 우림 속에서 신약을 찾고 있잖아." 아바가 말했다. "박사님도 어쩌면 새로운 뭔가를 발견하셨을 수도 있잖아."

아래층 문이 쾅 닫히는 소리가 들렸다. 매트가 내 어깨를 잡으며 여자처럼 친숙한 목소리로 소리쳤다. "누구세요? 행크 박사님이세요?"

우리 세 명은 생물권 연구실을 나와 아래를 내려다보았다.

"민 선생님이네." 아바가 말했다. "저분이 여기서 뭘 하고 계신 거지?"

민 선생님은 사회 복지 센터에서 지정해 준 후견인으로, 한때는 우리를 돌봐 주시고 또 우리끼리 잘 살고 있는지 확인을 하셨다. 아마도 얼마 전까지는 그게 그녀의 일이었다. 그러다가 우리들이 하와이에서 표류하게 되자, 그녀는 바로 날아와서 우리를 찾는 행크 박사를 도왔고, 그리고 얼마 안 가 사회 복지 센터 일을 그만두었다. 요즘 그녀가 무슨 일을 하는지 잘 모르겠지만, 그녀는 여전히 우리들의 안부를 확인했고 분명한 것은 그녀가 행크 박사와 상당히 많은 시간을 함께 보낸다는 사실이다. 그렇지만 민 선생님이 연구실로 직접 들어오는 걸 본 적은 없었다. 나는 그녀가 연구실로 들어오는 방법을 아는 줄도 몰랐다.

아바가 제일 먼저 그녀를 보러 내려갔다. 매트가 펌프에 달린 뭔가를 조작하자 시냇물이 다시 흐르기 시작했다. 나는 꿈틀거리는 전기뱀장어를 다시 한번 쳐다보고는 매트를 따라 내려갔다.

민 선생님이 쓰고 있던 안경을 머리 위로 올려 썼다. "여기, 대체 무슨 일이 일어난 거니?" 그녀가 물었다.

"누군가 침입을 했어요."

"너희들은 괜찮니? 아무도 안 다쳤니?"

나는 두통이 조금 느껴지기는 했다. "저는 뭐, 약간….."

"저희들은 모두 괜찮아요." 아바가 대답을 했다.

그리고 우리는 민 선생님에게 모든 이야기를 들려주었다. 그녀는 고개를 끄덕이며 우리의 이야기에 귀를 기울였다.

"혹시, 행크 박사님한테 소식이 왔나요?" 아바가 물었다.

"아니, 3주 동안 연락이 없었어. 그래서 내가 여기에 온 거야."

"박사님이 어디에 계신지 아세요?"

"아니."

"요즘 박사님한테서 달라진 점은 없었나요?" 매트가 물었다.

"뭐, 이상한 행동이라든가 그런 거 말이에요." 아바가 말을 보탰다.

"내가 방금 말했듯이, 나도 그분과 3주 동안 연락이 닿지 않았어. 내 전화나 이메일에도 답이 없더라고. 그건 아주 일상적이지 않은 일이거든."

"그 밖에 다른 특이한 점은 없었나요?" 내가 물었다.

민 선생님은 잠시 생각하는 듯하더니 말했다. "양궁."

"활이랑 화살, 그런 걸 말씀하시는 건가요?"

그녀가 고개를 끄덕였다. "그래, 우리가 함께 양궁장에 갔었어. 박사님 양궁 실력이 보통이 아니었어."

아바가 손가락을 튕겼다. "아, 저도 한 가지 생각이 났어요. 박사님이 담배를 피우기 시작하신 것 같아요."

"담배라고? 아냐, 그럴 리가 없어." 민 선생님이 우기셨다. "그건 불가능해. 그런데 갑자기 왜 그런 생각을 한 거지?"

아바는 얼른 화장실로 달려가더니 성냥갑을 하나 들고 돌아왔다. "그럼, 이건 어떻게 설명할 수 있죠?" 아바가 물었다.

모든 걸 아는 사람은 아무도 없다. 그건 불가능하니까. 그래도 어떨 때는 나의 천재 형제들은 모르는 게 없는 사람들처럼 보인다. 가끔 둘 중 누구든, 갑자기 지식적 빈틈을 보일 때면, 나는 그렇게 고소하고 짜릿할 수가 없다. 기쁘다. 박사님이 즐겨 쓰시는 표현을 빌자면, 굉장히 황홀하게 좋다. 그래서 아바가 화장실에 성냥이 놓인 이유를 모른다는 걸 감지했을 때, 나는 웃음이 터져 나왔다. 민 선생님도 어이 없다는 웃음을 지었다.

"뭐? 왜 웃어?" 매트가 물었다. "나는 이해가 안 되는데."

어라, 형도 모르고 있었다니, 더욱 재미있는걸. "성냥을 두는 것은 냄새 때문이지, 알지? 화장실 하면 떠오르는 거, 알지?"

천재들의 반응을 기다리는 그 3초는 짧은 나의 인생에서 가장 길고도 가장 황홀한 순간이었다. 길게만 느껴졌던 그 짧은 순간만큼은, 내가 바로 가장 똑똑한 사람인 셈이었다. 불을 붙였던 성냥에서 나오는 연기가 코로 들어가면 어떤 종류든, 앞서 볼일을 본 사람이 떨어뜨리고 간 그것에서 풍기는 냄새를 눌러 주는 역할을 한다. 나는 그걸 알고 있었지만, 나의 그 잘난 천재 형제들은 몰랐다.

어쨌든, 그 3초 동안은 그랬다.

"오오," 매트가 말했다.

"와우!" 아바도 가세를 했다.

"그 성냥 좀 한번 보자." 민 선생님이 요청했다. 아바는 성냥갑을 민 선생님께 건넸다. 그녀는 성냥갑의 겉면을 유심히 살펴보았다. "사우다드(Sausade, 포르투갈어, 열망*)? 나는 이런 식당 이름은 못 들어 봤는데. 박사님이 너희들을 이 식당에 데려간 적이 있니?"

"아뇨." 내가 대답했다.

아바는 그 단어를 자신의 스마트폰에 입력을 시키고, 검색해 보다가 고개를 살살 저었다. "뉴욕에 있는 식당이 아니야. 심지어 우리나라에 있는 것도 아닌걸." 아바는 스마트폰의 화면을 우리를 향해 보여 주었다. "그 식당은 브라질에 있어."

그 말을 듣자마자 매트가 위층의 생물권 연구실을 올려다보았다. "그건, 우림에 관심이 많은 박사님의 취향과 맞아떨어지네." 매트가 말했다. "브라질은 아마존 우림의 가장 큰 구역이 펼쳐져 있는 곳으로 다양한 생물이 가득한 생태계의 보고잖아. 아마존에서 3일에 한 번 꼴로 새로운 종이 발견된다는 뉴스를 본 적이 있어. 대부분의 전기뱀장어들이 서식하는 곳이기도 하고. 그 뱀장어들은 저기 위층에 있는 녀석보다 훨씬 더 크기도 해."

아바가 스마트폰의 화면을 톡톡 두드렸다. "그 식당이 위치한 곳은 마나우스야." 아바가 덧붙였다. "아마존으로 통하는 관문과 같은 도시지."

"그러니까, 행크 박사님이 브라질에 계시다는 그런 말이야?" 내가 물었다.

처음엔 아무도 답을 안 했다.

"아마도." 매트가 내답을 해 주었다.

"왜 거기에 계시지?" 아바가 물었다. "무슨 연구를 하고 계시는 거지?"

"그게 무슨 연구인지는 모르겠지만 암튼 침입자를 불러들일 만큼 큰 프로젝트인가 봐." 매트가 말했다.

"게다가, 그자가 나를 거의 죽일 뻔했잖아." 나는 그들에게 다시 상기시켰다.

"뭐라고?!" 민 선생님이 물었다.

아바가 눈동자를 이리저리 굴렸다. "그냥 별일 없이 넘어갈 수도 있었는데….."

민 선생님은 내 몸을 이리저리 살폈다. 자세한 이야기는 나중에 해 드리기로 마음먹었다. 아마 적어도 민 선생님은 나를 위한 털끝만큼의 동정심은 보여 주시겠지.

"어쩌면, 생물권 연구실에서 없어진 게 있을지도 몰라." 매트가 말했다.

매트는 위층으로 다시 향했고, 나는 매트를 뒤따라 연구실로 들어섬과 동시에 머릿속에 뭔가가 번뜩 떠올랐다.

"전기뱀장어!"

다른 세 사람들에게서 각기 다른 저마다의 탄식 소리가 새어나왔다. "어?"

오케이. 이쯤에서 시간을 잠시 과거로 돌려 보자. 많은 아이디어들이 행크 박사의 연구실에서 흘러나온다. 물론 그 아이디어의 대부분은 행크 박사 본인이 담당한다. 그러나 나의 천재 형제들도 박사님 못지않게 미친 듯이 새로운 뭔가를 만들어 낸다. 가장 최근에, 아바와 매트는 큐브샛(Cubesat)—토스터기 크기의 초소형 인공위성—을 고안해 냈다. 그들이 쉐릴(Cheryl)이라는 이름을 붙인 그 기기에는 놀라운 기능이 담겨 있다. 쉐릴은 사진을 찍고, 전송하고, 데이터를 받는 기능 말고도 여러 가지 능력을 갖추고 있다. 쉐릴을 대기권으로 발사시키는 일은 쉽지 않았다. 행크 박사는 앞서 한 쌍의 위성을 발사시키는 계획을 세웠지만, 한 대가 실패로 돌아가자, 나는 박사님의 이메일 계정으로 로켓 회사에 몇 차례 메일을 보냈고 쉐릴을 대신 발사시킬 수 있도록 그들을 설득했다.

몇 주 후, 그들은 로켓을 대기로 발사시키면서 쉐릴을 궤도 위로 떨어뜨려 주었다. 그때 이후로 쉐릴은 지구 주변을 돌고 있으며 나의 천재 형제들은 그 위성을 추적하고, 위성으로 프로그램을 전송하는 일을 하며 대부분의 시간을 보내고 있다. 그 프로젝트의 전 과정은 행크 박사에게 깜짝 뉴스로 알릴 계획이었기에, 형제들은 아직 박사님께 쉐릴에 관한 이야기를 할 기회조차 갖지 못하고 있었다. 그건 내가 알 바가 아니지만, 어쨌든, 만약 박사님이 알게 되는 날에는, 박사님 계정을 통해서 이메일을 보내게 된 경위만큼은 내가 책임지고 설명을 해야 할 거다.

내 머릿속에서는 아이디어들이 그렇게 빨리 넘쳐흐르는

것 같지는 않다. 아주 가늘게 천천히 졸졸 흐른다고나 할까. 그러나 때때로 나도 번개를 맞은 듯 번뜩일 때가 있다. 거의 약 9개월 전, 우리들이 니호아라는 하와이의 외딴섬에 머물면서 억만장자와 에어컨 킹, 그리고 공학 박사를 만났다. 말하자면 긴 이야기이다. 어쨌든, 그 당시 내가 이런 아이디어를 냈다. 누군가 에너지에 관한 이야기를 계속하고 있었는데, 그 순간 전기뱀장어가 떠올랐고, 나는 전기뱀장어를 이용해서 가정에 전력을 공급하고 또 전기 자동차에 이용할 수도 있다는 말을 불쑥 꺼냈다. 모두가 나를 비웃었다. 그렇지만 박사님은 예외였다. 그때 박사님은 그 말에 뭔가 기발한 아이디어가 있을 수도 있겠다는 말을 얼핏 했다. 그렇다, 바로 그거다.

그런데, 지금 행크 박사가 브라질 아마존의 심장부에 있다. 매트 자신도 세계에 있는 전기뱀장어의 대부분이 아마존에 서식한다고 했다. 행크 박사는 생물권 영역을 만들어서, 거기다가 전기뱀장어까지 넣어 두었다. 그리고 누군가가 그 연구실에 침입했고 그 연구실과 자율 주행 자동차를 해체시켜 버렸다.

그 침입자가 만약 전기뱀장어를 찾고 있었다면 어떻게 되는 거지? 나는 서둘러 자동차를 살피러 다가갔다.

"너, 뭐 하고 있는 거니?" 아바가 물었다.

내가 전기뱀장어 아이디어를 설명해 주었다.

이번에는 민 선생님이 웃음을 터뜨렸다.

"야, 잭, 너 장난치지 마."매트가 말했다. "이건 진지한 상황이잖아."

"전기뱀장어를 자동차 동력으로 쓸 수는 없어."아바가 말했다.

매트가 말을 바꾸었다. 그는 손으로 턱을 괴더니 생물권 연구실을 다시 올려다보았다.

"아니야, 그렇지만….'"

아바가 매트를 쳐다보며 거의 속삭이듯이 말했다. "전기뱀장어에서 뭔가를 배울 수는 있지."아바는 자동차를 힐끔 쳐다보고는 생물권 영역 쪽으로 눈길을 돌렸다. "생체 모방(biomimicry)이란 말 들어봤어?"

"그게 뭔데?"민 선생님이 물었다.

"나 알아!"내가 외쳤다.

"잭, 손까지 번쩍 들고, 그럴 필요는 없는 거 같은데."민 선생님이 말했다.

"근데, 그게 뭐니?"

"발명가들이나 공학자들이 자연에서 여러 가지 기술을 빌려 오는 거예요. 식물이나 곤충, 새들의 무언가가 어떻게 작용하는지를 연구하고 그 아이디어를 모방해서 기계에 적용하는 거예요.”

“아마도 박사님은 전기뱀장어가 먹잇감에게 전기 충격을 가하는 방식을 연구해서, 새로운 무기나 뭐 다른 걸 발명하고 계실지도 몰라.”매트가 짐작을 했다.

“아니면, 더 나은 배터리를 만들고 계실 수도 있고.”내가 의견을 냈다.

아바가 자율 주행 자동차를 가리켰다. “전기 차량에 동력을 줄 수 있는 배터리?”

“사람들이 더 좋아진 배터리에 수백만 달러를 지불하겠지.”매트가 말했다.

민 선생님이 매트의 말을 고쳐 주었다. “수억 달러겠지.”

나는 스마트폰을 꺼내서 검색했다.

“잭, 너 지금 뭘 하고 있는 거니?”민 선생님이 말했다.

“비행기 편을 알아보려고요.”

“어디로 가게?”

나는 확신이 들었다. “행크 박사님이 어려움에 처하신 거야.”내가 말했다. “우리가 박사님께 위험을 알려 드려야 해. 그러려면, 박사님이 어디 계신지를 먼저 찾아야 하잖아. 그리고 모든 정황은 딱 한 장소를 가리키고 있어. 우리가 브라질로 가는 거야.”

# 3
## 처음
## 접해 보는
## 오스카

그로부터 5일이 지난 시점에서 우리들은 남쪽으로 향하는 비행기에 몸을 실었다. 민 선생님은 우리와 함께 오실 수 없었고, 대신 계속 연락을 해서 안부를 전하라고 간곡히 부탁했다. 그리고 나의 형, 매트는 우리에게 제일 형편없는 비행기 티켓을 끊어 주었다. 내가 너무 고급스러운 척한다고 들릴지 모르겠지만, 나는 J. F. 클러터벅 씨의 개인 전용 비행기에 탑승한 적이 있다. 그는 냄새 안 나는 양말을 발명해서 억만장자가 된 인물이다. 일단 그런 수준의 삶을 맛보고 나면, 일반적인 비행기는 실망스럽기 마련이다. 청량음료는 어째 달지도 않은 것 같았다. 게다가 그런 일반 비행기를 네 번이나 갈아타야 했다. 직항 비행기 편이 있기는 했는데, 형 말이 값이 너무 비싸다고 했다. 그래서 우리는 먼저 시카고로 날아갔고, 다음은 샬럿으로 갔다. 거기서 여섯 시간을 경유해 마이애미로 갔고, 다시 다섯 시간을 기다리다가 마지막 비행기에 올라 아마존의 비공식적 수도로 통하는, 마나우스 남쪽을 향해 날아가고 있다.

여행 시작 전, 브라질에 관하여 내가 알던 지식이라고는 새들을 주인공으로 한 애니메이션 영화에서 얻은 것이 전부였다. 좀 더 제대로 알아야 했다. 그래서 도서관에서 책을 몇 권 빌렸고, 우리 아파트 어귀에 있는 작은 서점에서 책 몇 권을 더 구매했고, 아마존 정글에 추락한 소년에 관한 '몽키 보이'라는 영화와 함께 다큐멘터리도 여러 편 다운 받았다. 매트 말로는 그 영화가 바보스럽고 유치하다면서도 내 어깨 너머로 끝까지 그 영화를 다 봤다. 형은 요즘 내가 추천한 여러 편의 영화를 몰래 보고 있고, 3부작인 '저격수 암살범'까지도 보았다. 어쨌든 그 영화는 정말 재미있기는 하다. 그 저격수는 너무 솜씨가 뛰어나서 사람들은 자신들의 가슴에 겨누어진 붉은 레이저의 작은 점을 눈치채면, 지레 겁을 먹고 바로 포기해 버려서 그는 방아쇠를 당길 필요조차 없었다.

어쨌든, 우리의 마지막 연결 편 기내에서 나는 스티로폼 컵에 제공되는 커피에 우유와 설탕을 넣어 몇 잔 마신 덕분에, 말짱해진 정신으로 브라질에 관해서 가능한 많은 정보를 빨아들이듯이 읽어 재꼈다. 아바는 스마트폰에 설치한 앱을 통해 포르투갈어를 공부했고, 매트는 자신들의 인공위성, 쉐릴을 통제하는 컴퓨터 코드를 조작했다. 그들은 무지하게 바빴다. 그러니까 내가 좀 더 부지런히 공부를 하면, 브라질에 관해서만큼은 그들보다 더 전문가가 될 수 있는 것이다. 그래서 나는 늘 갖고 다니는 주머니 크기의 수첩을 꺼내서, 책을 읽으면서 알게 된 좋은 정보들을 얼른 적어 넣었다.

우선, 브라질은 땅덩어리가 아주 큰 나라로-알래스카를 제외하면 미국만큼이나 거대하다-2억 명이 넘는 인구가 살고 있으며, 물론 브라질에는 축구나 삼바 말고도 다른 여러 가지들이 더 있다.

16세기에는 포르투갈에 식민 지배를 받았으며, 전기뱀장어에 관해서는 행크 박사에 앞서 먼저 연구를 한 사람이 있었다. 독일 출신의 초빙 과학자인 알렉산더 폰 홈볼트는 실험을 위해 전기뱀장어가 우글거리는 물속으로 마흔 마리의 말을 끌고 들어갔다. 전기뱀장어들은 그 불쌍한 동물들에게 달려들었고, 갑작스런 전기 충격을 받은 수십 마리의 말들이 죽어 나갔다고 한다. 실험을 계속 감행하던 폰 홈볼트도 전기 감전을 자주 당했지만 여러 날을 앓는 정도로 끝난 것은 그나마 다행스런 일이었다.

오늘날, 브라질은 석유와 천연가스 같은 자원도 풍부하고,

브라질 사람들은 세계 어느 나라 사람들보다 미용 제품에 많은 돈을 쓰고 있다. 가난한 사람들도 성형 수술을 한다. 브라질 사람들은 참 친근해서 포옹하는 것을 좋아한다. 아바는 그런 건 별로 안 좋아할 거다. 그리고 브라질에서 축구는 단순한 스포츠가 아니라 종교에 더 가깝다. 경기에서 지면, 선수들과 팬들은 흐느껴 울고, 이기면 기뻐서 운다.

그러나 우리가 가는 곳은 그런 브라질이 아니다. 아니, 어쨌든 정확히는 잘 모르겠다. 만약, 행크 박사가 연구를 중단하고 있다면, 아마도 지금쯤 아마존의 깊은 우림 속 어딘가에 있을 수도 있고, 그리고 아마존은 그 자체가 하나의 세계이기도 하다. 뉴욕을 떠나기 전, 나는 이번 여행에 기대를 많이 했다. 정글에서 하이킹도 하고 해먹에서 잠도 자고, 나무 사이를 오가며 그네 타는 원숭이들도 지켜보고, 숨겨진 나무 뿌리에 발이 걸려 앞으로 넘어지는 형을 보며 웃는 상상을 하며 기대를 잔뜩 했다. 내가 좋아하는 동물, 나무늘보를 가까이에서 볼 수도 있겠다 싶었다. 말 그대로 완벽한 휴가가 될 것 같았다. 그러나 브라질에 관한 더 많은 정보를 읽을수록, 왠지 그런 생각이 자꾸 바뀌었다. 기대감으로 부풀었던 내 마음은 얼마 안 가 두려움으로 바뀌었다.

아마존 정글은 지구상에서 가장 위험한 장소들 중 하나다. 아마존 강에는 카이만이라고 하는 괴물 같은 악어, 날카로운 이빨을 가진 피라냐, 물속에서 소변을 보면 사람 몸으로 달려드는 흡혈 매기 같은 위협적인 생물들이 가득하다. 정글은 울창해서 마체테(날이 넓고 무거운 칼. 무기로도 쓰임*)로 직접 나무를 쳐서 길을 내야 한다. 얼핏 들으면 재미있겠다 싶을 수도 있겠지만, 어둠 속에서 그 일을 한다고 상상해 보라. 어떤 지역에서는 여러분의 키를 훌쩍 넘긴 나무들이 머리 위로 울창하게 지붕을 이뤄서 빛을 거의 다 가려 버린다.

열대 우림에는 재규어도 어슬렁거린다. 행여 마주친다 해도 꽁무니를 빼고 달아나, 피라냐들만 피해서 강물로 뛰어들어 가 버리면 그만이라는 생각은 금물이다. 왜냐면, 재규어들은 수영도 잘하니까. 밤에는 흡혈 박쥐들이 덤벼들어 자고 있는 사람의 몸에 이빨을 꽂을 것이다. 여러분의 입술을 무는 벌레들도 있다. 사람의 피부 조직 아래 침낭마냥 굴을 파고 사는 벌레들도 있다. 한 번 물리면 그 후 20년은 눈을 멀게 만드는 벌레도 있다. 치명적인 화학 물질을 내뿜는 벌레도 있다. 개미들도 섬뜩하다. 어떤 개미 종은 텐트의 벽을 갉아서 뚫는 것으로 알려져 있다. 그리고 또 어떤 개미들은 속옷을 잘게 찢어 놓기도 한다. 현실이 이러하니, 아마존이 완벽한 휴양지는 아닌 게 분명하다.

마지막 연결 편에서, 내 옆 좌석에 앉은 여성이 머리에서 포푸리(말린 꽃, 나뭇잎을 섞은 방향제*) 냄새를 풍기며 몇 시간째 코를 고는 바람에, 나는 점점 참기 어려워졌다. 해먹에서의 휴식과 재미난 원숭이에 대한 상상은 모두 날아갔다. 지금 나는 눈은 반쯤 멀고, 온몸은 벌레에 깨물려, 속옷에는 개미가 집을 짓고 있는 채로, 마음으로는 온통 브루클린의 아파트에 그냥 있어야 했다는 후회를 하며 정글 속을 뛰어다니는 내 모습을 상상하고 있었다.

나는 책의 마지막 장을 덮으며 뒤로 기대어 앉았다. 옆 좌석에 앉은 여성의 머리에서 나는 냄새가 너무 신경 쓰여서, 여행을 떠나기 전에 박사의 연구실에서 가져온 장치를 실험할 생각을 했다. 그 멋진 물건은 작은 치약 튜브 크기로 행크 박사의 가장 위대한 발명품 중 하나인, 진공 코 세척기에서 영감을 얻어서 만든 것이다. 기본적으로 그 기기는 진공 코 세척기가 코딱지를 빨아들이듯 불쾌한 냄새를 흡수하는 장치다. 행크 박사는 그 기기를 '악취 제거기'라고 이름붙였는데, 나는 한 번도 사용해 본 적은 없다. 그래서 나는 머리 위의 독서등으로 손을 뻗는 척하며, 그 기기를 옆 좌석 여성의 머리 위로 슬쩍 올려서 악취를 빨아들이게 했다. 약 몇 분 정도는 공기가 숨을 쉴 만했다.

맞은편 통로에 앉아 있던 남자가 손을 뻗어 내 테이블 위에 올려둔 '아마존에서 살아남는 방법'이라는 책의 겉표지를 손가락으로 톡톡 쳤다. 비행기 안의 조명은 어두워서, 그 남자의 얼굴을 제대로 알아볼 수는 없었지만, 그는 둥근 눈매에 짧은 턱수염을 하고 있었다. "아마존이라, 그리 나쁘지 않지." 그가 말했다.

"나쁘지 않다고요?" 나는 쌓아 놓은 책을 한번 보고는 다시 그의 얼굴을 올려다보며 말했다. "끔찍할 것 같은데요."

그는 무시하듯 손사래를 쳤다. "거기 써 있는 거, 다 믿지는 마." 그가 말했다. "만약 아마존 우림에 가려면, 꼭 좋은 가이드를 섭외해야 해. 그리고 가이드가 하라는 대로 해라." 그는 자신의 좌석 밑에 있는 가방에 손을 넣었다. "아, 참, 밤에는 이걸 한번 껴 봐." 그는 나에게 작은 주머니를 건네며 말했다. "장거리 여행 때는 이걸 항상 갖고 다니는데, 나는 이걸 껴도 잠을 못 자. 너한테 줄게."

나는 건네받은 주머니를 열었다. "귀마개인가요?"

"내 말을 믿어 봐. 그 물건이 꼭 필요할 거야."

오후 느지막한 시간에 비행기는 드디어 착륙했고, 우리는 마치 금성 탐사를 마치고 온 우주인들마냥 축 처진 모습으로 비행기에서 내렸다. 공항의 모든 안내문이 포르투갈어로 표기되어 있어서, 내가 어리둥절해 하는 틈을 타서 매트가 나를 속이는 바람에 하마터면 여자 화장실에 들어갈 뻔했다. 수하물을 찾고, 출입국 관리소를 빠져나오기까지 거의 세 시간이 걸렸다. 내가 생각해도 청소년 세 명이 자기들끼리 다른 나라로 여행을 한다는 것은 좀 이상하게 보일 수도 있다. 그리고 그 아이들의 여행 가방을 들여다봤을 때, 옷의 가짓수보다 더 많은 수의 기기들을 발견한다면, 질문 세례가 이어지는 것은 어쩌면 당연하다. 고맙게도 아바가 기내에서 열심히 익힌 포르투갈어 덕분에, 우리는 밀수업자도 범죄자도 아니라는 사실을 확신시킬 수 있었다.

공항 청사 밖의 공기는 따뜻하고도 축축했다. 가랑비가 살포시 내리고 있었다. 택시와 승용차들이 천천히 지나갔다. 어떤 차량들은 비스듬히 또 다른 차들은 나란히 주차가 되어 있었다. 승합차 한 대가 인도 쪽으로 다가와 긴 머리에 커다란 선글라스를 착용한 여성을 태웠다. 매트는 손을 이마에 갖다 대고는 차량들 속에서 매연을 내뿜는 하얀색의 녹이 슨 커다란 차 한 대를 뚫어져라 쳐다보았다.

"저기 우리 버스가 있네." 매트가 말했다.

"우리 버스라니?"

"우리는 저 버스 안 타." 아바가 말했다.

나의 여동생 아바와 나는 늘 의견 차이가 나서 티격태격이지만, 이번만큼은 나도 그녀의 편이었다. 아바는 지나가는 택시를 향해 손을 흔들었다. 택시가 끼익 소리를 내며 멈추자, 주행하던 다른 차들이 급히 방향을 바꾸느라 굉음을 냈다. 택시 기사가 열린 창문으로 고개를 기울인 채 물었다.

"온드 보세 바이?(Onde Você Vai, 어디 갈 거야?)"

"우리더러 어디를 가느냐고 묻고 있어." 아바가 말했다.

"택시비가 너무 비싼데." 매트가 얼른 끼어들었다.

아바와 나는 못 들은 척, 얼른 택시에 올라탔다. 매트는 투덜거리며 우리를 따라 택시에 오르더니 나를 가운데 좌석으로 밀어 넣었다. '나 가운데 자리 정말 싫은데.'

낯선 도시의 시내로 차를 타고 가는 것은 재미있을 수도 있다. 영어를 조금 할 줄 아는 그 운전사는 마치 투어 가이드처럼 굴면서 건물들과 언덕들을 가리키며 이야기까지 풀어냈다. 그가 '아마존 극장'이라는 유명한 오페라 하우스에 대해 말하며, 19세기 당시 마나우스에서 엄청난 부를 축적했던 시민들이 건축했다는 설명을 덧붙였을 때, 나는 잠에 빠져들었다. 어느 순간 눈이 뜨였을 때, 내 입가에 끈끈한 침이 흐르고 있었고, 나의 배 속은 자갈들이 가득 들어 있는 것처럼 거북했다. 맛이 있다고 해서 치즈 크림빵을 그렇게 많이 먹지 말았어야 했다. 불쾌한 냄새가 나의 체내에서 연타로 배출되려는 찰나에, 나는 악취 제거기를 이용해 얼른 한 방씩 쏙쏙 빨아들였다.

운전사는 이제 우리가 아우베르투 산투스-두몽(Alberto Santos-Dumont) 도로로 진입했다고 말했다. "그 도로는 비행기를 발명한 브라질 사람의 이름을 따서 붙인 거야." 그가 설명했다.

"라이트 형제가 비행기를 발명했잖아요." 매트가 말했다.

"아니야, 틀렸어. 산투스-두몽이 최초야." 운전사가 반박했다.

나는 팔꿈치로 형을 툭 쳤다. "여기는 지금 브라질이야." 나는 형에게 상기시켰다. "우겨 봤자 소용없어."

몇 분 후 택시가 브레이크를 세게 밟으며 멈추어 섰다.

자동차 지붕 위로 빗방울이 후드득 떨어져 내렸다. "지금이 건기인 줄 알았는데." 아바가 말했다.

운전사가 웃음을 터뜨렸다. "여긴 건기라도 비가 와." 그가 말했다. "그냥 평소보다 비가 좀 덜 내리는 정도일 뿐이야."

형이 아주 멋진 호텔을 예약했다는 말을 꺼냈을 때, 나는 샹들리에와 대리석 바닥으로 장식된 근사한 호텔을 상상했다. 침대에는 실크 시트가 깔려 있고, 와이파이도 빵빵하게 잘 터지는 객실 말이다. 내가 상상하는 그 객실에는 레몬이나 오이를 띄운 시원한 마실 물도 준비되어 있다. 그러나 현실 속의 우리의 호텔은 황폐하기 짝이 없었다. 호텔 앞의 인도 바닥에는 여기저기 금이 가 있고 움푹움푹 패어 있어서 지그재그로 호텔 앞 돌계단까지 걸어갔다. 계단은 부분적으로 파손되어 있었고 한쪽에는 흙탕물이 고여 있는 찌그러진 은색 사발이 덩그마니 놓여 있었다. 그게 호텔에서 제공하는 무료 식수가 아니길 바랐다.

아바와 나는 가방을 꼭 붙들었고, 매트는 기사에게 비용을 지불하고는 우리를 지나쳐서 부리나케 프런트 데스크로 다가갔다. 호텔 데스크의 직원은 노란색과 초록색이 어우러진 경기용 티셔츠를 입었고, 입에는 불을 붙이지 않은 담배 한 대를 물고 있었다. 매트가 그와 승강이를 벌이는 듯하자, 아바가 지원에 나섰다. 아바는 그 직원의 말을 곰곰이 듣더니 매트를 돌아다보았다. "이분 말이 신용 카드가 승인이 거절됐다는데."

"다시 한번 시도해 보라고 부탁해 봐." 아바가 부탁했고, 같은 결과가 나오자 매트의 얼굴이 사색이 되었다. 매트는 다른 네 장의 카드를 더 꺼냈다─나는 우리에게 그렇게 많은 신용 카드가 있는 줄도 몰랐다─마지막 카드의 승인 허가가 떨어지자 그제서야 매트는 마치 무죄 선언이라도 받은 듯 극적인 안도의 숨을 내쉬었다. 그는 내게 열쇠를 건네주었고 자신의 가방을 챙겼다.

"대체 다 무슨 일이야? 뭐 그렇게 복잡해?" 내가 물었다.

"별일 아니야." 매트가 톡 쏘아붙였다.

우리가 쓰는 객실만큼은 멀쩡했다. 내 짐작으로는 그랬다. 어쨌든 샤워 시설도 깨끗했다. 나는 침대에 벌러덩 누워 버렸고, 그렇게 열네 시간은 너끈히 잘 수 있을 것 같았는데 돌돌 말린 양말 한 켤레가 내 이마 위로 톡 튕겨 떨어졌다.

"아아," 형이 말했다. "그 '사우다드'라는 식당이 여기서 몇 블록만 가면 있단 말이야. 우리가 이제 슬슬 작전을 시작해 볼 수도 있잖아."

나는 하품을 하며 일어나 앉아 기지개를 켰다. 그래도 피곤이 몰려왔다. "내일부터 본격적으로 시작하면 안 돼? 그리고, 방금 나한테 던진 거, 새 양말 아니지?"

"응, 아니야."

아바가 매트 옆에 서 있었다. "잭, 어서. 지금 행크 박사님이 위험에 처해 있다는 사실을 잊은 건 아니지?"

"잠정적으로 그럴 수도 있다는 거잖아." 내가 한마디 했다.

"지금, 이 상황에서는 말이야. 잠정적인 거랑 실제적인 거 사이에 아주 작은 차이만 있을 뿐이야."

"어허?"

"당장 일어나."

형과 아바는 내가 옷을 갈아입겠다고 하니 고맙게도 몇 분은 기다려 주었다. 입고 있던 티셔츠에서 헤어스프레이 냄새가 배어났고, 게다가 우리가 가려는 '사우다드'라는 식당은 별 다섯 개짜리의 고급 식당이다. 옷을 잘 골라 입는 것은 나에게는 매우 중요한 일이다. 나는 단추가 달린 반팔 셔츠와 청바지를 꺼내 입고, 검정색 농구화를 신고, 작은 피라냐가 그려진 나비넥타이를 맸다.(여행을 떠나기 전에 슬쩍 나가서 쇼핑을 좀 했다는 의미일 수도 있다.) 매트는 나에게 빨리 좀 하라고 재촉했고, 아바는 내가 넥타이를 몇 번이나 더 풀었다 맸다, 고쳐 맬 건지 궁금해했다. "완벽해질 때까지." 내가 답을 해 주었다.

네 번 정도 넥타이를 바꾸어 맸다. 방수 재킷을 집어 들고는 간단히 머리를 매만진 후, 나는 형제들을 따라 시내로 나갔다. 빗줄기는 좀 잦아들었지만, 여러 구역의 인도 이곳저곳이 갈라지고 패여 있었다. 승용차와 택시들도 도로의 움푹 파인 자리들을 이리저리 피해서 달리고 있었다. 매트는 경로를 입력한 후, 앞장서서 우리를 음식점들이 즐비하게 붐비는 구역으로 이끌었다. 주스 바에서는 아마존의 신비의 열매라고 하는 작은 '아사이베리'가 듬뿍 들어간 스무디와 푸딩을 팔고 있었다. 상점의 유리창들은 모두 닫혀 있고, 더운 열기와 비로 인해 김이 잔뜩 서려 있었다. 어느 상점 안을 들여다보려 하는데 아바가 나의 팔을 잡아끌었다.

"조심해!" 나에게 주의를 주었다.

아바랑 나보다 몇 살은 더 어려 보이는 여러 명의 아이들이 미소를 보이고 웃음을 지으며 우리를 지나쳐 갔다. 그들은 낡아서 헤어진 티셔츠와 탱크톱을 걸치고 발에는 평범한 샌들을 신었다. 그중 한 소년이 내가 매고 있던 넥타이를 가리키며 우적우적 갉아 먹는 동작을 했다. 피라냐 흉내를 내는 것 같았다.

그들 중 몇몇이 나에게 하이파이브를 건넸다. 자연스레 나도 받아 줬고, 곧 그 무리의 모든 아이들과 하이파이브를 나누게 되었다. 처음에는 아바와 매트도 약간 망설이는 듯하더니, 이내 나를 따라 그들과 하이파이브를 주고받았다. 마치 내가 팝 스타라도 된 것같이 우쭐한 기분이 들었고, 그 애들이 길 아래로 우르르 달려 내려가 모퉁이를 돌아설 즈음엔 나의 형제들의 얼굴에도 밝은 미소가 번졌다.

"방금, 그거, 너무 멋지지 않았니?" 아바가 말했다.

매트는 고개를 설레설레 흔들었다. "야, 너희들. 뉴욕에 사는 애들이 그러는 거, 한 번도 본 적 없지, 그치?"

나는 어깨를 으쓱했다. "나는 말이야, 사람들을 다루는 법은 타고난 것 같아."

사우다드라는 식당이 눈앞에 들어왔고, 비도 거의 멎었다. 그 식당의 전면에 칠해진 초록색은, 마치 엊그제 페인트칠을 한 것처럼 선명했다. 신기하게도 습기도 차지 않은 커다란 사각형의 창이 품격 있는 식당의 내부를 고스란히 보여 주었다.

"좀 붐비는 것 같은데." 내가 말했다.

식당으로 들어서자, 이상하다 싶게 검고 뻣뻣한 직모를 가진 한 여성이 미소를 지으며 우리를 맞았다. 유리 접시에는 수십 개의 성냥갑이 나란히 쌓여 있었다. 우리가 박사의 연구실에서 발견했던 그 성냥갑과 정확히 일치한 것이었다.

아바가 포르투갈어로 몇 마디를 하자 그 여성이 손가락을 치켜들고는 우리를 식당 뒤쪽의 주방으로 안내했다. "저 여자가 어디로 가는 거야?"

"내 생각에는 매니저한테로 가는 것 같아." 아바가 답했다.

빈 테이블은 한 곳도 없었는데, 어쨌든 우리는 거기에 음식을 먹으러 간 것은 아니었다. 우리 뒤로 날렵하게 빠진 나무 의자 세 개가 나란히 벽 쪽에 놓여 있었다. 나는 하품이 났다. 내가 의자에 앉으려는데, 한 남자가 맞은편에서 나에게 소리를 질렀다. "안 돼! 내 오스카(Oscar)는 안 돼!"

식사를 하고 있던 수십 명의 사람들이 고개를 돌려 나를 쳐다보았다. 나는 얼른 바로 서서 양손을 들어 보였다. "죄송해요. 근데 뭐죠?"

50대 가량의 한 남성이 갈색과 붉은색, 그리고 보라색 얼룩이 묻은 흰색 앞치마를 두른 채 서 있었다. 그의 머리는 흑발과 은발이 적당히 섞여 있었고, 턱에는 두꺼운 흰 수염을 기르고 있었다. 그의 갈색 눈은 얼굴에 비해 컸고, 팔뚝은 건설 현장의 노동자들같이 튼실했다. 그래도 그의 환한 미소와 커다란 눈 덕분인지, 그는 별로 무서운 사람처럼은 안 보였다. "아니, 그런 게 아니라, 암튼 미안!" 그는 나를 향해 손바닥을 펼쳐 보였다. "그렇지만 이해 좀 해. 내 오스카에는 앉으면 안 돼."

"오스카라고요?"

"그 의자들 말이야, 그걸 디자인한 사람이 오스카 니마이어(Oscar Niemeyet)…."

"아, 그 건축가!" 매트가 말했다. "그 사람이 수도, 브라질리아를 디자인했죠?"

"오, 그래. 맞아. 맞아! 너희들 건축학에 대해서 아니?"

"저희들은 모르는 게 없답니다." 내가 말했다. 사실 브라질에 대해서는 내가 훨씬 더 많이 알고 있는데.

그는 나를 쳐다보며 굳은살이 박힌 손가락으로 자신의 덥수룩한 턱을 긁었다. 그 소리는 마치 두꺼운 솔로 찌든 때가 잔뜩 낀 냄비 바닥을 박박 문질러 대는 것 같았다.

그가 말했다. "너, 그 넥타이 멋지네."

"감사합니다."

"아, 알겠다." 그가 계속해서 말을 했다. "너희들이 온 곳이?"

매트가 손을 내밀어 그 남자와 악수를 했다. "저희들이 바로 '외로운 고아들'이라는 시를 썼어요." 매트가 말했다. "그 시집이 작년에 브라질에서도 출판이 됐지요. 판매량이 미국만큼 좋은 건…."

"고아들이라고? 고아들 얘기는 갑자기 왜 꺼내는 거지? 나는 너희 고아들을 알고 있다는 말이 아닌데. 그런데, 너," 그 남자가 엄지손가락으로 나를 가리켰다. "너는, 누구니?"

나는 머리를 정돈하고 넥타이를 매만지고는, 대답을 했다. "제 이름은 잭이에요. 여기는 아바고요, 저쪽은 매트예요. 혹시 여기 식당의 주인이세요?"

"아, 그래. 물론이지. 내 이름은 호아킴 안드레스 다 실바 리베리토이고 나는 이 식당의 주방장이자 주인이야."

"오, 이름이 상당히 기네요."

"우리 브라질 사람들은 이름을 좋아해. 우리 형의 이름은 11개도 넘는 단어가 들어가 있는걸. 그래도 부를 때는 그냥 '부'라고 하지만."

내가 소리를 내며 웃자 매트가 발로 나를 툭 쳤다.

"괜찮아, 웃기기는 하잖아." 호아킴이 말했다.

"혹시 명함 있으세요?" 내가 물었다.

매트가 한숨을 내쉬며 말했다. "잭, 지금은 아니야."

몇 개월 전부터 나는 명함을 수집하고 있었다. 사람들에게 명함을 달라는 게 참 재미있었다. 뭔가 그럴듯한 직무를 수행하는 것 같은 느낌이 들었다. 마치 어른이 된 것 같은 기분 말이다.

호아킴은 깨끗한 초록색 종이 명함 한 장을 내게 내밀었다. 내가 그 명함을 얼른 받아서 주머니에 넣자, 그는 책상에서 태블릿을 집어 들었다. "예약을 하고 온 거니?"

"사실, 여기 식사를 하러 온 건 아니에요." 아바가 말했다.

"여기는 식당인데. 사람들이 여기에 오는 이유가 그건데. 먹으려고 오는 거."

"저희가 친구를 찾는 데 도움을 받고 싶어 왔어요." 아바가 설명했다. "그분이 최근에 여기에 오신 적이 있어요."

"최근이라고? 그럼 어제 여기를 방문했다는 그런 말이니?"

"지난 몇 달 사이에 방문하셨던 것 같아요."

호아킴은 순간 움찔하며 놀라는 듯하더니 이 사이로 숨을 들이마셨다. "우리 식당에서 접대하는 손님들이 하루에 백 명 정도 되거든. 그러면 지난 몇 달 동안 수천 명은 여기를 다녀갔다는 의미거든."

"사진을 보여 드릴 수도 있는데요." 아바가 제안을 했다. 아바가 주머니를 만지작거렸다. 그러더니 나를 쳐다보았다. "어머, 내 전화기! 내 스마트폰이 없어졌어."

매트가 자신의 주머니들도 여기저기 뒤져 보았다. "어, 내 스마트폰도 없어."

이제 그 둘이 다 나를 쳐다보고 있었다. 나는 어깨를 으쓱했다. "내가 한 짓이 아니야. 내 전화기는 호텔 룸에 두고 왔는데."

"너희들 여기에 걸어서 왔니?" 호아킴이 물었다.

매트가 고개를 끄덕였다. "네, 근데 왜요?"

"혹시 오는 길에 네 나이 또래쯤 되는 귀엽고 친근하게 구는 아이들과 마주쳤니?"

"네, 맞아요. 그랬어요." 내가 말했다. "그 애들이 너무 착하더라고요. 저희들과 아주 잘 통했어요."

호아킴이 어깨를 으쓱여 보였다. "걔네들이 너희들 스마트폰을 가져 간 거야."

몇 초간 우리 모두 할 말을 잊었다. 형제들이 무슨 생각을 하는지는 알 수 없었고, 나는 그 애들과 마주쳤던 그 순간의 기억을 더듬고 있었다.

그래. 맞아. 하이파이브. 우리랑 하이파이브를 하는 사이, 우리들의 주머니를 털어간 거였다.

"진짜로요?" 아바가 물었다. "그 애들이 우리 스마트폰을 훔쳐갔다고요? 경찰에 알려야겠어요."

호아킴은 시간 낭비일 뿐이라고 했다. "지갑들은 있는지 확인해 봐." 그가 말했다. 내 지갑은 안전했다. 매트와 아바도 고개를 끄덕였다. "다행이네. 봤지? 이 애들은 그렇게 나쁜 애들은 아니야. 너희들 지갑은 손을 안 댔잖니. 너희들은 별일 없을 거야. 그러니 경찰에 알려 봤자 별 소득이 없어. 경찰서에 가도 너희들이 스스로 자기 물건을 잘 챙기지 못해서 생긴 일이라고 말할 거야. 그래도 나는 너희들이 처한 어려움은 공감해. 어쨌든, 지금 너희들이 찾는 그 친구 사진은 볼 수 없는 거네."

아바가 포르투갈어로 뭔가를 말했다. 주방장이 아바에게 태블릿을 건네주었다. 아바가 인터넷을 검색하여 행크 박사의 사진을 찾아 그에게 보여 주었다. 호아킴은 그 사진을 몇 분간 유심히 살펴보더니 어깨를 으쓱해 보이며 미안하다는 반응을 보였다. 아바는 거기서 포기하지 않고 식당 내부의 네 귀퉁이에 설치되어 있는 카메라를 가리켰다. "그 분이 여기에 오셨는지, 저 CCTV를 확인해 볼 수 있을까요?"

주방장은 가슴에 팔짱을 낀 채 고개를 갸우뚱했다. 그는 깊은 숨을 몇 번을 들이마시고는 눈을 지그시 뜬 채로 우리들을 한 명씩 지켜보았다. "이게 왜 그렇게 중요한 거지? 너희들이 찾고 있는 그 사람이 누구니?"

"그 분은 아주 유명한 분인데요." 내가 말했다.

호아킴은 내 어깨 위에 팔을 얹고는 뒤쪽을 가리켰다.

"저기 보면, 마나우스의 시장이 있지." 그가 짧은 은발 머리의 한 여성을 가리키며 말했다. "저 여자 옆에 있는 사람이 브라질 전체에서 가장 영향력 있는 사업가 중 한 사람이야." 그는 옆에 있는 또 다른 테이블을 가리켰다. "저기 저 남자가 한때는 세계 최고의 축구 선수였거든. 저렇게 유명세

와 영향력을 갖고 있는 사람들이 매일 저녁 우리 식당에 와서 식사를 해."

"저희가 찾는 분은 헨리 위더스푼 박사님이에요."매트가 말했다. "그런데, 저희는 그분을 그냥 행크 박사님이라고 불러요."

아무런 반응이 없었다.

"진공 코 세척기의 발명가라면 아실까요?"내가 한마디를 덧붙였다.

호아킴은 여전히 모르겠나 보다.

아바가 행크 박사의 유명한 발명품을 열 개도 넘게 읊어 댔다.

호아킴은 아바의 말을 끊었다. "나는 그 사람이 발명했다는 물건은 궁금하지 않단다. 그나저나 왜 그 사람을 찾고 있는 건데? 그 사람이 너희들의 친구니? 삼촌? 아니면 아버지?"

우리 중 아무도 대답을 하지 않았다. 나는 매트에게 시선을 돌렸다. 매트는 아바가 설명하기를 바라는 눈치였다. 내가 못 참고 나서서 말을 했다. "아, 어려운 질문이네요."

"어려운 질문이 아닌데."호아킴이 말했다.

"그분은 우리들의 아버지는 아니에요."아바가 말했다.

"아니라고?"

"네, 정확히 아버지라고는 할 수 없고요."내가 말했다.

"맞다는 거야, 아니라는 거야?"

나는 대답을 하고 싶지가 않았다. 나의 형제들도 마찬가지였다. "저기요," 내가 말했다. "저희는 그분을 꼭 찾아야 하거든요, 아시겠어요? 저 CCTV화면 좀 확인하게 해주시면 안 될까요?"

"안 될까요? 부탁드릴게요." 아바가 거들었다.

호아킴은 깊숙이 숨을 들이마시고는 대답했다. "안 되겠는데."

"제발, 부탁드려요." 매트가 말했다.

"안 돼."

내 나이는 열세 살이다. 그러니까 입술을 삐죽거리며 불쌍한 표정을 짓는 것은 이제 졸업을 하고도 남을 나이였다. 그러나 우리는 그 녹화 영상을 확인해야만 했고, 그러니 그 주방장의 동정심을 자극하고 마음을 움직여야만 했다. 그래서 나는 고개를 푹 숙이고 아랫입술을 삐죽거렸다. 그러고는 아바와 매트를 만나기 전에 내가 어떤 기분으로 살았는지 떠올려 보려 했다. 몇 가지 아픈 기억들, 내가 바라는 게 뭔지도 모르던 그 시절, 새로운 가정에 입양되면서 처음에 겪었던 그 순간들이 떠올랐다. 밤에 우리 아파트에서 자려고 누워 있다가, 이럴 때 곁에 와서 이불을 덮어 주고, 문 앞에 기대서서 좋은 꿈꾸고 잘 자라는 인사를 건네주는 부모가 있다면 어떨까라는 상상을 하며 보냈던 수많은 밤이 떠올랐다. 앙다문 아래턱에 얼얼한 느낌이 전해졌다. 눈가에 눈물이 맺히자 시야가 흐려졌다. 첫 번째 눈물방울이 볼을 타고 또로록 흘러내렸다. 속눈썹에 눈물이 그렁그렁 맺혔다.

호아킴의 표현이 갑자기 바뀌었다. "그래, 그래! 나는 너희들을 알고 있어. 그리고 이 얼굴도 알아!"

그건 내가 예상했던 반응이 아니었다.

"이 애를 아신다고요?" 매트가 물었다.

주방장은 앞으로 몸을 숙이더니 양손으로 내 얼굴을 감싸쥐었다. 그는 자신의 커다란 엄지손가락으로 나의 눈물을 닦아주었다. 그의 손가락에서 소금과 양념 냄새가 배어났다. 그는 나의 머리를 부드럽게 몇 번 흔들고는 나의 얼굴을 감싸고 있던 손을 풀었다. "그 동영상! 그 강아지 나오는… 네가 바로 그 사랑스러운 개에게 심폐 소생술을 했던 그 애 맞지!" 그는 기도 손을 하고는 주방이 있는 쪽으로 얼굴을 내밀면서 포르투갈어로 무슨 말인가를 했다. 요리사 몇 명이 그에게 급히 다가왔다.

자, 이제 사랑스런 강아지에 대해서 이야기를 좀 해 보겠다. 여러분도 사랑스럽고 작은 강아지에게 심폐 소생술을 해주는 동영상을 볼 수가 있다. 두 눈에는 그렁그렁 눈물이 가득한 채 세상에서 가장 불쌍한 표정으로 카메라를 쳐다보는 모습은 확실히 감동을 준다. 그 동영상은 올리는 즉시 인기를 끌었고 내가 마지막으로 확인했을 때, 조회 수가 거의 천 600만이 넘었다. 그런데 거기에 조금 설정이 있다. 그 작은 강아지가 진짜로 의식을 잃은 것은 아니었다. 법정 소송 사건을 겪는 와중에 우리가 생각해 낸 아이디어였다. 당시 나의 형, 매트가 우리에게는 양부모가 필요 없고, 자립적으로 살 수 있다는 주장을 펼치던 시기라서, 우리는 그 강아지 동영상이 사람들의 마음을 우리 쪽으로 끌어오고, 우리가 마음도 따뜻한 아이들이라는 사실을 부각시킬 수도 있을 거라 생각했다. 매트와 아바는 자신들의 법적 주장이 받아들여져서 재판에서 이긴 거라고 우기지만, 나는 동영상 속 강아지도 일정 부분 역할을 톡톡히 했다고 믿는다. 그래도 아직까지 그 동영상을 봤다는 팬을 직접 만나본 적은 없었다.

호아킴은 미소를 짓고 있는 두 명의 요리사들의 어깨를 감싸면서 설명했다. "우리는 거의 매일 그 강아지 동영상을 보고 있단다. 동영상을 보면서 세상에 좋은 사람들이 있다는 사실, 그리고 우리가 서빙하는 손님들도 그런 훌륭한 사람들이라는 점을 우리들 자신에게 일깨우고 있단다. 우리 일은 이 식당에서 식사하는 모든 손님을 마치 그 동영상의 훌륭한 소년인 양, 생각하며 존중하는 거야. 그런데… 지금 바로 그 소년이 여기 내 눈앞에 있다니! 내 식당에 찾아와 주다니.

자, 내가 음식을 대접할게. 암, 마땅히 먹어야지. 너희들은 먹을 자격이 충분하단다. 자, 내가 테이블을 마련해 줄게."

호아킴은 식당 안을 죽 둘러보고는 네 사람이 앉아 있는 테이블로 향했다. 그 테이블 위쪽으로는 비늘이 잔뜩 붙은 괴물같이 생긴 물고기 그림이 걸려 있었고, 좌석에는 여자 두 명과 남자 두 명이 앉아 있었다. 그 가운데 한 여성이 핏기가 살짝 도는 두툼한 스테이크 한 점을 은제 포크에 찍어 입으로 가져가려고 할 때 호아킴이 그녀의 접시를 움켜잡았다. 옆에 앉아 있던 다른 여성의 접시도 집어 들었다. 그는 여종업원을 불렀다. 종업원이 서둘러 테이블로 다가오더니 다른 두 사람 앞에 놓인 음식이 담긴 접시를 가져갔다. 스테이크를 손에 들고 있던 그 여성이 벌떡 자리에서 일어나더니 호아킴을 향해 큰소리를 치기 시작했다. 호아킴도 지지 않고 소리를 질러댔다.

"저 사람들이 지금 뭐라고 하는지 말 좀 해 줄래?" 내가 물었다.

"나는 아직 포르투갈어로 욕은 안 배워서 몰라." 아바가 말했다. "그런데, 저 여자가 지금 카피바라에 대해서 뭔가 말하고 있는 것 같기는 해."

"그건 정글 속에서 사는 커다란 설치류 놈불이야." 매트가 설명을 해 주었다. "수영도 아주 잘해."

나도 그건 알고 있었다. 그건 마치 돌연변이 마멋처럼 생긴 동물이다.

"우리 때문에 저 사람들을 쫓아내는 건가?" 아바가 물었다.

테이블에 앉았던 두 명의 남자가 나를 노려보았다.

"봐, 저 남자들이 나를 쳐다보는 눈빛이 말하고 있잖아." 내가 말했다.

소리를 지르던 그 여성은 뭐라고 또 다른 욕을 하자 호아킴이 주먹을 자신의 눈에 갖다 대고는 울기 시작했다. 그러자 그 여성들도 흐느껴 울기 시작했다. 잠시 후, 그들은 서로에게 포옹을 해 주었다.

"대체, 무슨 일이야?" 내가 물었다.

"나도 도통 모르겠는걸." 아바가 말했다.

"굉장하네." 매트가 그들을 지켜보며 한마디 했다. 매트가 그 단어를 사용하니 행크 박사가 떠오르기는 했는데, 굳이 그 단어를 끄집어낼 상황은 아니었다.

종업원이 그 테이블에 앉았던 네 사람을 주방 쪽으로 안내하자, 호아킴은 테이블을 치우며 우리를 불렀다. 다른 종업원이 얼른 새 접시들과 은식기들을 테이블에 차렸다. 호아킴이 나의 시선을 따라 주방 쪽을 쳐다보았다. "너, 저 사람들이 걱정이 되는구나, 그치? 걱정 안 해도 돼. 그녀는 나의 여동생이야. 우리 식당에 일주일에 한 번씩 꼬박꼬박 와서 식사를 하지. 주방에서 남은 식사를 마저 먹으면 돼. 문제 될 거 없어."

나중에, 카피바라 어쩌고 했던 욕이 뭔지 그에게 물어봐야 겠다고 마음을 먹었다. 가끔 욕먹을 짓을 하는 매트에게 써 먹을 수 있을 것 같았다. 매트 형이 테이블 앞으로 몸을 숙여 열심히 메뉴판을 들여다보았다. 매트는 아바에게 고개를 돌려 뭔가를 속삭였다. "이런 음식은 너무 비싸서 우리가 감당을…."

"너희들이 감당한다고? 돈 걱정은 하지 마." 호아킴이 손바닥으로 내 등을 하도 세게 치는 바람에 나의 심장이 두 배는 빨리 뛰었다. "자, 어서 이리로 앉아. 너희들은 주문을 하고, 먹기만 하면 돼."

매트와 나는 미끄러지듯이 의자에 앉았지만, 아바는 계속 서 있었다. "그 CCTV는 어쩌고?"

"그건 나중에 봐도 되잖아."

"난, 지금 바로 보고 싶은데."

호아킴이 턱을 긁었다. 그가 가늘게 뜬 눈으로 아바를 물끄러미 지켜보자, 아바도 지지 않고 또렷하고 강한 눈빛으로 그의 눈을 똑바로 쳐다보았다. 아바의 머리 안쪽, 깊은 어딘가에서 어떤 빛 같은 것이 발사되는 것 같았다.

주방장의 근엄했던 표정이 서서히 미소로 바뀌더니 아바

**73**

의 부탁에 넘어갔다. "그래, 보여줄게." 그가 말했다.

"그럼, 저는 파스타 같은 기본적인 걸로 주문할게요." 아바가 화답을 했다.

매트는 종업원을 불러 영어 메뉴판을 요청했지만, 그 식당에는 없었다. 그래서 형은 치즈버거와 파스타도 주문했다. 종업원이 미소를 지어 보였다. 나는 왠지 그의 미소가 마음에 들지 않았다.

"그런데 행크 박사님이 왜 여기서 식사를 하셨을까?" 매트가 물었다.

"왜냐면, 배가 고파서였겠지?"

"허, 너무 재미있구나. 잭, 내 말은 왜 하필 이 식당이냐고? 알다시피 박사님은 현재 채식을 하고 계시잖아. 안 그래?" 나의 형은 주변 테이블을 둘러보며 고개를 끄덕였다. 접시마다 육즙이 흐르는 스테이크와 돼지고기가 올려져 있었다. "이 식당의 음식은 모두 육식 애호가들을 위한 것처럼 보이는데."

"어쩌면 다른 누군가가 박사님을 이곳으로 초대를 했을 수도 있어."

"그럼, 누가 초대를 했을까?"

"아바가 곧 알아내겠지."

음식이 나오자, 나는 거의 의자에서 벌떡 일어설 뻔했다.

종업원이 다시 미소를 지으며 포르투갈어로 뭔가를 말했다. 접시 위에는 육면체로 자른 주황색의 망고 네 조각이 갈색과 보라색이 어우러진 소스 위에 올려져 있었다. 그리고 그 망고의 꼭대기에 까만색의 커다란 개미가 올려져 있었다. 나는 포크를 들고 그중 한 마리를 부드럽게 꾹 질렀다. 다행스럽게 그건 살아 있는 것은 아니었다.

"개미가 달아나기라도 할까 봐 그랬니? 그건 다 죽은 개미들이야." 매트가 말했다. "곤충은 아주 좋은 단백질원이지."

"그렇게 좋은 거라면 형도 한 점 먹어."

매트의 얼굴이 하얗게 질렸다. 나는 과일 위에 앉아 있는 개미 한 마리를 걷어 내고 망고를 소스에 꾹 찍어서 게걸스럽게 먹었다. 매트가 나를 지켜보았다. "맛있네." 내가 말했다. "진짜야."

"너 투쿠피(tucupi, 카사바 나무에서 추출한 즙*)를 좋아하니?"

호아킴이 우리 뒤에 와 서 있었다.

"투쿠피라고요?" 내가 물었다.

"그 소스 말이야. 내가 개미 빻은 걸 좀 추가시켰거든. 아주 복합적인 맛이 나지."

아바가 끼어들었다. "제가 주문한 파스타는 언제 나오나요?" 아바가 물었다. "이 식당에서는 개미 요리를 파는군요." 아바는 어깨를 으쓱해 보였다. "어, 그러니까, 좋은 단백질원

**75**

이기는 하죠."아바는 포크를 들더니 그 작은 생명체들과 망고를 함께 찍어서 우그적우그적 씹어 먹었다. "나쁘지 않은 맛이군요. 레몬처럼 좀 시큼하네요."

모험은 항상 내 역할이었는데. 위험을 감수하는 사람은 나였는데. 그런 역할은 내가 좀 할 수 있게 두면 안 되는 것일까? 그게 설사, 개미를 먼저 맛보는 일이라도, 내가 좀 먼저 하면 어디가 덧나나?

"녹화 영상은 어떻게 돼 가고 있어? 뭐라도 찾았어?"

아바는 입에 있던 음식물을 다 씹고는 삼켰다. "한 시간 안에 제대로 딱 맞혀야 하는데."

"맞힌다고?"

"동영상의 얼굴을 분석하는 프로그램을 다운 받았어. 그리고 행크 박사님 사진을 몇 장 입력시켜 놨으니, 그 프로그램이 알아서 찾을 거야. 분석하는 데 한 시간은 걸릴 거야."

"오오, 좋아, 좋아."매트가 말했다.

"그럼 그 프로그램이 행크 박사님의 얼굴을 찾아낸다는 거야?"

"그 녹화 영상에 박사님이 계시다면 찾아낼 거야."아바가 말했다. "행크 박사랑 비슷한 다른 사람들도 한 백 명쯤 있겠지."아바는 개미 한 점을 다시 와그작와그작 씹었다. "그 프로그램은 녹화 영상에서 정지 화면을 포착해서 찾을 수 있어. 그러니 한 달 치도 넘는 녹화영상을 보는 것보다 백 명이 넘는 사람들 속에서 박사님을 구분해 내는 게 더 쉬울 거야."

호아킴이 다시 우리 테이블로 돌아와서 내 접시를 가리켰다. 나만 아직 그 개미를 맛보지 않고 있었다. "쟤?"

나는 한 수저를 푹 떠서 눈을 질끈 감고 우자작 씹었다. 아바의 말이 맞았다. 그건 태국 음식을 떠오르게 하는 맛이었다. 입 안에서 개미의 뒤꽁무니가 잘 익은 포도처럼 톡 터졌다.

"진짜 레몬 맛이네."

우리에게 식사를 대접해 준 주인의 얼굴에 환한 미소가 피어났다. "좋아! 내가 만든 개미 요리를 맛보았구나. 자 그럼 이제 너희들이 주문한 파스타와 햄버거를 가져올게."

우리들 각자 스파게티 한 접시와 지금껏 먹어본 것 중 가장 맛있는 햄버거를 게걸스럽게 먹어치우고 난 후, 아바가 다시 확인을 하러 식당 뒤쪽의 사무실로 갔다. 아바는 사진 한 장을 들고 미소를 지으며 돌아왔다. "박사님을 찾았어." 아바가 사진 한 장을 테이블 위에 내려놓으며 말했다.

종업원들이 파인애플로 만든 디저트를 들고 왔다. 너무 맛있어 보였지만 당장 먹을 수는 없었다. 나는 앞으로 몸을 숙였다. 사진은 좀 흐릿했지만, 틀림없이 행크 박사의 얼굴이었다. 사진 속의 박사님은 한 소년과 소녀와 함께 테이블에 앉아 있었다. 사진 속의 그 소년은 내 나이쯤 되어 보였고, 왼쪽 발을 옷감인지 타월 같은 것으로 감싸서 테이블 위에 걸치고 있었다. 소녀는 매트와 비슷하거나 좀 어린 것도 같았다. 서글서글한 눈매와 둥근 얼굴을 한 그녀는 검은 직모에 짧은 머리 모양을 하고 있었다.

"이 애들은 누구야?" 내가 물었다.

"왜 그 소년이 테이블에 발을 걸친 채 식사하도록 행크 박사님이 그냥 내버려 두셨을까?" 매트가 물었다. "나한테는 절대 그런 행동을 못 하게 하시는데."

머리에 손을 얹은 채 아바가 눈살을 찌푸렸다. 아바는 정말 혼란스러워하는 눈치였다. 나의 반응은 어땠냐고? 나는 왠지 속고 있다는 생각이 들었다. 그 두 명의 아이들과 행크 박사는 대체 뭘 하고 있었던 걸까? 우리는 행크 박사의… 그러니까, 정확히 친자식들은 아니지만, 어쨌든 박사님에게 우리 말고 다른 아이들은 없다. 우리는 일종의 가족 같은 관계다. 좀 특별한 형태의 가족. 낯선 아이들과 함께 있는 박사님의 사진을 보니 기분이 좀 묘했다. 혹시 박사가 러시아나 중국에도 우리 같은 아이들을 두고 계신 것은 아닐까? 호주에나 같은 아이를 또 두고 계신 건 아닐까? 만약 그렇다면, 그애가 나처럼 나비넥타이를 매고 거기에 부메랑을 걸고 다니는 건 아닐까?

호아킴이 다시 우리들의 테이블로 다가왔다. 그가 그 사진을 톡톡 두드렸다. "너희들의 친구라는 이 박사가 페드로를 아시니?"

"페드로가 누군데요?" 아바가 물었다.

"사진 속의 그 소년이 바로 페드로야." 호아킴이 대답을 했다. "페드로는 브라질의 미래, 셀레상(Seleção)의 미래야."

나는 아바 쪽으로 몸을 숙이며 말했다. "그 애가 축구스타래." 내가 설명을 했다. "셀레상은 브라질 국가 대표 축구팀을 칭하는 또 다른 말이야."

"그 애 발에 무슨 문제라도 있는 건가요?" 아바가 물었다.

"전혀 없지!" 호아킴이 대답했다. "그의 왼쪽 다리가 아주 엄청나지. 그 애는 왼발로 경기장 어디에서든 슛을 날려 점수를 내거든. 내가 한번은 그 애가 작은 동네 구장에서 경기하는 걸 본 적이 있는데, 공을 어찌나 세게 차던지 지나가던 트럭의 창문이 깨지더라고. 처음에는 트럭 운전사가 화를 내더니, 이내 그게 페드로가 찬 공이라는 걸 알고는 영광이라며 유리창을 절대 안 고치고 다니겠다고 그러더라. 페드로는 브라질에서는 그냥 단순한 유명인사가 아니야. 내 짐작으로 그 애는 왼발만 해도 백만 달러의 가치는 나갈 거야."

"진짜요?" 내가 물었다.

"브라질 사람들은 축구를 놓고는 절대 농담 안 해."

아바가 인쇄된 사진을 가리켰다. "그럼 그 여자애는 누군데요?"

"그 애는 앨리샤라고, 페드로의 누나야."

"그 애들과 박사님 사이에 무슨 얘기가 오갔는지 기억하세요?" 매트가 물었다. "혹시, 그들이 함께 만난 이유가 뭔지 아세요?"

호아킴은 양 손을 크게 벌렸다. "아니, 그건 그들의 일이잖아. 내 일은 음식을 만들어 대접하는 거고."

"알겠어요. 그럼 그 애들을 찾을 수 있는 방법이 있나요?" 내가 물었다.

호아킴이 그 사진을 집어 들었다. "너희들의 친구라는 분? 나야 모르지. 페드로와 앨리샤를 찾는다면? 이 소년이 한번 거리로 나가면 수십 명의 사람들이 사인을 받으러 따라다니는 통에, 아주 은밀하게 다니지" 호아킴이 일어서서 고개를 돌리더니 어깨 너머로 쳐다보았다. 그의 턱수염 아래로 옅은 미소가 흘러나왔다. "그렇지만 도나 마리아 씨라면 도와줄 수 있을 거야."

"도나 마리아라고요? 그분이 누군데요?" 아바가 물었다.

호아킴은 식당의 한가운데를 보며 고갯짓을 했다. "저기, 시장이랑 같이 앉아 있는 여자 분이야."

"정치인이거나 뭐, 그런 일을 하시는 분인가요?" 매트가

**80**

물었다.

"아니야, 사업하시는 분이야. 여러 개의 회사를 운영하고 있으면서, 마나우스의 주요 인물들을 모두 아는 사람이야." 호아킴이 말했다. 그는 테이블 건너편에서 파인애플 셔벗이 담긴 디저트 접시를 내 앞으로 쓱 밀었다. "일단 디저트 먼저 먹고 이야기하자."

셔벗은 진짜 너무 맛있었고, 나는 그 맛에 푹 빠져서 한 수저 크게 떠서 입 안으로 가져가며, 맞은편에 앉아 있는 나이 지긋한 그 여성을 살펴보았다. 그녀는 곱슬 은발을 하나로 묶어 틀어 올렸다. 그녀의 눈썹은 검정색 마커로 칠한 것처럼 보였다. 그녀의 턱은 길쭉하면서도 굴곡져 있었고, 그 끝에 사마귀가 하나 딱 붙어 있으면 더 잘 어울릴 것 같았다. 아니, 세 개쯤이면 더 좋겠다. 그러나 그녀의 얼굴에는 사마귀 같은 건 없었다.

약 10여 분을 기다리자, 드디어 호아킴이 그녀가 앉은 테이블로 다가갔다. 호아킴은 그녀 옆에서 존경의 몸짓을 담아 다소곳이 자세를 낮추었다. 그는 그녀에게 몇 마디 귓속말을 하고는 우리 쪽을 가리키며 들고 있던 인쇄된 사진을 그녀에게 보여 주었다. 도나 마리아는 광이 나는 가방에서 안경을 꺼내서는 고개를 숙인 채 그 사진을 살펴보았다. 잠시 후, 그녀는 안경을 벗고, 호아킴과 간단히 몇 마디를 나누고는 손가락을 튕기며 그에게 물러나 있으라는 동작을 해 보였다.

"저런 손짓은 좀 보기 안 좋다." 아바가 말했다.

호아킴은 지그재그로 테이블 사이를 지나 걸어오더니 아바에게 그 사진을 건네고는 명함 한 장을 하얀색 린넨 테이블보에 떡하니 내려놓았다. 내가 그 명함을 집어 들었다. "너희들 운이 좋구나." 호아킴이 말했다. "저분이 너희더러 내일 아침 9시에 자신의 공장으로 오래. 그러면 가능한 방법을 찾아서 너희들을 도와주실 거래."

# 4
## 아이폰의 대모

다음 날 아침, 검정색 리무진 한 대가 우리가 묵는 작은 호텔의 부서진 계단 앞에 멈춰 섰다. 비록 몇 군데 찌그러진 곳이 있기는 했지만, 가벼운 빗방울이 날리는 속에서 리무진은 아주 근사해 보였다. 매트가 노트북을 넣은 백팩을 힘차게 어깨에 둘러메고는 ─ 그는 직전에 나사(NASA) 문양이 수놓인 패치를 주머니 덮개 위에 꿰매어 붙였다 ─ 서둘러 계단을 내려갔다. 우리는 당초 택시를 부르려 했지만, 이 방법이 훨씬 마음에 들었다. "저 리무진, 정말 우리를 태우러 온 거 맞아?" 내가 물었다.

운전석 옆쪽의 유리창이 스르르 내려갔다. 운전사가 몸을 숙여 우리를 향해 손을 흔들어 보였다. 그는 밝은 오렌지색

의 폴로셔츠를 입고 있었다. 내가 예상했던 보통 운전기사들이 입는 까만색 슈트가 아니었다. 매트가 명함을 꺼내 보이자 그 운전사가 고개를 끄덕였다.

"도나 마리아 씨가 보낸 게 분명해." 매트가 말했다.

아바가 팔꿈치로 나를 쳤다. "너무 좋아하는 거 티내지 마." 아바가 말했다. "좀 진지하게 굴라고."

물론, 나도 상황이 심각한 건 알고 있다. 행크 박사는 실종됐고, 그래서 우리가 이 낯선 나라에 와 있는 거니까. 그래도 리무진에 올라탄다는 건 특별한 일인데.

그리고 나는, 정말로, 진짜로, 참말로 리무진을 너무너무 좋아한단 말이다. 리무진 내부의 가죽 시트는 군데군데 찢어지고 갈라져 있었다. TV도 작동되지 않았다. 그런 건 내게 별로 중요치 않았다. 나는 등을 기대고 앉아 다리를 쭉 뻗었다. 매트가 냉큼 조수석으로 뛰어들자 운전사가 매트를 5초간을 쏘아보았다. 굳이 말이 필요 없는 상황이다. 형은 다시 뒷좌석으로 자리를 옮겨 우리들과 얼굴을 마주보고 앉았고, 우리를 태운 리무진은 빨간 신호등을 지나치고 파란 신호등에서는 더욱 속도를 올리며 마나우스 시가지를 지나갔다. 도중에는 매연을 내뿜는 배달 트럭을 앞질러 가기 위해 인도를 가로질러 질주했다.

전날 밤, 우리는 호텔 방에서 사전 조사를 좀 하다가 우리가 방문하게 될 공장이 조나 프랑카라고 알려진 도시 지역에 있다는 것을 알아냈다. 그건 자유 지역으로 번역되는데, 그렇다고 그곳에 가면 물건을 자유롭게 얻어올 수 있다는 의미는 아니다. 그 지역의 사업체들이 세금을 낼 필요가 없다는 의미다. 마나우스는 아마존의 공식적인 관문으로 알려져 있을 뿐 아니라, 남미 지역의 기술 집약 도시이기도 하다. 우리가 알아낸 것은 마나우스는 브라질 내의 모든 스마트폰과 아이폰, 그리고 노트북들의 집결지로, 도나 마리아가 소유하는 사업체가 한두 개가 아니라는 사실이다. 아바가 인터넷을 통해 검색한 것만 해도 그녀의 사업체가 열두 개가 넘는다. 한 가지 우리들의 흥미를 끌었던 점은 도나 마리아가 바로 남미 지역에 최초로 스마트폰을 도입한 인물이며, 마나우스에 있는 그녀 소유의 공장은 여전히 남미 대륙에서 최다 스마트폰의 생산량을 유지한다는 것이다. 브라질에서 그녀는 아이폰의 대모로 통했다.

아바가 하품을 했다. 지난 밤, 우리가 도나 마리아에 대한 약간의 조사를 마친 후, 아바는 매트에게서 노트북을 빌려서 자정을 넘겨서 작업을 했다. 아바가 무슨 작업을 했는지 알 길이 없지만, 행크 박사의 위성과 관련이 있는 일이었다. 아바가 알아낸 사실은 그 위성이 며칠에 한 번씩 열대 우림의 상공을 날아간다는 것이다. 그건 아마 우연의 일치는 아니었을 것이다. 그래서 아바는 그 위성, 큐브셋이 행크 박사의 위치에 대한 단서를 제공해 주리라는 희망을 걸고 있었다.

안타깝게도, 아바는 아직까지 어떤 힌트도 얻어내질 못했다.

도나 마리아의 공장은 나지막한 시멘트 건물로 축구장 일곱 개를 합친 크기였고 주변에는 녹이 슨 울타리가 둘러져 있었다. 입구는 활짝 열려 있어서, 우리는 리무진을 타고 공장 안까지 죽 들어갔다. 어딘가에 무장한 경비대가 있을 것도 같았다. 상공에는 헬리콥터가 원을 그리며 날고 있을지도 몰랐다. 어쩌면 기관총을 장착한 로봇이 오간다 해도 놀랍지 않을 것 같은 분위기였다. 그러나 우리가 중앙 출입구까지 들어가는 동안 막아서는 사람이 아무도 없었기에 우리는 그대로 건물로 걸어 들어갔다.

우리 앞으로 복도가 길게 뻗어 있었다. 실내등의 불빛은 누렇고 어둑했다. 실내의 공기에서는 먼지와 금속 냄새가 뒤섞여 있었다. 멀리서 기계들이 돌아가면서 윙윙, 슉슉, 삡삡 하는 소리를 뱉어 내고 있었고, 천장의 환기구에서는 차가운 공기가 품어져 나왔다. 복도 가운데에서 도나 마리아가 검은색 지팡이에 지탱한 채 서서 기다리고 있었다.

"늦었구나." 그녀가 말했다. 그녀에게서는 담배 연기 냄새가 풍겼고, 목소리는 외모에 비해 너무 젊어서 마치 주름진 육체의 껍데기 안에 민 선생님 또래의 다른 누군가가 숨어 있는 것 같았다. "너희들이 늦었구나." 그녀가 같은 말을 반복했다. "나는 말이야, 시간을 낭비하는 걸 좋아하지 않아."

그녀는 들고 있던 지팡이로 바닥을 세 번 두드렸다. 바닥을 쳤던 횟수 때문이었나, 아니면 그녀의 얼굴 전체에 잡힌 주름 때문이었을 수도 있다. 이유를 정확히 알 수는 없었지만, 나는 그녀의 지팡이 밑바닥에서부터 지진이 퍼져나가 바닥에 금이 가서 나를 완전히 삼켜버릴 것 같은 상상이 들었다. 그녀는 지팡이 끝을 응시하다 냉소 섞인 웃음을 지어 보이고는, 지팡이를 다시 세 번, 이번에는 좀 더 강하게 내리쳤다. 그러자 지팡이의 손잡이 쪽에서 푸른 불빛이 반짝이기 시작했다. 그 늙은 여성은 몸을 돌려 왼쪽 다리를 쭉 내뻗었다. 그러고는 무릎을 굽혀 스쿼트 자세 같은 동작을 취했다. 처음에는 그녀가 방귀를 뀌려는 건지, 경주라도 하려는 참인지, 나는 알 수가 없었다. 우리 셋 중 어느 누구도 운동하고는 별로 친하지 않았지만, 그래도 일흔 살의 노파가 단거리를 뛰려 한다는 건 확실해 보였다. "나를 따라와." 그녀가 말했다. "할 수만 있으면 말이야."

다음 순간, 그녀가 갑자기 달려 나갔다.

그게 발로 달리는 경주는 맞는데, 그러나 공정한 그런 경주가 아니었다. 그러니까 우리가 예상했던 것과는 분명히 달랐다. 그녀는 그 불안정한 구부린 자세로 마치 거대한 새총

에서 발사된 것 마냥 복도를 질주했다. 그녀는 모퉁이를 만나자 속도를 줄이며, 지팡이를 우측으로 잡으면서 몸을 확 돌려 회전을 하고는 다른 복도 쪽으로 사라졌다.

한 번은 아바가 터가 달린 스케이트보드를 발명한 적이 있었다. 그 기기에 페드로라는 이름을 붙였는데, 여느 보드와 같은 방식으로 탈 수가 있었다. 쭈그리고 앉기도 하고 발이 흔들리기도 하는 건 똑같았다. 그러나 그 페드로를 타다가 내가 쓰레기봉투 더미로 처박히는 일이 있었다. 내 머리에 밴 핫도그 냄새가 빠지는 데만 일주일이 걸렸었다.

"저 지팡이 밑에 아바가 만들었던 것과 같은 소형 페드로를 숨겨둔 거 아니야?" 내가 물었다.

"아니야, 페드로는 저렇게 속도를 내지는 못했어." 아바는 눈을 떼지 못하며 말했다. "아마, 신발에 모터가 달린 건가?"

매트가 자신의 턱을 만지며 말했다. "맞아, 그런데 저 지팡이로 신발을 조종하는 것 같아. 어떻게 하는 거지?"

"블루투스 방식 아닐까?" 아바가 의견을 냈다.

"자, 잠깐." 내가 복도 끝을 가리키며 말했다. "이러다가 저 여자를 놓치겠어. 얘기는 쫓아가면서 해도 될 것 같은데."

모퉁이를 돌자, 도나 마리아의 흔적이 보이지 않았고, 흰색의 코트를 입은 한 남자가 왼쪽을 가리키고 있었다. 계단 대신 완만한 경사의 램프가 2층으로 연결되어 있었다. 내가 발이 걸려 넘어질 뻔했는데, 그걸 보고 비웃던 형이 자기 발에 걸려 진짜 넘어졌다. 오, 신이시여, 전 우주여, 땡큐, 땡큐. 참으로 고소했다.

아바가 우리를 앞질러 서둘러 뛰어갔다. 도나 마리아의 사무실이라는 곳에 도착했을 때, 우리는 숨이 넘어갈 듯이 헐떡거렸다. 도나 마리아는 이미 커다란 나무 책상 뒤로 자리를 잡고 서 있었다. 그녀는 뒤쪽 콘센트에 케이블 코드를 꽂았고 그 한쪽 끝은 그녀의 오른쪽 부츠에 연결되어 있었다. 책상에 놓인 은제 재떨이에는 무거운 담배 연기가 깔려 있었다. 거의 열두 가지가 넘는 명함들이 책상의 가장자리를 따라 일렬로 반듯하게 줄지어 놓여 있었다. 약 70센티미터 가량 되는 명패가 출입문을 향해 놓여 있었다. 나는 그 명패를 가리켰다. "도나 마리아 아파래시다 올리베이로스 도스 산토스." 천천히 한 글자씩 소리 내어 읽었다. "브라질 사람들은 정말 이름을 많이 붙이는 걸 좋아하나 보네요."

"이름은 곧 역사거든." 그녀가 말했다. "이 책상도 마찬가지야. 이 책상은 도나 페드로 2세가 쓰던 거야." 그 나이 많은 여성은 손을 왔다 갔다 하면서 명패의 표면을 닦았다. "그분은 골격이 아주 장대하셨지. 그분은 앉아서 업무를 보셨고. 나는 이렇게 서서 일을 하지."

나의 천재 형제들은 별다른 반응을 보이지 않았다. 그러나 나는 그 이름을 책에서 읽었던 기억이 났다. "그분은 황제셨죠, 그렇죠?" 내가 물었다.

"오, 잘 아는구나."

자신감이 충만해진 나는 책에서 읽었던 사실 몇 가지를 재잘재잘 읊어대다가 아주 놀라운 이야기까지 끄집어냈다. "저는 그분이 닭을 브라질에 들여왔다는 것도 알고 있어요."

"뭐라고? 왜 갑자기 닭 얘기를 꺼내는 거지? 그건 사실이 아니야." 그녀는 입안에서 뭔가 안 좋은 맛을 털어 내려는 듯 자신의 입술을 핥으며 말했다. "자, 이제 그 사진을 좀 보여줘 봐."

아바가 둘러메고 있던 가방을 벗어 접힌 사진을 꺼내는 사이 나는 명함이 있는 쪽으로 슬쩍 몸을 움직이며, 가져가도 되는지 물었다. 도나 마리아가 고개를 끄덕였고, 그래서 나는 각각의 명함을 한 장씩 집어 들었다. 매트가 당황스런 표정을 지으며 왼손을 들어 자신의 얼굴로 가져갔다. 나는 명함들을 한 장씩 다 챙기고 나서 수첩을 꺼내서 그녀의 이름 전체를 포함하여 몇 가지 세부 사항을 적어 넣었다. 내가 언급했던 닭에 관한 이야기를 찾아본다는 메모도 적어 두었다. 내가 그 이야기를 어디서 읽었더라?

그녀의 책상 한쪽 끝에 'Teatro Amazonas'라고 적힌 한 뭉치의 티켓들이 눈에 들어왔다. 내가 한 장을 집어 들어 뒷면의 작은 글자들을 읽어 보려는데 그녀가 나의 손을 탁 쳐 냈다. "그건 오페라 하우스에서 열리는 첫날 밤 공연 티켓이 야." 그녀가 말했다.

"나는 개인 부스를 갖고 있거든. 그날 중요한 사람들이 많 이 올 거야. 시장도 내가 초대했어. 아마 경찰서장도 자리할 거야. 그 사람도 내 친구야. 유명한 축구 선수들도 오고, 유 명 연예인들도 와." 그녀가 어깨를 으쓱거렸다. "내가 다 아 는 사람들이야. 모두 좋은 친구들이지."

"저희들도 갈 수 있나요?" 내가 물었다.

그녀는 발작적으로 숨이 넘어갈 듯 웃다가 주먹을 입에 갖 다 대고는 기침까지 했다. 매트는 마치 그녀를 돕기라도 할 태세로 몸을 기울였지만, 그녀는 손을 내저으며 매트에게 그 냥 있으라는 손짓을 보냈다. 그리고는 담배를 가리켰다. "얘 들아, 너희들은 담배는 피우지 마라." 그녀가 말했다. "담배 는 소리 없는 살인마야."

아바가 사진을 미끄러지듯 책상 위에 펼치고는 주머니에 서 나의 스마트폰을 꺼냈다. 도나는 아바가 내민 스마트폰의 화면을 힐끔 쳐다보고는 사진으로 눈길을 돌렸다. "트위터 에서 나를 팔로우 해 봐라." 그녀는 고개를 들지도 않고 사 무실 문을 가리켰다. 문에 난 작은 유리창 위에는 그녀의 이 름 대신 인쇄된 트위터 계정이 붙어 있었다. "나는 팔로워들이 아주 많단다. 그래서," 그녀는 인쇄된 사진을 손에 들고 이리저리 돌려보며 말을 이어갔다. "너희들이 찾는 사람이 위더스푼 박사님이니?"

우리 셋은 서로 시선을 주고받았다. "그분을 아세요?" 아바가 물었다.

"물론, 그분을 알지. 내가 말했잖니, 나는 마나우스에 있는 모든 주요 인사들을 알고 지낸다고. 우리 도시를 방문하는 인사도 예외는 아니야."

아바가 몸을 숙이며 팔꿈치를 책상에 기댔다. "그렇다면, 박사님께서 이 아이들을 왜 만나고 계셨던 건지 아세요?"

"박사님은 스포츠 자체를 별로 좋아하지 않는 분이시거든요." 나도 한마디했다.

도나 마리아는 아바의 팔꿈치를 힐끗 쳐다보았다. 아바가 다시 뒤로 물러섰다.

"그건 알 수 없지." 그 여성이 사진을 다시 아바 앞으로 쓱 밀어내며 말했다. "페드로는 단순히 축구 신동이 아니야. 그 애와 그의 누나는 아주 전문가 수준의 가이드야. 그 애들은 부모와 함께 정글에서 가이드를 하면서 자랐거든. 그러니 열대 우림에 관해서는 그 누구보다 잘 알지."

"그럼, 너희들은 그 애들의 부모님이 행크 박사를 우림으로 안내했다고 생각을 하겠지, 그치?" "근데, 아니야, 걔네

부모는 2년 전에 돌아가셨거든." 그녀가 말했다. "내 생각에는 아마 페드로와 앨리샤가 박사에게 조언을 해 주지 않았나 싶어. 아마 걔네들이 탐험을 할 장소를 추천해 줬을 거야. 어쩌면 걔네들이 직접 박사를 정글로 안내했을 수도 있고. 박사가 우림의 어디쯤에 있을지 단서 같은 건 전혀 없니?"

"저희들에게 아이디어가 있기는 해요." 아바가 말했다.

"아이디어?" 도나 마리아가 재촉을 했다.

아바가 머리를 앞뒤로 살랑살랑 흔들었다. "아이디어가 조금씩 떠오르고 있어요. 제가 생각해 낼 거예요."

'삡' 하는 소리가 책상 아래쪽에서 희미하게 들렸다. "그게 뭐죠?" 내가 물었다.

"내 부츠에서 나는 소리야." 도나가 말했다. "충전도 빨리 되지만 배터리가 빨리 닳기도 해." 그녀는 균형을 잡기 위해 한 손을 책상에 올리고 다른 손을 뻗어 한쪽 부츠에 꽂혀 있던 충전 케이블을 다른쪽 부츠로 바꾸어 꽂았다. "그 점은 아주 아주 실망스러워. 자, 그럼 너희들의 이야기로 다시 돌아가 볼까? 이제 네가 곧 알아내겠다는 생각이니? 어린 숙녀 분?"

아바가 대꾸하려는데, 내가 그녀의 말을 끊었다. "아마도요." 내가 말했다. "그렇지만, 알아낼 때까지는 저희는 잘 모르는 거죠. 바로 그렇기 때문에 우리가 그 애들을 찾아야 하거든요."

"그 사람과 연락은 취해 봤니? 위더스푼 박사님 말이야."

"네." 매트가 말했다. "그렇지만, 몇 주 동안 답 메일을 한 통도 안 보내셨어요."

"여자 친구 분께도 연락 한 통 없으셨대요." 아바가 한마디 했다.

"여자 친구는 아니에요." 매트가 말했다. "박사님이 그렇게 말씀하시곤 했어요."

도나 마리아가 아바를 지켜보고 있었다. "그러니까 너희들이 그분과 연락이 안 닿는다는 말이지. 그래서 지금 어디에 계신지도 정확히 알 수 없고, 그렇지만 너희들은 어쨌든 그분을 찾고 싶은 거잖아."

"네, 바로 그거예요." 내가 말했다.

"이건 정신 나간 생각이야." 그녀가 말했다. 아바가 뭔가를 투덜거리며 대꾸를 시작했지만, 도나 마리아가 손사래를 치며 막아섰다. "아냐, 아냐, 나는 정신 나간 짓을 좋아해. 오케이. 내가 너희를 도와줄게."

"이 애들이 저희들을 우림으로 안내해 줄 수 있을까요?" 매트가 물었다.

"그 애들을 찾도록 저희를 도와주실 수 있을까요?" 아바도 한마디 더했다.

도나 마리아는 고개를 끄덕였다. "좋아, 그 애들을 찾는 것까지는 내가 도와줄게. 그 다음은? 과연, 그 애들이 너희를 우림으로 안내해 줄까? 그건 나도 몰라. 너희들을 위해서 앨리샤에게 문자를 보내 볼게. 그런데 그 애는 바로 답을 안 해."

"왜죠?"매트가 물었다.

"왜냐면, 오늘은 페드로가 경기를 하는 날이야. 도심에서 열리는 소규모의 즉석 경기야."도나 마리아는 손을 뻗어 스마트폰을 가져다가 아바에게 화면을 켜서 보여주었다.

"앨리샤가 한 시간 전에 그 경기를 리트윗을 했네."

"주소가 어떻게 되나요?"매트가 물었다. "저희가 가 봐야겠어요."

"개네들에게 다가가서 말을 붙이지는 못 할 거야."도나 마리아가 말했다. "엄청나게 많은 사람들이 주변에 몰려 있을 거야. 너희들이 묵고 있는 호텔을 알려 주면, 그 애들더러 너희들에게 연락해 보라고 할게."

여느 때였다면 그건 나쁜 아이디어는 아니다. 그러나 전날 밤 나를 향해 돌돌 말린 양말을 던지며 했던 매트의 말이 옳았다. 우리는 브라질까지 그냥 호텔 방에서 쉬려고 온 것이 아니다. 잠자코 기다리는 것은 우리들의 선택지에는 없는 것이다. "좋은 생각이네요." 내가 말했다. "그렇지만, 그래도 저희는 직접 찾아가려고요. 만약의 경우를 대비해서요. 죄송하지만, 경기장의 주소를 적어 주실 수 있나요?"

그녀는 어깨를 한번 으쓱해 보이고는 흥미로운 그 거리의 이름을 종이에 휘갈겨 쓰고는 아바에게 건네주었다. "너희들이 묵는 호텔은 어디니?" 그녀가 다시 물었다. "만약, 너희들이 그 애들과 이야기 나눌 기회를 놓치면, 그 애들한테 너희에게 연락하라고 할게."

"매그니피션트 호텔이에요." 내가 말했다.

그녀는 방금 바늘에 손가락을 찔리기라도 한 것처럼 움찔했다. "매그니피션트? 하나도 멋지지도 않은데."

형은 이미 문 쪽으로 발걸음을 옮겼다.

"경기가 시작되기 전에 도착해서 그 애들을 만나봐야겠어요." 매트가 의견을 제시했다.

아바가 그녀에게서 받아든 주소가 적힌 종이를 쳐다보다 고개를 들었다. "여기가 얼마나 먼가요? 지금 나서면, 제 시간에 도착할 수 있을까요?"

"지금 간다고? 아휴, 안 돼. 경기 전에 도착하고 싶었다면, 십 분 전에는 출발했어야 하는데."

우리들은 각자 마음 깊은 곳에서 우러나오는 감사한 마음을 적절히 표할 수도 있었다. 어쩌면 고맙다는 악수를 나눌수도 있었다. 아니면 고개 숙여 인사할 수도 있었고. 그러나 마음이 급해진 우리 셋은 사무실을 돌아 나오며 어깨 너머로 고맙다고 크게 외치며 총알처럼 리무진에 올라탔다.

# 5
# 백만 불짜리 발을 가진 소년

 나는 당연히 비틀즈나 엘비스 프레슬리가 한창
인기 끌던 시절에는 세상에 태어나지도 않았고,
비버 피버가 한창 주가를 올리던 때는 겨우 유치원에 다니고
있었다. 그렇지만 페드로에게 열광하는 사람들의 반응은 예
전 인기 스타들이 누렸던 그것과 별반 다르지 않을 거라는
상상을 해 보았다. 우리는 도심을 뚫고 경기장으로 갔고, 아
바가 그 어린 스타에게 다가갔다. 아바가 알아낸 것은 페드
로가 아직은 경기를 뛰지 않는다는 것이었다. 대신 그는 즉
석 경기 시작 전이나 아니면 자선 경기 막판에 등장해서 더
나이 많은 선수들과 뛴다. 그래도 필드에 등장할 때마다, 그
는 현란한 발 기술과 놀라운 힘 그리고 왼발의 정확한 슛으

로 모든 사람들의 넋을 빼놓는다. 페드로에 관한 수백 개의 동영상이 유튜브에 올라와 있고 수많은 사진과 동영상들이 소셜 미디어에 올라와 있다. 그러니 우리가 축구장 근처에 접근조차 어려워도 놀랄 일이 아니었다. 그 구장은 2층 높이의 건물들과 주택들에 의해 사방으로 둘러싸여 있었다.

그 축구장 잔디 끄트머리까지만 가는 데도 열 개 넘는 길을 지나야 하고, 그 길들은 천재 축구 소년을 가까이서 보려는 사람들로 꽉 들어차 있었다.

팬들은 지붕 위에도 있었고, 아파트 창문에도 기대어 있었다. 어떤 사람들은 건물 벽에 사다리를 갖다 대고는 마치 외야석에 앉아 있듯 한 계단씩 차지하고 앉아 있었다. 상공에 드론을 띄워 놓은 사람도 있었다. 내가 장담컨대 그곳에는 거의 몰려든 사람 수만큼 많은 셀카봉들이 있었는데, 단지 자신을 찍으려는 게 아니라 그 천재 선수를 찍으려고 다들 셀카봉을 쳐들고 있었다.

차량들은 거의 1미터도 앞으로 움직이지 못하고 있었다. 차량과 군중들이 너무 많이 몰려 있었다. 우리 앞을 걸어가는 무리들 중에 어느 누구도 차량을 비켜 가는 사람이 없었다. 까만색과 빨간색의 줄무늬 저지 셔츠를 입은 한 여성이 고개를 돌리더니 리무진 창에 자신의 머리를 털어 냈다. 운전사가 그녀를 향해 뭐라고 소리를 쳤다.

"다른 길로 가면 안 되나요? 다른 입구는 없나요?" 내가 물었다.

아바가 나를 위해 운전사에게 통역을 해 주었다.

운전사는 어깨를 으쓱하더니, 양손을 들어 올리고 포르투 갈어로 답을 했다. "그의 말이 아무런 의미가 없다는데." 아바가 설명을 했다.

늙수그레한 남자 두 명이 시가를 입에 물고, 지팡이를 짚으며 우리가 탄 리무진 옆을 잰 걸음으로 지나갔다. 매트 나이 또래의 어떤 이는 어깨에 어린아이를 목말 태운 채 지나갔다. 똑같은 축구 저지 셔츠를 입고 허리에도 똑같은 패니백을 커플로 둘러메고 가는 연인들도 있었다. 그들은 미국인들처럼 보였다. 사람들 사이로 한 무리의 십대들이 바닥으로 축구공을 굴리며 달려 나오고 있었다. 먼지가 잔뜩 앉은 셔츠를 걸친 건설 노동자들이 좀 더 잘 보려고 발끝을 세우고 서 있었다. 내 나이쯤 되어 보이는 한 소년과 소녀가 우리의 차 앞으로 끼어들었다. 그 소년은 두툼한 후드 티를 입고 있었다. 그의 보폭은 짧았고 일정하지 않았으며 시선은 보도에서 떼지를 않고 있었다. 나는 좀 더 잘 보고 싶어서 앉은 자리에서 목을 죽 뺐다. 낡아빠진 축구공이 그의 발끝을 따라 굴러가고 있었다. 그는 발치에서 너무 멀지 않게 공을 앞으로 툭툭 차며 걸었다. 그의 곁에는 한 소녀가 그의 팔꿈치를 붙잡고 따라 걷고 있었는데, 사람들의 장벽을 뚫고 나가느라 인상을 잔뜩 찌푸렸다. 우리를 태운 리무진이 도로가로 움직이자 그 소녀는 곁눈질로 리무진의 앞 유리를 힐끗 쳐다보았다. 그 소녀의 얼굴은 동그랬고, 머리칼은 밤하늘만큼 까맸다. 그 소녀는 소년의 몸이 차에서 멀어지게 밀어냈다. 소년은 여전히 고개 한 번 쳐들지 않았고, 공도 놓치지 않고 있었다.

운전사는 차를 멈추고는 앞 유리쪽으로 몸을 기울였다. 그는 눈을 가늘게 뜨고는 그 소녀의 시선을 맞받아 빤히 쳐다보더니 스마트폰을 들어 누군가에게 전화를 걸었다. 그는 작은 목소리로 말하고는 기다렸다. 그 소년과 소녀는 가던 길에서 왼쪽으로 방향을 바꾸어 군중에서 멀어졌고, 그러자 우리의 운전사가 그들을 따라 차를 몰았다.

"왜, 이 길로 가는 거죠?" 아바가 물었다. 아바는 같은 질문을 포르투갈어로 다시 물었다.

운전사는 아바의 질문을 무시했다.

아바는 창문에 기대어 주변 건물들의 지붕을 주의 깊게 살펴보았다. "저 지붕 위로 올라가면 어떨까? 벳시가 있다면 손쉽게 해볼 수 있을 텐데."

"우리 그냥 차에서 내려서 걸어갈까?" 매트가 제안했다.

나는 방금 전 그 두 아이들을 지켜보았다.

"우리가 여기에 온 건 그 페드로라는 애랑 얘기를 하려는 거잖아. 그 애의 경기를 보러 온 게 아니라." 아바가 답했다. "그 애는 어쩌면 저기 밖에 이미 와 있을지도 몰라. 아무래도 우리는 밖에서 기다리다가 그 애가 나오는 길에 기회를 잡는 게 좋을 것 같아."

굴러가던 리무진이 멈추었다. 밤하늘같이 검은 머리를 한 그 소녀가 리무진의 운전사를 다시 노려보았다. 그러고는 소녀와 소년은 다시 뒤로 돌아 우리의 차 옆을 지나치며 차와 반대 방향으로 걸어 축구장으로 들어가는 인파를 향해 걸어갔다. 나는 아바가 앉아 있는 쪽으로 손을 뻗어 자동차 문을 열었다. 그 소녀는 거의 문에 부딪힐 뻔했고 차 문을 돌아 걸어가며 리무진 안을 들여다보았다. 소년은 여전히 그 소녀 옆에 있었다. 그의 후드 티는 오래 되고 낡아 보였지만, 그의 축구화만큼은 아주 새것처럼 보였다. 그의 두둑해 보이는 양말은 안쪽에 얄팍한 보호대를 착용하고 있음을 알 수 있게 했다. 그의 한쪽 발이 너덜너덜한 축구공 위에 올려져 있었다. 그의 왼쪽 발이었다.

"타고 싶지 않니?" 내가 물었다.

그 소년이 소녀를 올려다보았다. 딱 보니, 그들 중 결정권을 가진 사람은 그 소녀인 게 분명했다. 형이 나의 소매를 잡았다. "잭, 너 무슨⋯." 매트는 하려던 말을 멈추고 그 애들과 그의 공을 쳐다보았다.

"잠깐, 저 애가 페드로야?" 매트는 속삭이듯 물었다.

나는 잠깐이라도 시간을 끌면서 그 사소한 성취의 순간을 즐기고 싶었다. 나는 매트보다 한발 앞서 있었고, 아마 아바보다는 반 발쯤 앞서 있었다. 그러니 그 기분을 좀 누릴 만했다. 마치 맛있는 파인애플 셔벗의 마지막 남은 한 입처럼, 천천히 야금야금 즐기고 싶었다. 그런데 그 소녀가 차 문을 닫으며 다시 이동하려 했다. "응. 맞아, 형." 내가 말했다. "저 애가 페드로야. 여기는 그의 누나, 앨리샤야. 내 말이 맞지? 아바, 내 말을 통역해 줘. 저 애들더러 몇 분만 차에 탈수 있는지 물어봐. 우리가 궁금한 게 몇 가지 있다고."

앨리샤는 손가락을 흔들어 보였다. "나 영어할 줄 알아." 그녀가 말했다. "그런데 왜 우리더러 너희 리무진에 올라타라고 하는지는 이해가 안 되는데."

초록과 노란색이 섞인 저지 셔츠를 입은 건장한 체격의 남자 두 명이 그 애들을 밀치면서 지나갔다. "두 가지 이유가있어." 내가 말했다. "일단, 밖에 사람들이 너무 많으니까 차안이 더 조용하잖아."

"그럼, 다른 이유는 뭐지?"

"우리는 핸리 위더스푼 박사님의 친구들이야." 매트가 말했다.

소녀가 고개를 뒤로 살짝 젖혔다. 거대한 힙을 가진 한 여성이 지나가며 휘저어 대는 팔꿈치에 밀려서 그 소년이 거의 넘어질 뻔했다. 한 무리의 남자들이 연호를 하고 노래를 부르며 지나갔다. 점점 더 많은 사람들이 축구장으로 밀려 들어갔다. 음악 소리가 요란하게 들려왔다. 그 애들이 서 있는 뒤쪽 도로로 맥주병 하나가 떨어져 산산이 깨졌다. 소녀는 아랑곳 않고 자동차 문을 닫으려 했다.

그때 페드로를 밀치고 지나갔던 그 여성이 뒤를 돌아보았다. 그녀는 손을 얼굴로 가져가더니 백만 달러짜리 발을 가진 그 소년을 가리켰다. 그녀의 옆에 있던 좀 더 나이 들어 보이는 남자가 어린 축구 스타를 알아봤는지 네임펜과 반쯤 구겨진 종이를 들고 그를 향해 느릿느릿 걸음을 떼었다. 덩치 좋은 그 여성이 얼른 그 펜을 잡아채더니 주름진 티셔츠를 펴서 페드로에게 내밀며 사인을 요청했다. 그 광적인 열기는 머릿니처럼 순식간에 퍼져나갔다.

갑자기 모든 사람들이 스마트폰을 꺼내 들고 셀카를 찍으려 들이대며 리무진이 있는 쪽으로 몰려들었다.

앨리샤가 자동차 문을 활짝 열고는 그의 남동생을 거의 던지듯이 차 안으로 밀어 넣자, 운전사가 몰려든 사람들에게서 벗어나려 리무진을 후진시켰다. 그는 등을 놀려 뒤쪽 유리창을 쳐다보았다. 솔직히 말하면, 그 운전사는 확실히 후진을 더 잘하는 것 같았다.

백만 불짜리 발을 가진 그 소년은 누나와 함께 갈라진 가죽 시트 좌석에 자리를 잡고 앉자, 깊은 숨을 몰아쉬었다. 매트가 자리를 바꾸어 아바와 나 사이로 옮겨 앉았고, 그 소녀는 운전사를 향해 포르투갈어로 말했다.

"기사 아저씨께 여기를 벗어나라고 말하는 거니?" 아바가 물었다.

"네 동생이 소속된 팀이 실망하지 않을까?" 내가 한마디를 더했다.

그 소녀는 차창 유리를 통해 점점 몰려드는 사람들을 빤히 쳐다보며 한숨을 내쉬었다. "이건 그냥 즉석 경기일 뿐인걸. 내 동생이 팀원들을 실망시키는 건 아니야. 실망은 저 군중들이 하겠지. 그렇지만 괜찮아. 저 사람들 속에 그냥 있는 건 안전하지 않으니까. 여기도 상파울루랑 비슷하네. 아니 어쩌면 더 심한 것도 같네."

나는 비행기에서 2천만 명의 인구를 가진 도시, 상파울루가 계속적으로 확산되고 있다는 정보를 읽었다. "상파울루가 왜? 뭐가 비슷한데?" 내가 물었다.

"거의 광적인 수준이야." 페드로가 말했다. "사람들이 너무 늘어나서 그야말로 피치(pitch) 안으로 막 밀고 들어와."

"아, 필드(field)를 말하는 거구나." 매트가 말했다. "미국에

**106**

서는 축구장을 필드라고 하거든."

"여기는 미국이 아니잖아." 앨리샤가 매트를 일깨워 주었다. "지금 너희가 있는 곳은 브라질이라고."

나는 소리 내어 웃었다. 페드로도 따라서 웃었다. 그러다 그는 예전에 있었던 일화를 떠올리며 점차 웃음기도 사라졌다. "한 번은 동물들처럼 덤불을 뚫고 기어 나온 적도 있었어. 마치 우리가 페커리(중남미에 서식하는 멧돼지의 일종*)가 된 기분이었어. 돼지 말이야."

"그건 너무 심했다."

앨리샤가 어깨를 으쓱해 보였다. "그래, 그렇지만 우리는 잘 빠져나오기는 했어. 자, 내 이름은 앨리샤야. 이 애는 페드로야. 너희들이 이미 알고 있겠지만. 그런데, 너희들이 행크 박사님의 가족들이야?" 앨리샤가 물었다.

나는 매트가 답을 하기를 기다렸다. 아니면, 아바라도 답을 해주기를 바랐다. 그러나 둘 다 입을 꾹 다물고 있었다. "음, 그러니까, 그게…." 내가 입을 열었다. "내 이를테면…."

"일종의?" 매트가 적당한 단어를 알려 주었다.

아바가 좌석 끄트머리로 약간 더 옮겨 앉았다. "행크 박사가 우리들이 가족이라고 말씀하셨니?"

"아마도 내가 잘못 이해한 건가 보네." 앨리샤가 말했다. "박사님이 너희들 사진을 우리한테 보여 주신 적이 있거든."

**107**

그녀가 나를 가리켰다. "오늘은 그 우스꽝스런 조그만 넥타이를 안 했네."

"나비넥타이를 말하는 거니? 나는⋯."

"그런데 너희들이 여기에 왜 온 거니?" 앨리샤가 물었다. "우리 동생 경기하는 거 보러 온 거니?"

"그건 아냐." 아바가 말했다.

언젠가는 나는 아바에게 꼭 가르쳐 주고 싶다. 철두철미한 정직함이 언제나 최선의 방책이 되는 것은 아니라는 사실을 말이다. "어, 맞아. 너희 동생 경기를 보러온 거 맞아." 내가 말했다. "아바가 농담한 거야. 우리가 축구를 정말 좋아하거든, 진짜야. 그리고 우리는 네가 엄청난 왼발을 갖고 있다는 얘기도 들어서 알고 있어, 페드로. 그런데 우리가 궁금한 점이 몇 개 있어."

앨리샤가 다리를 꼬며 눈썹을 치켜세웠다. "그래서?"

아바는 기다렸다는 듯 질문했다. "행크 박사님이 가이드로 너희를 고용하셨니?"

"응, 맞아." 페드로가 대답을 했다.

"어디로 데려가 달라고 하셨어?"

"열대 우림으로."

"아니, 좀 더 구체적으로 말이야." 아바가 말했다. "우림, 어디로 가셨는데? 그리고 무엇 때문에 가신 건지 알아?"

매트가 몸을 기울였다. "박사님이 뭘 찾고 계셨어?"

"그건 너희들이 직접 물어보면 되잖아, 안 그래?"

"지금 3주째 박사님이랑 연락이 안 되고 있거든." 내가 설명했다. "박사님이 위험에 처하신 것 같아서 너무 걱정돼."

"그래, 맞아." 앨리샤가 말했다. "위험하실 수도 있지."

아바가 바싹 다가왔다. "우리는 모든 것을 알아야겠어."

마침내 리무진은 군중을 벗어났고, 운전사는 조용히 통화를 하고 있었다. 페드로가 정강이 밑에 차고 있던 보호대를 벗어 내고 운동화 끈을 풀어 낡은 캔버스 농구화로 바꾸어 신는 동안, 앨리샤는 어깨 너머로 운전사에게 무슨 말을 했다. 운전사는 통화를 마치고 전화기를 계기판 위쪽에 올려 두고는 좀 더 조용한 도로로 차를 몰았다.

앨리샤가 유리창 밖으로 지나가는 건물들을 물끄러미 쳐다보았다. "너희들은 내가 무슨 일을 하는지 아니? 내 동생은, 공을 차잖아. 내 동생이 너무 공을 잘 차니까 나이가 들어서 자기들 팀에 들어와서 뛰어 준다면, 수백만 달러를 주겠다고 나서는 사람들이 있거든."

"하지만 넌 겨우 열두 살 밖에 안 됐잖아." 아바가 말했다.

"열세 살이야." 페드로가 말했다. "나이는 중요하지 않아. 공만 찬다면, 그들은 지금이라도 돈을 줄 테고, 나중에 그 팀에 들어가서 경기를 뛰면 돼."

앨리샤는 가방을 벗더니 초록색 밴드를 꺼내 동생을 향해 왼발을 들라며 흔들어 보였다. 페드로가 몸을 틀어 왼발을 들어 그들 사이의 공간에 쑥 올려놓자, 앨리샤가 밴드로 그의 왼발을 발목까지 감아 주었다. "내가 하는 일은?" 앨리샤가 말을 시작했다. "나는 이게 참 어리석다고 생각하는데, 단지 아름다운 경기를 위해 수백만 달러를 들인다니? 말도 안 되지. 페드로도 그건 어리석은 일이라고 생각해."

페드로의 얼굴에 드러난 멍한 표정은 앨리샤의 말에 동의하진 않는다는 것을 드러내고 있었다.

"맞아, 완전히 말도 안 되는 웃긴 일이지." 아바가 말했다.

"어리석기 짝이 없지." 매트도 가세했다. "재능이 있는 어린 과학자들은 아파트 월세도 겨우 내는데."

"어어, 그래도," 내가 말했다. "공을 차는데 사람들이 수백만 달러를 주겠다고 하는 건 정말 멋진 일이잖아."

그제야 페드로의 얼굴에 미소가 번졌다. 앨리샤가 고개를 끄덕였다. "그래, 그럴지도 모르지. 우리야 물론, 돈을 주겠다는 사람들을 말릴 필요는 없지. 그렇지만…" 그녀는 마치 혼을 내는 선생님처럼 집게손가락을 쳐들었다. 손가락이 정말 길어 보였다. 실제로 길었었나, 아니면 나의 착각이었나? 잠시 시간을 멈추고 재 보고 싶은 마음이 들 정도였다.

"그렇지만," 그녀가 같은 말을 반복했다. "우리는 돈을 주겠다는 구단이나 그들 사업에 페드로가 이용당하지 않게 정신을 바짝 차리고 있어야 해. 그게 바로 내가 하는 역할이야. 내가 나서서 모든 계약을 검토하고 있는데, 아직까지는 페드로에게 딱 맞는 좋은 계약 조건을 만나지 못했어."

"앨리샤가 내 에이전트인 셈이지." 페드로가 말했다.

앨리샤는 페드로의 발에 밴드 감기를 마친 후, 부드럽게 문질러 주고는 의자에 등을 기대고 앉았다. "바로 그렇기 때문에 우리가 페드로를 그리고 그의 발을 지키는 거야. 이 발이 미화로 백만 달러 가치가 나가거든. 어쩌면 그보다 더 나갈 수도 있고. 페드로를 원하는 구단들은 지금에라도 우리가 원하면 당장 우리에게 돈을 줄 거야. 그치만 그렇게 되면 우리는 그 팀에 영원히 묶이고 말지. 페드로가 자발적으로 선택할 수 있는 권리를 갖지 못하게 될 거야. 우리가 단순히 더 많은 돈을 받자고 구단을 물색하고 있는 게 아니야. 우리가 원하는 것은 자유야. 그래서 기다리면서 찾고 있어."

리무진이 속도를 내기 시작했다. 운전사가 백미러로 우리를 힐끔힐끔 쳐다보았다. 앨리샤가 소형 냉장고의 문을 열더니 얼음처럼 시원한 탄산음료를 몇 캔 꺼냈다. 왜 나는 거기를 먼저 볼 생각을 못했을까? 캔의 색깔은 붉은색과 초록, 그리고 노란색으로 꾸며져 있었다. 그녀가 운전사를 향해 뭐라고 외쳤고, 운전사가 응답을 하자, 그녀는 우리에게 한 캔

씩 건넸다. "구아라나." 그녀가 설명을 했다. "브라질 탄산음
료야. 아주 맛있어."

매트가 뚜껑을 따고 한 모금을 홀짝 마셨다. "진저에일이
랑 비슷한 맛인데." 그가 말했다.

"아냐," 앨래샤가 말했다. "이건 구아라나 맛이야."

아바는 그 차가운 캔을 양손으로 감싸 쥐고 있었다. "너
희들이 돈과 자유에 관해서 이야기했는데," 아바가 말했다.
"그게 행크 박사님이랑 무슨 관련이 있는 거니?"

"전부 다."

"전부 다라니?"

"아니, 전부는 아닐 수도 있고. 가끔은 말이야, 계약을 수
락하지 않겠다고 하는 게 조금 힘들 때도 있어. 우리도 당연
히 돈이 필요하니까. 그래서 행크 박사님이 우리를 고용해서
정글 안내를 부탁했을 때, 우리가 받아들였던 거야."

"다른 가이드들은 없니?" 아바가 물었다.

"다른 가이드들이야 당연히 많지." 페드로가 답을 했다.
"그렇지만 그들은 우리가 아는 것을 잘 몰라."

"그럼, 너희 둘만 안다는 그 특별한 게 뭔데?"

"우리들은 거대 뱀장어를 어떻게 잡는지 알거든."

# 6
# 악취
# 제거기

리무진이 3차선 도로로 접어들어 조용히 달려 가는 사이, 앨리샤와 그의 동생은 우리에게 자 신들의 이야기를 들려주었다. 그들의 부모님은 열대 우림 전 문 가이드였는데 몇 해 전, 그 이전까지 알려진 것보다 훨씬 더 크고 강력한 전기뱀장어 종을 발견했다고 한다. 이것저것 아는 것이 많은 우리 형은 당연히 그 종의 라틴어 이름, 일렉 트로포러스 일렉트리커스 매그너스(Electrophorus electricus magnus)를 알고 있었다. 뿐만 아니라 그 종을 발견한 과학자 의 이름까지도 알았다.

"우리 부모님이 그 과학자를 열대 우림으로 안내했고, 그 분이 뱀장어 연구를 하도록 도왔어." 페드로가 설명을 했다.

"그런데 그 과학자는 자신의 연구 논문에서 우리 부모님에 관해서는 거의 언급하지 않았어." 앨리샤도 말을 더했다.

"그건 공정하지 않잖아." 아바가 말했다.

"그래, 그렇지만 우리 부모님은 별로 개의치 않았어." 앨리샤가 말했다. "그렇게 몇 년이 지나고서 너희 친구 분인, 행크 박사님이 뱀장어에 관한 그 과학자의 연구 논문을 읽으셨나 봐. 그 후 박사가 브라질로 오셔서 그 뱀장어를 직접 연구해 보길 원하셨지. 그래서 그 과학자가 박사님께 우리 부모님을 소개시켜 드렸지. 그런데 거기에는 한 가지 문제가 있었어."

"그분들이 돌아가신 거?"

"잭!"

"아, 미안, 도나 마리아가 우리에게 알려주셨어"

"아니야, 괜찮아. 네 말이 맞아. 우리 부모님이 돌아가신 거 맞아. 우리 엄마는 독성이 있는 개구리한테 물려서 돌아가셨고, 우리 아빠는 피라냐한테 물어뜯겨서 돌아가셨어."

우리 셋은 아무런 말을 할 수가 없었다. 나는 벌어진 입을 다물지 못했다. 몇 초가 흘렀다. 앨리샤는 마치 방귀라도 참고 있는 듯, 이상하게 부자연스런 표정을 지어 보였다. "잠깐, 지금 농담하는 거니?" 내가 물었다.

앨리샤가 웃음을 터뜨렸다. "그래, 사실은 자동차 사고로 돌아가셨어."

"미안," 페드로가 말했다. "우리 누나는 자기가 상당히 재미난 사람이라고 생각하거든."

"나 재미있는 사람 맞잖아." 앨리샤가 우겼다. 그녀는 동의를 구하는 듯 아바를 쳐다보았다. "재밌었지, 그치?"

아바의 얼굴에 당혹스런 표정이 역력했다.

"좀, 무서웠어." 매트가 말했다.

"그렇지만, 개구리가 등장하는 이야기는 언제나 재밌기는 하지." 내가 말했다. "개구리랑 염소들은 좀 재밌잖아."

이제는 그 브라질 애들이 눈만 멀뚱거렸다. 나는 가끔씩, 내 머리에서 떠오르는 대로 입 밖으로 나가는 것을 좀 막아 줄 감시원이 있으면 좋겠다고 생각한다. 내 아이디어를 잘 듣고 있다가 입 밖에 내도 될지 결정을 해 주는 그런 작은 요정이 있으면 좋겠다. 아마 그 작은 요정은 무지 바쁠 것이다. 끊임없이 흐르는 내 생각을 붙잡아서 생각 쓰레기통에 얼른 얼른 집어넣어 두어야 할 거다. 그 요정은 기다란 턱수염을 하고, 데님 멜빵바지를 입고 있을 것 같다. 그리고 일을 하지 않을 때는 하모니카를 연주하고 있을 것만 같다.

"자, 그건 그렇고," 매트가 하던 말로 다시 돌아갔다. "그래서 행크 박사님께서 너희들을 찾으셨고, 그 뱀장어를 찾을 수 있도록 너희들에게 도움을 요청했던 거구나."

"박사님께서 우리 부모님께 이메일을 보내셨어." 앨리샤가 설명했다. "가이드 일을 이어가기 위해서 우리가 아직도 부모님의 이메일 계정을 갖고 있거든. 그래서 우리가 박사님께 마나우스의 무슨 식당에서 뵙자고 말씀을 드렸던 거야."

"사우다드?" 내가 말했다.

"그래, 바로 거기야. 근데, 너희가 그걸 어떻게 알았어?"

나는 그들에게 성냥갑이랑, 그리고 우리 천재 형제들은 박사님이 그걸 화장실에 두셨던 이유를 몰랐다는 얘기를 해 주고 싶어서 입이 근질거렸다. 대신 나는 아바를 가리켰다. "아바가 그 식당을 알아냈어. 어쨌든 너희들은 그렇게 해서 박사님을 만났고, 그 다음은?"

"우리가 박사님의 예상보다 너무 어렸는지 깜짝 놀라시더라고." 앨리샤가 말했다. "그러면서 박사님 자신도 아주 재능이 있는 아이들을 몇 명 알고 계신다고 하셨어." 형의 얼굴이 붉어졌다. "뱀장어를 찾는 데 도와주는 대가로 우리에게 돈을 지불하시겠다고 하셨어. 며칠 후에 우림으로 출발했고 강을 따라 여행을 시작했어. 그리고 아주 멋진 뱀장어를 발견했어. 아주, 아주 커다란 전기뱀장어였어. 박사님은 별의별 도구를 동원해서 그 뱀장어를 연구하셨어. 모든 일이 순조롭게 진행이 됐어."

"언제까지?"

"우리 말고 또 다른 사람들이 있다는 사실을 알기 전까지." 앨리샤가 말을 이어갔다.

"그 정글 안에 벌목 회사의 소규모 정찰대가 베어 낼 나무들을 표시면서 우리가 있던 구역을 돌아다니고 있었거든."

"벌목은 불법이잖아, 아니야?" 매트가 물었다. "우림에서 그냥 나무를 자르면 안 되는 거 아냐?"

"맞아." 페드로가 말했다. "안타깝지만 불법이 너무 쉽게 버젓이 행해지고 있어. 사람들이 모르는 사이에 벌목꾼들이 우림 전체를 다 파괴시켜 버릴 수도 있는 상황이야."

운전사는 조용한 도로를 벗어나 번화한 도로로 접어들었다. 앨리샤는 차창 가까이로 고개를 기울이며 창밖의 표지판들을 살펴보았다. 그녀는 인상을 쓰더니 자세를 고쳐 앉았다. "행크 박사님께서 단단히 화가 나셨어. 벌목꾼들을 향해서 카본 싱크(carbon sink)에 관한 이야기를 하며 고함을 치셨어. 그 사람들은 총을 갖고 있었어!"

무장한 사람들을 상대해서 기후 변화에 대한 강의를 하는 일은 행크 박사니까 할 수 있는 일이다. "맞아, 역시 행크 박사님이시네." 내가 말했다.

"그런데 말이야, 카본 싱크가 뭐 하는 거야?" 페드로가 물었다.

아바가 기다렸다는 듯이 설명을 했다. "대기 중에 과도한

양의 탄소는 열기를 가두는 역할을 하는데 그게 지구의 온도 상승을 유발시켜."

"기후 변화 얘기구나." 페드로가 말했다.

"맞아, 바로 그거야." 아바가 말했다. "아마존 우림에 있는 나무들이 기본적으로 공기 중의 탄소를 흡수하거든. 그래서 아마존의 산림은 지구 온난화를 막아 주는 역할을 해."

"그리고 우림이 모든 탄소를 저장하고 있잖아." 매트도 말을 보탰다. "그러니까, 그 말은, 나무를 베어 버리면 박테리아나 다른 미생물체가 잘린 나무를 공격해서 이산화 탄소가 공기 중으로 배출된다는 의미야."

"벌목꾼들 얘기로 다시 돌아가 보자." 내가 말했다. "그 사람들이 박사님을 납치한 거니?"

앨리샤가 들고 있던 탄산음료를 한 모금 홀짝 들이키고는 말을 이어갔다. "납치라고? 아니, 아니, 그런 건 아냐. 그 사람들은 우리를 그냥 보내줬어. 대신 다시 눈에 띄면 총을 쏘겠다고 경고했어."

"그럼에도 박사님이 다시 우림으로 들어가셨구나, 그렇지?" 매트가 물었다.

"맞아," 앨리샤가 답을 했다. "박사님은 위성을 이용해서 우림을 보호하려는 계획 같은 걸 갖고 계셨거든."

위성이라는 말을 듣자마자, 내 머릿속에는 소형 위성들의 함대가 머리 위로 날아가며 불법 벌목꾼들을 추적해서 그들의 전기톱에 우주 레이저를 발사해 폭발시켜 버리는 장면이 상상이 되었다. 그 레이저의 빛은 파란색일 것 같다. 어쩌면 초록색일 수도 있겠다. 왜냐면 착한 편에서 쏘는 빛이니까 말이다. 그런데 그게 가능할까? 위성에서 레이저를 쏠 수 있을까? 다행히도 하모니카를 부는 내 상상 속 요정이 내 생각이 말이 되어 나가지 전에 내 입을 막아 주었다.

"박사님께서는 우림 안으로 몇 번이나 들어가셨어?" 아바가 물었다.

"요 직전에 들어가셨던 게 네 번째였어." 앨리샤가 답을 했다. "그런데 마지막에는 우리가 함께 가지 않았어. 우리를 위험에 처하게 할 수는 없다면서, 혼자 가겠다고 고집을 피우셨어. 박사님께서는 브라질에 올 때마다 우리에게 맛있는 식사를 사 주셨어. 박사님께서 스테이크를 아주 좋아하시더라고."

"좋아하셨다가 맞겠지." 아바가 앨리샤의 말을 고쳐 주었다. "게다가 박사님은 채식주의자야."

"더 이상은 아니시지." 페드로가 말했다.

아바가 인상을 찌푸렸다. 그 애들은 마치 자신들이 우리들보다 박사에 대해 더 잘 알고 있는 것처럼 굴었다. 아바는 그 점이 마음에 걸렸다. 나도 그게 싫기는 마찬가지였다.

잠시, 우리 모두는 입을 꾹 다물고 있었다. 박사가 스테이크를 좋아한다는 이 퍼즐 조각은 도대체 맞지가 않았다. 나는 들고 있던 음료를 다 마시고는 고개를 뒤로 젖혀 의자 등에 대고 음료 캔을 거꾸로 들어 남은 몇 방울이라도 나올까 싶어서 입에 갖다 대었다. 음료를 깨끗이 비우는 나를 보고 페드로가 미소를 지어 보였다. 이 애들은 브라질 산의 그 탄산음료에 대한 자부심이 실로 대단한 것 같았다.

차창 너머로 보이는 교통 체증은 점점 더 심해지고 있었다. 엷은 안개가 내려앉아서 시야가 더 흐릿해졌다. 앨리샤는 얼른 창문을 내려 도로 표지판들을 살펴보았다. 그녀는 운전사와 함께 포르투갈어로 이야기를 나누더니 그가 모르는 길로 접어들었다고 설명을 해 주었다.

매트가 깊은 숨을 들이마셨다. "너희들이 우리를 데려가 줘야지."

"어디로?" 앨리샤가 물었다.

"정글로! 우리가 행크 박사님을 찾아야 하잖아."

앨리샤가 의자 등에 기대며 미소지었다. "이 차 좋은데."

"그러니까, 우리를 데려가 줄 거지?" 아바가 물었다.

"글쎄다, 먼저 협상부터 해야지. 나는 말이야, 몇 년 후에 우리 동생이 들어갈 팀을 결정하기에 앞서서 협상하는 연습을 좀 해야 하거든. 그래서 말인데," 앨리샤는 팔짱을 낀 채

삐딱하게 물러앉으며 말했다. "얼마를 지불할 수 있는데?"

"얼마가 들든지 내야겠지." 아바가 답을 했다.

"음, 어, 그게 꼭 그런 건 아니고." 매트가 말했다.

"앨리샤," 페드로가 말했다. "지금이 협상 연습을 할 타이밍은 아닌 것 같은데."

"얼마면 되는데?" 아바가 물었다.

앨리샤는 조용히 숫자를 불렀다. "그건 브라질 통화인 헤알로 따진 값이야." 그녀가 말했다.

아바는 눈을 지그시 감고는 그 숫자를 달러로 환산해 보았다. 그녀는 작은 소리로 웅얼대듯 말했다. "액수가 아주 크지만, 우리가 감당할 수는 있어."

앨리샤가 인상을 찌푸렸다. "처음부터 좀 더 높게 불렀어야 했는데."

"아냐, 이미 아주 높다고!" 매트가 말했다. "그건 너무 비싸다고."

"매트, 우리가 찾는 사람은 행크 박사라고."

그래. 아바의 말이 맞기는 했다. 매트는 왜 자꾸 저러는 걸까? "형, 비행기도 좀, 그랬고," 내가 아바의 편을 들고 나섰다. "호텔도 그렇다고 쳐, 그렇지만 지금 이 순간만큼은 우리가 돈 걱정을 하면 안 되지. 이건 너무 중요한 문제잖아."

"우리가 제시하는 값이 그 사안의 중요성을 말해 주고 있잖아." 앨리샤가 주장을 펼쳤다.

매트가 고개를 떨어뜨린 채 바닥을 물끄러미 쳐다보았다. "아무래도 저 애들을 고용할 수 없을 것 같네." 그가 중얼거렸다.

왜 형이 저렇게 고집을 피우는 걸까? "하도록 해야지." 내가 말했다.

"고용을 할 수가 없다고, 알겠어? 우리가 가진 돈이 없단 말이야."

"어딘가에 현금 인출기가 있겠지."

"아니, 너는 내 말을 못 알아듣고 있구나." 매트가 말했다.

"지금은 돈을 아껴야 하는 때가 아니잖아." 아바가 말했다.

매트는 어색한 웃음을 지어 보였다. "그건 나도 백 퍼센트 동의해! 그렇지만 여기, 이게 말이지… 그러니까 우리가 좀…." 그는 점점 기어들어 가는 목소리로 말을 맺지 못한 채 양손을 가슴 앞에 대고 배배 꼬았다.

"우리가 좀, 뭐?" 내가 물었다. "무슨 말을 하려는 거야?"

뜸 들이던 매트가 불쑥 말을 꺼냈다. "우리, 돈이 떨어졌어." 그는 숨을 크게 내쉬며 미소를 지어 보였다. 그러더니 멋쩍은 듯 혀를 쏙 내밀고는 다시 깊은 숨을 토해 냈다. "휴우, 와우! 이제야 좀 살 것 같다. 속이 다 시원하네. 진짜야. 너희들은 얼마나 오랫동안 내가 그 문제를 안고 혼자 끙끙

앓고 있었는지 모를 거야."

매트를 똑바로 쳐다보며 아바가 물었다. "오빠, 대체 무슨 말을 하고 있는 거야?"

형이 어깨를 으쓱였다. "지금 은행에 남은 돈은 다 긁어모아도 20달러야. 근데 혹시 잭이 스완크 클럽(Swank Club) 서비스 중단 신청을 잊어버렸다면 잔액은 그보다 더 적을 수도 있어."

"스― 뭐라고?" 앨리샤가 물었다.

"아냐, 아무것도 아니야." 내가 얼른 받아쳤다. 그리고 스완크 클럽 월 회원권으로 내가 우편으로 구매하는 건 기껏해야 새 나비넥타이나 화려한 새 양말 정도니 그건 정말 아무것도 아니었다. 그리고 설령 내가 미리 취소 신청을 했어도, 20달러로는 가이드를 고용할 수가 없다. 우리를 데리고 정글로 들어가 달라고 사람을 고용하기에는 그 돈은 턱없이 적은 금액이다.

속도를 내서 달리던 리무진이 앞차들이 브레이크를 잡자 덩달아 멈추었다. 나는 급정거로 혹시 페드로의 무릎 위에 덜컥 앉게 되는 일만은 막아 보려 있는 힘껏 발에 힘을 주었다. 그런 일이 벌어지면 너무 어색할 테니까. 운전사가 다시 후진을 해 주면 좋겠다고 생각했다.

"신용 카드 없어?" 아바가 물었다.

"한도가 초과됐어. 1달러도 더 못 써."

"잠깐만," 아바가 말했다. "다시 시도해 봐. 어떻게 이런 일이 벌어져?"

매트가 모든 것을 설명해 주었다. 기본적으로 우리는 우리들의 시집, '외로운 고아들'의 판매를 통해서 생활비를 조달하고 있다.

나는 행크 박사를 설득해 연구실에서 도와 드리는 대가로 우리에게 용돈을 좀 주십사 하고 부탁을 드렸다―나의 형제들이여, 너무 고마워 할 필요는 없어―그리고 유튜브에 올린 동영상에 붙은 광고에서 몇 달러씩 찔끔찔끔 들어오고는 있다. 그렇지만 우리가 벌어들이는 현금의 대부분은 시집 판매에서 얻고 있는데, 매트 말로는 그 판매고가 곤두박질 치고 있을 뿐 아니라 우리들의 소비는 계속 늘고 있단다. 우리가 사는 아파트의 월세도 올랐다. 아바는 프로젝트를 위해 늘 새로운 장비를 구입했다. 매트도 새로운 망원경을 샀고, 고성능 노트북도 샀는데, 그건 어느새 형의 재산 1호가 되었다. 그리고 우리들 중 한 명은 희귀하고 비싼 농구화를 좋아하는 취향이 있다. 실제 NBA 경기에서 선수가 신었던 낡은 농구화 한 켤레에 5백 달러라면 너무 비싼가? 아니, 절대 그렇지 않다.

어쨌든, 매트는 찔끔찔끔 돈이 들어오는 우리 통장 계좌에서 어떻게 돈이 빠져나가는지를 상세하게 설명해 주었다. 형은 그동안 잔고를 비우지 않도록 나름 노력을 기울였다. '외로운 고아들'의 후속 시집을 쓰기도 했는데 30개도 넘는 출판사들이 모두 출판을 거절했다. 이제는 사람들이 고아들의 이야기에 싫증이 났나 보다. 마지막으로 형이 꺼낸 이야기는 고양이 시였다.

앨리샤가 매트의 말을 끊고 끼어들었다. "그 시들을 고양이가 썼다고?" 그녀가 물었다.

"뭐? 아니야. 고양이가 어떻게 시를 쓰겠어?"

"앞발로 못 쓰나?" 내가 의견을 냈다. "특별한 펜을 이용할 수도 있잖아."

"잭, 지금, 중요한 사실은 우리가 다음 달 월세도 못 내게 됐다는 거야."

매트는 맞은편에 있는 앨리샤와 페드로를 말똥말똥 쳐다보았다. "그러니까, 우리는 가이드를 고용할 형편이 아니야. 우리가 지금 유일하게 기댈 만한 사람은 너희 둘밖에 없어."

"그건 불가능해. 이대로는 행크 박사님을 절대 못 찾을 거야. 우림은 거대한 장소라고."

"그렇지만 만약 우리가 뱀장어를 찾아낸다면, 행크 박사님을 찾을 수도 있지 않을까?" 내가 한마디 했다.

"얘들아, 그 뱀장어들은 수천 제곱킬로미터에 걸쳐서 흩어져 있거든. 그게 얼마나 큰 장소냐면 말이지, 미국의 몇 개의 주를 합친 것보다 더 크단 말이야. 우리가 너희를 도와준다고 해도, 박사님은 절대 못 찾을 거야."

창밖으로 시선을 돌린 앨리샤가 다시 한번 손가락을 들어 보이고는 앞쪽으로 몸을 돌렸다. "미안, 잠깐만. 운전사와 얘기를 좀 해야겠어. 지금 어디를 가는 건지 도대체 알 수가 없네."

리무진은 속도를 줄이면서 우회전을 했다. 아바가 눈을 가늘게 떴다. 창가에 바싹 다가가서는 모퉁이 근처의 표지판들을 유심히 살펴보았다. 앨리샤는 운전사에게 포르투갈어로 질문을 하고는 그의 답변을 듣자 어깨를 으쓱였다. "얘들아, 누군가가 너희에게 이 리무진을 보내 줬다고 말했지?" 앨리샤가 물었다. "그 사람이 누구야?"

"도나 마리아." 내가 답을 했다.

"확실해?"

아니. 백 퍼센트 확실한 건 아니고. 나의 형제들도 그다지 확신에 찬 표정은 아니었다. "확실한 건 아니야. 그렇지만, 내가…."

"잠깐." 아바가 목소리를 낮추며 말했다. "도나 마리아였을 리가 없어. 그 여자는 오늘 아침까지도 우리가 어느 호텔에 묵는지도 몰랐잖아. 기억나? 그녀의 사무실을 나설 때, 우리더러 호텔 주소를 적어 달라고 했잖아."

"그렇다면, 누가 이 리무진을 고용한 거지?"

"내가 운전사에게 물어볼게." 페드로가 제안했다. 그는 포르투갈어로 운전사를 불렀다.

그 브라질 애들이 앉아 있는 좌석 뒤편으로 차단벽이 스르르 올라갔다. 유리 차단벽이 단단히 닫혀 버렸다. 자동차 문도 잠겼다. 리무진은 혼잡한 도로를 벗어나 점점 세차게 내리는 빗줄기를 뚫고 속도를 내며 질주했다.

앨리샤가 차단벽에 몸을 부딪쳐 보았다. 매트도 몸을 기울여 앨리샤와 함께 차단벽을 몸으로 밀쳐 보았다. 그러나 운전사는 아무런 반응을 하지 않았다. 아바가 창문의 손잡이를 잡아당겼다. 그러나 유리창은 조금의 흔들림도 없었다.

"무슨 일이야?" 내가 물었다. "저 사람은 지금 뭘 하는 거지?"

페드로는 아주 느긋한 태도로, 마치 식당에 앉아서 샌드위치에 관한 대화라도 하듯이 답을 했다. "가만 보니, 우리가 납치를 당했네."

나는 손을 뻗어 차단벽 옆에 있는 매트를 밀어냈다. 그렇게 힘을 주고 밀쳐 대다가는 형의 손이 다칠 것 같았다. 운전사의 어깨 너머로 계기판 위에 전화기가 올려져 있는 게 눈에 들어왔다. 화면이 밝은 초록색이었다. 우측 하단에는 흰색 전화기 아이콘이 보였고, 시계의 분과 초가 째깍째깍 흘러가고 있었다. 내가 손으로 가리켰다. "저 사람 전화기에 스피커가 켜져 있는 상태야. 누군가가 계속 우리들의 대화를 듣고 있었다는 거지."

"누가?" 아바가 물었다.

우리 중 그 답을 아는 사람은 아무도 없었다. 그리고 리무진에서 탈출하는 방법을 아는 사람도 없었다. 아바가 가방을 열고는 도움이 될 만한 물건을 찾아 뒤적거렸다. 매트도 덩달아 캔버스 천으로 된 노트북 가방을 뒤적였다. 그 시점에서 노트북을 열고 새로운 컴퓨터 프로그램을 입력하거나 이메일을 써서 우리를 구해 낼 수는 없는 노릇이었다. 나도 서둘러서 내 가방 속의 내용물들을 살펴보았다. 브라질에 관한 책 몇 권, 그래놀라 바 한 개, 기름이 스며든 냅킨에 둘둘 말린 치즈 빵 몇 조각, 그리고 악취 제거기가 있었다. 나는 그 장치를 꺼내서 손바닥 위에 올렸다. 그때까지 나는 열 방인지 열두 방인지, 방귀를 뀌었다. 그때마다 장치로 냄새를 다 빨아들였고, 아직 장치 밖으로 배출시키지는 않은 상태였다. 그 기기 안에는 비행기에서 옆 좌석 승객의 냄새나는 머리에서 빨아들였던 수천, 수백만 개의 냄새 입자들과 또 나의 방귀 냄새 입자들이 고스란히 가두어져 있는 것이다.

내가 행크 박사에게 들은 바로는 최고의 발명품이 가끔씩은 전혀 예상치 못한 방식으로 사용되기도 한다는 것이다. 예를 들어 자동차도 원래는 속옷을 세탁하는 한 가지 방식으로 착안된 것이었다. 시간이 흘러 나중이 돼서야 기술자들이 사람들을 이동시키는 좋은 방법이 될 수도 있겠다는 사실을 깨닫게 됐다. 물론, 이건 사실에 근거한 이야기가 아닐 수도 있다. 행크 박사가 예로 들려주셨던 실제 이야기는 기억이 안 난다. 어쨌든, 내 말의 요지는 내가 그 악취 제거기를 정당방위 차원의 무기로 사용할 생각은 한 번도 해 본 적이 없다는 것이다. 그러나 우리의 상황은 아주 절박했다.

백만 불짜리 발을 가진 그 소년 뒤로 올라와 있는 유리 차단벽에는 신용 카드 하나 정도 들어갈 만한 작은 구멍이 나 있었고, 운전자에게 운임을 건넬 수 있도록 플라스틱 미닫이창이 설치되어 있었다. 나는 페드로와 앨리샤 사이를 비집고 앉아, 그 기기를 플라스틱 미닫이창 틈에 운전사를 향하도록 놓고는 가스 배출 버튼을 눌렀다.

악취 제거기는 지독한 냄새를 풍기는 내용물을 뿜어 냈다. 악취가 운전석으로 흘러 들어갔다. 몇 초도 지나지 않아서 나의 방귀 냄새가 운전사의 콧구멍으로 흘러 들어갔다. 그가 쿨럭쿨럭 기침을 했다. 메스꺼움이 올라오는지 입을 틀어막았다. 막 구토라도 하려는 듯 그가 몸을 앞으로 숙였다. 리무진이 갑자기 방향을 틀었다. 그가 갑자기 브레이크를 밟는 바람에 나는 잡고 있던 악취 제거기를 그의 의자 위로 떨어뜨렸다. 운전사는 문을 열려다가 오히려 도어락을 걸고 말았다. 그는 미친 듯이 버튼들을 눌러 대다가 겨우 문을 열고는 도로로 나가서는 내리는 비를 맞으며 깊은 숨을 몰아쉬었다. 나는 운전석에서 대각선에 위치한 뒷문을 열어 보았다. 문이 열렸다. 지독한 냄새에 취했던 운전사가 정신이 어떻게 됐는지 모든 문의 잠금장치를 해제시켰나 보다. 앨리샤가 먼저 빠져나갔다. 남은 우리들도 도로의 연석 위로 구르다시피 내려갔다. 운전사는 무릎에 손을 올려놓은 채 아직도 숨을 들이마시며, 우리를 향해 포르투갈어로 소리를 질러 댔다.

악취 제거기는 여전히 운전석에 있었다. 내가 다시 가져오려 하자, 매트가 나의 팔을 홱 잡아당겼다. "잭, 그냥 둬!"

"뛰어!" 앨리샤가 말했다. "뛰라고!"

운전석에 덩그마니 놓여 있던 나의 소중한 방귀 채집기, 우리들의 생명까지 구해 줬는데, 그 물건을 그대로 버려두고 온 생각을 하니, 마음 한구석에 구멍이 뻥 뚫린 것도 같았다. 그러나 나는 뛰었다. 우리 다섯 명은 식당 두 곳과 주스바 한 곳을 지나치며 정신없이 뛰어갔다. 빗줄기가 굵어졌다. 마치 수백 개의 소형 물 풍선의 공격을 받는 느낌이었다. 우리는 빨리 달릴 수밖에 없었다. 인도 여기저기에 갈라지고 움푹 파인 곳들은 달리는 데 장애물이 되었다. 앨리샤가 앞장을 섰고, 아바와 매트가 그 뒤를 따랐다. 페드로는 내 바로 옆에서 발을 풀며 달렸다.

페드로가 갑자기 멈추어 섰다.

"뭐 해? 서둘러!" 내가 외쳤다. "운전사가 우리를 잡으러 오고 있잖아!"

그 운전사와 우리 사이에는 열 대 아니 열다섯 대 정도의 차량들이 주차되어 있었다. 페드로는 고개를 돌려 그를 쳐다보았다. 운전사는 속도를 줄이며 얼굴에 묻은 빗방울을 훔쳐 냈다. 그의 오렌지색 폴로셔츠는 이미 흠뻑 젖어 있었다. 앨리샤가 그의 동생을 불렀다. 매트와 아바도 소리를 질렀다. 그러나 페드로는 꿈쩍도 않았다. 그는 크기도 모양도 야구공 같이 보이는 아스팔트 덩어리 위에 왼발을 걸친 채, 살살 돌렸다. 고개는 한쪽으로 살짝 기울어뜨렸다. 세찬 빗방울이 그의 몸에 내리쳤고 모든 것을 적시고 있었지만 그는 별로 개의치 않았다. 운전사는 앞으로 천천히 걸어오고 있었다. 그의 걸음걸이는 무겁고도 위협적이었다. 나는 얼른 몸을 돌려 달아나고 싶었다. 아주 필사적으로. 그러나 페드로가 다음 순간 과연 무슨 행동을 하려고 하는지 더 궁금해졌다.

운전사는 다시 속도를 내기 시작하며 한 걸음씩 첨벙첨벙 물을 튀기면서 다가왔고, 페드로는 몸을 숙이는가 싶더니 발치에 있던 아스팔트 덩어리를 왼발로 탁 쳐서 공중으로 올려 무릎 높이로 떨어지는 순간 픽 하고 찼다. 그의 발놀림은 번개처럼 빨랐고 공중으로 날아오른 그 돌은 포물선을 그리며 주차된 차량들 위를 지나 우측으로 회전을 하는가 싶더니 바로 운전사 이마 측면을 정확히 맞혔다.

다음 순간 운전사는 무릎을 꿇고 몸을 비틀거리며 도로 위 물웅덩이로 고꾸라졌다.

백만 달러짜리 발을 가진 그 소년은 나의 어깨에 손을 얹었다. "우리가 공짜로 해 줄게,"

페드로가 말했다. "우리가 너희를 우림으로 데려가서 박사님을 찾도록 도와줄게."

# ㄱ포ㅗ
# 훔볼ㅌ호

 다음 날 아침 우리들은 햇볕을 받으며 터덜터덜 마나우스 항구로 걸어갔는데 변함없이 비가 다시 내렸다. 높이 솟아 있는 유람선 한 대가 부두에 정박해 있는 모습이 멀리서 보였다. 높이 솟아 있는 크레인들이 녹이 슨 거대한 컨테이너 박스들을 들어 올려 다 쓰러져서 둥둥 떠다니는 아파트 건물처럼 보이는 선박들 위로 착착 쌓아 올렸다. 우리들은 각자의 가방에 캠핑 장비를 포함해서 우의, 해먹, 로프, 그리고 각종 건조식품과 플라스틱 공기와 수저, 포크들을 챙겨 넣은 탓에 가방마다 빵빵했다. 아바도 벳시를 가져가겠다고 고집을 피우며 집어넣었고, 매트도 같은 방법을 써서 노트북을 쑤셔 넣었다. 정글에 노트북을 챙겨 가서

**133**

무슨 쓸모가 있는지 나는 형에게 굳이 묻지 않았다.

전날 밤 거의 잠을 자지 못한 탓에 걸어가는 내내 몸이 상당히 힘들게 느껴졌다. 어제 거의 납치를 당할 뻔했던 이후로, 우리는 호텔에 머물러 있는 것이 안전하지 않다는 결론을 내렸다. 그래서 짐을 챙겨 나와 앨리샤와 페드로가 지내는 곳으로 가서 함께 밤을 보냈다. 그들은 빈민가로 불리는 아주 번잡한 동네에 방 하나짜리 집에 살고 있었다. 그들이 쓰는 의자들은 플라스틱 우유 상자를 엮어서 만든 것이었고 창문에 붙은 낡은 축구용 저지 셔츠가 커튼을 대신하고 있었다. 침대의 상태는 좀 더 심각해서 작은 아기용 침대 두 개밖에 없었다. 페드로는 아바에게 자신의 침대를 양보했지만, 아바가 사양을 했다. 그래서 어영부영 내가 그의 침대를 차지하기는 했지만, 그날은 내 인생 최악의 밤이었다. 나도 다른 사람들처럼 그냥 바닥에 담요를 깔고 자는 편이 훨씬 나았을 뻔했다.

그럼 좋은 소식은? 우리에게 가이드가 생겼을 뿐 아니라 강을 따라 이동할 수 있는 배편도 확보됐다는 사실이다. 도나 마리아는 약속한 대로 앨리샤에게 문자를 보내왔고−사실은 여러 번 보냈다−그래서 우리의 새 친구는 아이폰의 대모에게 우리들의 상황에 대해 모두 이야기했다. 그 늙은 여인은 너무 안쓰럽다며 우리를 도울 수 있는 방도를 물었다.

앨리샤는 우리를 정글 깊은 곳으로 데려가려면 배 한 척이 필요하다고 설명했고, 그 즉시 30분도 안 되서 그녀는 모든 것을 다 준비해 주었다.

앨리샤가 우리를 이끌고 크레인 밑을 지나 커다란 보트들 중 한 척의 뱃머리 쪽으로 다가갔다. 정박된 보트들의 탱크들 사이를 비집고 선창에 묶여 있는 길고 폭이 좁은 배 한 척이 눈에 들어왔다. 수상 건물들 옆에 있으니, 그 배는 마치 축소 광선이라도 맞은 것처럼 작아보였다. 그래도 외관은 나름 근사했다. 뱃머리와 고물이 개방형으로 뱃전을 따라 광이 나는 목재 벤치가 설치되어 있었다. 중심에는 커다란 선실이 우뚝 솟아 있고, 지붕 위에는 여러 가지 장비들이 흩어져 있었다. 그 배에서 한 블록 정도 떨어진 지점에서 우리는 걸음을 멈추었다.

"저게 우리가 탈 배야." 앨리샤가 말했다. "폰 훔볼트 호야."

"와, 완전 새것 같은데." 매트가 말했다.

"선장은 어디에 계셔?" 아바가 물었다.

우리는 좀 더 배 가까이로 걸어갔다. 내가 소리쳤다. "어이, 거기 누구 없소?"

아바가 나를 노려보았다. "쟥, 좀 진지하게 행동할 수 없니?"

대체 뭐가 어떻다고? 언제나 나도 그렇게 한번 외쳐 보고 싶었을 뿐인데.

한 남자가 서둘러 선실에서 나왔다. 그의 신장은 매트 정도로 보였고, 운동복 차림으로 하의에는 라크로스(크로스라는 스틱을 이용하여 상대의 골에 공을 넣어 득점하는 구기 스포츠*) 경기 때 입는 보라색 반바지를 입고 있었다. 그의 어깨는 평균보다 더 넓었고, 두툼해 보이는 아래턱에는 수염이 조금 돋아 있었고, 양쪽 머리는 짧게 깎아 올려 위쪽은 왁스를 발라 기름져 보였다. "안녕, 어서들 와!"

매트가 그를 힐끗 쳐다보았다. 도나 마리아는 선장이 외국인이라는 말은 하지 않았다. 나는 그가 브라질 사람일 거라고 생각했다. 말씨가 미국 사람이나 영국 사람 같지는 않았다.

"당신이 바비 씨인가요?" 앨리샤가 물었다.

"맞아! 나는 바비 선장이라고 해. 그냥 선장님이라고 불러 줘, 아가씨."

"억양이," 아바가 말했다. "아일랜드? 아니면 스코틀랜드분인가요?"

"양쪽 다 조금씩! 폰 험볼트 호에 승선한 걸 환영한다."

"지금, 폰 홈볼트라고 하신 거 맞죠?"

"그래, 그거. 내가 방금 그렇게 말했잖아. 자, 어서들 와. 이제 출발하자. 짐들은 계단 아래쪽에 던져 둬, 선실 앞쪽은 내가 쓰고, 너희들은 뒤쪽을 쓰면 되겠다."

"고물을 말씀하시는 거 아닌가요?" 매트가 물었다.

"고물이라고?"

"네, 있잖아요, 왜 그, 선박에 쓰는 용어요. 앞쪽이라는 말 대신 선수라고 하지 않나요? 뒤쪽은 고물이라고 하고, 아래쪽은 갑판이라고 하잖아요. 우현, 좌현, 그리고 화장실은 헤드(head)."

바비 선장은 잠시 매트에게 머물던 시선을 거두고는 이내 그의 말을 깡그리 무시해 버렸다. "오케이, 이제 5분 후면 출발이다. 시간을 지체할 필요가 없겠지. 그나저나 도나 마리아가 너희들이 어디를 가는지는 말하지 않았는데."

"동쪽으로 가요." 아바가 답을 했다.

"알았어." 바비가 말했다. "동쪽이라, 그야 쉽지. 이제 선실에 가서 짐을 풀고 자리들을 좀 잡아라."

우리는 비좁은 조리실로 연결된 좁고 가파른 사다리를 올라갔다. 그 배의 화장실은 조리실 싱크대 바로 옆에 위치해 있었다. 선미에 있는 우리가 쓰는 선실은 스머프들에게도 비좁을 만큼 협소한 공간이었고, 사람은 다섯인데 침상은 네 개뿐이었다. 매트는 움직이다가 갑판보에 머리를 부딪쳤고 침상 안으로 겨우 몸을 구겨 넣어 보았지만, 다리를 제대로 펼 수도 없었다. "나는 아무래도 갑판 위에서 자야겠다." 그가 말했다.

엔진의 시동이 걸리기 시작했고 우리는 여전히 갑판 아래에 있었다. 배가 역 방향으로 요동치는가 싶더니 다시 멈추었다. 그 바람에 나는 발이 꼬이며 형의 몸 위로 넘어졌고, 이내 코를 돌려버렸다. 으으, 형의 땀 냄새! 악취 제거제가 진정 필요했다.

"왜? 뭐야?" 형이 말했다. "나 데오도런트 발랐단 말이야."

"그럼, 더 발라."

배는 앞으로 출렁 점프를 하고는 다시 멈추었다.

"저 사람 지금 뭐 하고 있는 거야?" 페드로가 물었다.

우리는 얼른 갑판 위로 올라갔다. 아바가 나를 밀치고 나가서는 뱃전을 풀쩍 뛰어넘었다. 뭐지? 아바가 벌써 떠나는 건가?

"아바, 가지 마." 매트가 소리쳤다.

아바는 시멘트 선착장에 늘어서 있는 커다란 금속 밧줄걸이 옆에 쭈그려 앉았다.

"걱정 마, 나, 가는 거 아니야." 아바가 밧줄을 집어 들고 올리며 말했다. "밧줄을 풀어야 배가 떠나지."

키 옆에 서 있던 바비 선장은 창문을 밀고 밖으로 고개를 내밀었다. "잘했어! 너희들을 시험해 본 거야. 이제 너희들은 내 시험에 통과한 거야."

보통의 경우, 그런 칭찬을 들으면 미소를 짓게 되기 마련인데, 아바는 무표정한 표정을 지어 보였다. 마저 풀어 낸 밧줄을 들고 아바는 선창을 벗어나는 폰 훔볼트 호로 다시 올랐다. 부조종석 앞, 선장 자리에 매트와 바비 선장이 나란히 서서 전면 유리를 통해 밖을 쳐다보고 있었다. 메트 뒤로 기다란 테이블과 삼면이 쿠션 처리가 되어 있는 벤치가 놓여 있었고, 그 벤치는 쉽게 펼쳐 선실 뒤로 침상을 만들 수 있는 구조였고, 선미는 열려 있었다. 뱃전을 따라 의자 몇 개와 벤치들이 놓여 있었고 갑판 위에 볼트로 단단히 고정되어 있는 커다란 플라스틱 케이스에는 공기 주입식 구명보트가 설치돼 있었다. '열지 마시오'라는 표지판을 보자 바로 열어 보고 싶은 충동이 일었지만 나는 꾹 참고 소형 냉장고 크기의 다른 플라스틱 케이스의 빗장을 풀었다. 그 공간 안에는 번쩍이는 마체테(날이 넓고 무거운 칼. 무기로도 쓰임*) 세 점이 들어 있었다. 손을 뻗어 하나를 집어 보려 했는데, 아바가 그냥 놔두라고 했다. "잭, 우리 이제 방금 배에 올랐거든, 제발 칼에 베여서 징징대는 일은 좀 벌이지 말자. 알겠지?"

나는 투덜거리며 그 플라스틱 케이스를 확 닫아 버렸다.

푸르고 청명한 하늘 때문인지 그 브라질 아이들도 우리를 따라 선미로 나왔고, 비가 다시 내리기 전까지 함께 신선한 공기를 즐겼다. 바비 선장은 음악을 틀어 놓고는 키 옆에 서서 음악에 맞춰 엉덩이를 흔들어 댔다.

"도나 마리아는 이런 사람을 대체 어디서 찾은 걸까?"아
바가 물었다.

"쉿! 조용, 바로 뒤에 있잖아."내가 조심시켰다.

"우리 소리는 못 들어."아바가 말했다.

"저 사람, 좀 이상하기는 해. 그래도 도나 마리아가 약속했
잖아. 저 사람이 우리가 가는 곳까지 안내해 준다잖아."앨리
샤가 말했다. "아, 참. 혹시 행크 박사의 행방에 대해 더 알게
된 거라도 있니?"

"응, 있어."아바가 말했다.

그 전날 우리가 앨리샤와 페드로의 작은 집에 숨어서 밤을
지내는 동안, 아바와 매트는 컴퓨터 앞에서 몇 시간을 매달
려 있었다. 이제야 그때 뭘 하고 있었는지 설명을 하려나 보
다. 행크 박사의 위성이 우림 상공을 날고 있는 동안, 내 형
제들은 행크 박사의 웹사이트를 뒤지다가 지도 한 장을 발견
했다. 그건 여느 지도가 아닌 바로 행크 박사가 페드로와 앨
리샤를 동반해서 찾아갔던 그 지역에 대한 지도였다.

"그 지도 좀 볼 수 있어?"앨리샤가 물었다.

아바가 서둘러 갑판 아래로 내려가 노트북을 들고 왔다.
매트는 우리가 허락 없이 자신의 노트북을 빌려 쓰는 걸 아
주 싫어하는데, 지금은 선장 옆에 딱 붙어 서서 마치 자기가

**140**

하천선의 선장인 양 구느라 미처 눈치를 못 챈 모양이다. 자리에 앉은 아바는 나를 한쪽으로, 그리고 페드로는 다른 쪽으로 살짝 비켜 앉게 해서 컴퓨터 화면에 강물이 튀기는 것을 막았다.

"지금은 온라인 접속은 안 돼. 근데, 페이지는 미리 저장해 뒀어." 아바가 파일을 열며 말했다. 지도에 보이는 것은 온통 초록색 나무 꼭대기들 말고는 고작해야 굽이치는 몇 줄기의 강물이 전부였다. 그러나 지도 전면에 여러 개의 작은 붉은색의 원들이 흩어져 있었다. "여기 점들이 보이지?" 아바가 물었다. "이런 점을 클릭하면 날짜가 나타나. 어떤 점들은 다섯 개에서 열 개 정도의 날짜가 나타나더라고. 또 어떤 점들은 표기된 날짜의 일수가 좀 적게 나타나기도 하고. 그 날짜를 클릭하면, 그 지점의 근접 촬영 사진이 떠."

"그런 장소에는 뭐 특별한 게 있는 거야?" 페드로가 물었다.

"그건 나도 모르겠어." 아바가 말했다. "그렇지만, 여기 이 점에는," 아바는 노트북 화면 우측 상단을 가리키며 말했다. "표시된 날짜가 가장 최근이야. 날짜도 하나밖에 안 나타나는데 이틀 전이지."

"그렇다면, 행크 박사가 이틀 전에 거기에 있었단 말이야?"

아바가 어깨를 으쓱했다. "아마도? 나도 잘은 모르겠어.

근데 이 지도에서 나타나는 날짜 중 가장 오래된 게 대략 3주 전 날짜야."

"마지막으로 행크 박사랑 연락이 됐던 시점이잖아." 내가 말했다.

"맞아." 아바가 말했다.

"그러니까 그 위성이 어쨌든 행크 박사의 위치를 추적하고 있다는 거네." 앨리샤가 추측을 했다.

아바는 다시 어깨를 으쓱거렸다. "아마도, 내가 알아낸 건, 우리가 어디서든 출발을 하면 말이지." 아바는 화면의 우측 상단의 점을 가리키며 말했다. "이게 아주 잘 감지해 낸다는 사실이야."

그때 우리 중 누가 뭐라고 미처 말할 틈도 없이 선장이 큰 소리로 우리를 부르며 미소를 지었다. "너희 네 명, 거기 뒤에서 뭘 하고 있냐?"

아바가 얼른 노트북의 뚜껑을 닫았다. 그제야 매트는 아바의 행동을 눈치챘지만, 아바는 매트의 눈길을 피해 급히 갑판 아래로 내려갔다. 나는 페드로 쪽으로 몸을 기울였다. "아바가 우리한테 보여 줬던 그 지점 말이야," 내가 말을 했다. "거기로 가는 방법을 아니?"

앨리샤가 나의 등을 톡톡 두드리며 말했다. "그야 물론이지."

날씨가 도와줘서 몇 시간은 비가 내리지 않았다. 나는 우리가 벌써부터 아마존으로 진입했다고 생각했는데, 두 줄기의 작은 강이 만나는 지점에 이르러서야 거대한 수로가 나타났다. 배가 출발한 지 한 삼십여 분이 지났을까, 페드로가 배의 우측으로―아니 우현이라고 했던가―기대고는 앞쪽을 가리켰다. "이제 마나우스의 불가사의 중 한 곳인 강줄기들이 만나는 지점을 보게 될 거야."

배에서 내려다보이는 강물의 색은 짙어서 거의 검은색에 가까웠다. 그러나 남쪽으로 보이는 강물은 모래 색깔의 흙탕물로 크림과 설탕을 담뿍 넣은 커피 색깔처럼 보였다. 강 중심은 어두운 검은색에서 갈색의 크림 설탕 커피 빛으로 변했는데, 마치 그 중심에서부터 보이지 않는 얄팍한 벽이 뻗쳐 있는 것처럼 보였다.

"물 색깔이 어떻게 저렇게 보일 수 있지?" 내가 물었다.

앨리샤가 입술을 지그시 깨물며 말했다. "너무 아름답지, 마법 같아. 그치?"

"그건 마법이 아니라 과학이야." 아바가 대답을 했다.

아바는 어떻게 그런 현상이 일어나는지 설명을 시작했다. 그런 우리의 모습은 매트의 눈에 딱 걸렸다. 자신의 지식을 뽐낼 절호의 기회를 놓칠 리가 없는 매트는 어느새 우리가 있는 선미로 와서 몇 가지 세부적인 정보를 보탰다.

우리의 배는 더 작은 두 줄기 강이 만나서 하나로 흘러 아마존의 지형을 만든다는 그 지점을 통과하고 있는 것처럼 보였다. 초입에서는 물과 기름이 뒤섞여 있는 것처럼 보였는데, 그건 북쪽의 온도가 더 차갑고 밀도가 더 높기 때문이다. 강물의 검은색은 상류에서 강물로 떨어진 식물들이 분해되면서 나오는 색이라고 한다. "게다가, 여기는 남쪽의 솔리몽에스강보다 유속이 훨씬 더 빠르거든." 매트가 말했다.

"그리고 강물의 색은 검지만," 아바가 한마디 더 보탰다. "세계에서 가장 깨끗한 강이야."

"정말 놀랍네." 바비 선장이 말했다. "나도 그런 건 몰랐네."

최면에 걸린 듯 우리 모두는 넋을 놓고 강물을 바라보았다.

그러다가 문득 알아차렸다.

선장, 바비가 바로 우리들 옆에 와 서 있었다.

선미에 와 있는 것이다.

나는 선장의 키가 있는 자리로 눈길을 돌렸다. 키를 잡고 있는 사람이 아무도 없었다.

"선장님!" 내가 소리쳤다. "배는 누가 운전을 하고 있는 거죠?"

"괜찮아. 걱정 마." 바비가 웃었다. "다 멀쩡하잖아! 배는 혼자서도 잘 가거든. 자, 봐 봐. 내가 보여 줄게." 그는 우리를 선장의 자리로 안내해서 고감도 터치스크린 위에 주변 지리를 보여 주는 지도를 가리켰다. "나는 그냥 오늘 밤 우리가 정박하는 장소만 선택하면 되는 거야. 그러면 나머지는 이 배가 다 알아서 하거든."

"그럼 장애물이 나타나면 어떻게 하죠?" 아바가 물었다.

바비 선장이 어깨를 으쓱여 보였다. "글쎄, 잘 모르겠는데."

아바가 뱃전으로 몸을 내밀어 배에 달린 여러 장비들과 지붕에 안테나를 유심히 살펴보았다. "어떤 종류의 센서를 사용하는 거죠?"

바비 선장이 양손을 들어 올렸다.

"어떤 종류의 알고리즘이 작동되고 있냐고요?" 매트도 한마디 보탰다.

"뭔 소리들을 하고 있는 건지," 그가 답을 했다. "나는 그냥 배를 몰고 있는 건데."

"선장님만이 배를 운전하는 건 아니라는 거죠." 내가 말했다.

그가 나를 가리키며 말했다. "그래, 바로 그거야!"

신나게 지식을 쏟아 내던 천재 형제들이 갑자기 조용해졌다. 잘 돌아가던 그들의 두뇌가 꼬인 모양이다. 그런 상황에서는 나도 무슨 말을 할지 몰라 입을 다물었다. 배가 강을 따라 동쪽으로 내려가며 마나우스로부터 점점 멀어져 갔다. 두 줄기의 강물이 마침내 한곳에서 만나 갈색의 크림 커피 빛깔을 만들어 냈다. 빽빽한 초록색 정글이 해변의 고층 건물들을 시야에서 밀어냈고. 우리들은 다시 내리기 시작하는 비를 피해 갑판 아래 선실로 내려갔다.

강물로 시선을 줄 때마다 도마뱀이 수면 위로 낮게 헤엄치는 장면이 거의 매번 눈에 들어왔다. 매트는 강에 사는 수달이 있는 곳도 손으로 몇 번 가리켰다. 그 녀석들의 덩치는 나만 했고, 수염도 있고 온몸은 끈끈이를 뒤집어 쓴 것 마냥 끈적거리는 회색의 털을 갖고 있었다. 우리 배가 지나가는 사이 좀 더 작은 덩치의 수달 몇 마리가 요리조리 헤엄을 쳐서 강둑을 올라 거대한 나무의 드러난 뿌리 아래의 좁고 어두운 구멍으로 미끄러지듯 사라졌다. 그 녀석들을 지켜보며 왠지 몸서리가 쳐졌다. 그 끈적거리고 시커먼 수달들이 꼭 꿈에 나타날 것만 같았다.

"이야, 근사하다." 매트가 말했다.

"으으, 전혀 그렇지 않거든." 내가 말했다. "오싹하고 징그럽기만 한걸."

배가 동쪽으로 방향을 틀고 나아가는 사이 빗방울이 다시 굵어졌고, 우리 다섯은 테이블에 둘러앉았다.

선장은 손을 뻗어 선장 좌석 뒤의 기다란 벤치 위에 놓인 모자를 집어 들고는 머리 위에 푹 눌러써서 눈까지 내리 덮었다. 낮잠이라도 청하려는데 느닷없이 그가 질문을 했다. "그나저나 너희들을 정확히 어디로 데려다 주면 되는 거니?"

"우림이요." 내가 말했다.

"그거야 알고 있지." 그가 말했다. "정확히, 우림의 어느 지역으로 가냐고? 우림은 아주 거대한 지역이란 말이야."

"내일은 방향을 북쪽으로 틀어서 자타푸 강으로 갈 거예요." 앨리샤가 말했다.

선장은 하품을 하면서 알겠다는 반응을 보였다.

그날 밤, 바비 선장은 강둑의 깊은 못에 배를 정박하고 커다란 냄비에 쌀과 콩 그리고 약간 쌉쌀한 초록 채소를 넣어서 저녁을 만들어 주었다. 저녁을 먹고 나니 비도 멎고 구름 사이로 달빛이 비치었다. 붉은 점들이 강가에서 반짝였다. 처음에는 내 형제 중 누군가 레이저 빛을 비추며 장난을 치는 건 줄 알았다. 그러다가 문득 책에서 읽었던 내용이 떠올랐다. 남미산 악어, 카이만이 밤의 어둠 속에서 으스스한 붉은 빛을 내고 있는 것이었다.

오는 비행기에서 옆 좌석의 승객이 그 녀석들의 소음에 대해서 익히 알려주기는 했다. 그래도 나는 강은 고요할 거라고 생각했는데, 정글에서 나는 각종 소리들이 온 강에 울려 퍼졌다. 새떼들은 서로서로 지저귀고, 곤충들은 붕붕 소리를 내고 있었고 때로 고함소리와 으르렁거리는 소리도 들려왔다. 그러나 카이만 뒤로는 커다란 나무들과 어두운 그림자만 보였다. 그렇다고 내가 빅풋(북미 서부에 살고 있는 것으로 여겨지는 온몸이 털로 덮인 원숭이*)의 존재를 믿는 건 아니었다. 그 대단한 과학자인 행크 박사나 내 형제들이 내가 순진하게 그런 신화를 믿게 내버려둘 리도 없고, 그리고 딱히 멋지게 생긴 동물도 아니고 말이다. 그렇지만 브라질의 일부 지역에서는 미식축구의 공격수만 한 크기로 정글을 어슬렁대는 나무늘보 같은 '매핑그웨이'라는 생명체의 신화를 믿고 있다. 그러니까 그 생명체는 아마존 버전의 빅풋인 것이다. 그렇게 우거진 시커먼 정글 속을 들여다보고 있자니, 어디선가 그 생명체가 불쑥 나타난다 해도 별로 놀랍지 않을 것 같았다.

# 8
# 괴물 낚아 올리기

다음 날 아침이 밝아오자, 나는 아기 침대 같이 좁아터진 침대 속에서 꼼지락거리며 알람 시계를 찾았다. 그러다가 문득 우리 집 아파트가 아니라는 사실이 떠올랐다. 그래, 우리가 있는 곳은 아마존 강, 행크 박사는 실종이 됐고, 그리고 우리를 안내한다고 나선 선장이라는 사람은 뱃머리와 선미라는 말의 차이도 구별 못하는 상황이다. 다시 잠을 청해 보려 했지만 실패했다.

내 형제들과 앨리샤는 갑판 위의 테이블에 둘러앉아 식사를 하고 있었다. 배는 동쪽으로 흘러가고 있었고, 페드로는 배의 뒤편에서 저글링을 하고, 바비 선장은 뱃머리에 다리를 올린 채 건들거리며 강물에 시선을 두고 있었다.

"아침은 뭐야?" 내가 물었다.

나를 보라고 기울여 보여 주는 아바의 밥그릇에는 밥과 콩 그리고 푸르딩딩한 채소가 있었다. "어젯 밤 먹고 남은 음식이야." 아바가 말했다.

"그리고 말이지, 선장은 아침에 샌드위치를 만들어 먹지 않는대." 매트가 말했다. "그러니까, 귀찮게 자꾸 묻지 마."

점심 식사에도 바비는 밥과 콩을 내왔다. 억지로 밥그릇을 받아들기는 했지만, 똑같은 음식을 내리 몇 끼째 목구멍에 넘길 수 있을지는 확신이 안 갔다. 페드로나, 앨리샤 그리고 내 천재 형제들도 음식이 마땅찮기는 마찬가지였다. 그래서 우리는 선장에게 직접 얘기해 보기로 했다.

"너희들 먹을 건 너희들이 챙겨온 줄 알았는데," 바비가 말했다. "내가 배에 갖고 탄 것은 쌀과 콩이 전부야."

"가져오기는 했지만, 밀림에서 도보로 움직일 때를 위해서 준비한 건데요." 앨리샤가 말했다.

배의 좌측 뱃전에서 뭔가가 첨벙였다. 바비가 손으로 가리켰다. "얘들아, 여기다 닻을 내리고 물고기를 좀 잡으면 어떨까?"

"여기 강에서 낚시를 해 본 적 있으세요?" 앨리샤가 물었다. "쉽지 않을 텐데요."

"저희 부모님께서 여기가 세상에서 낚시하기에 제일 어려운 장소라고 말씀하시곤 했는데요."페드로도 한마디 거들었다.

"그렇다면, 더 잘 됐네. 내가 아주 낚시를 끝내주게 잘 하거든."바비가 대답했다. 그는 자신만만한 표정으로 집게손가락을 치켜들고는 우리가 있는 곳을 돌아 후갑판으로 내려갔다. 몇 분 후 다시 나타난 그의 손에는 낚싯대와 낚시 도구 상자가 들려 있었다. 그는 강물의 흐름을 살폈다. "여기는 유속이 너무 빠른걸."그가 말했다. "가만있어 보자, 하루 중 이 시간이라면, 강둑에 가까이 댈수록 잘 잡힐 거야. 그런 장소에는 고기들이 햇볕을 피해서 쉬고 있거든."

앨리샤가 물가를 살펴보았다. "지금은 강둑에 배를 너무 가까이 갖다 대면 위험할 수도 있어요. 물이 얕아서 배가 바닥에 박히면 꼼짝 못하게 될 수도 있거든요."

바비는 쭈그리고 앉아서 비상용 구명보트가 있는 플라스틱 케이스 앞을 서성였다. "이런 물건은 비상시에나 사용하는 거지, 그치?"그가 물었다.

그러나 그는 우리의 대답이 떨어지기도 전에 그 케이스를 갑판 위로 끌어당겨 금속 걸쇠 한 쌍을 풀어 버렸다. 케이스는 마치 조개가 입을 벌리듯 뻥 하고 열렸고 그 바람에 그의 몸이 뒤로 휘청거렸고 우리들도 넝달아 뒤로 물러섰다. 케이스의 뚜껑은 바로 다시 닫혔다. 구명정의 후미에서 작은 엔

**151**

진이 펼쳐졌고 안쪽에 있던 회색 물질이 천천히 부풀어 오르기 시작하며 놀랍게도 서서히 구명정의 모습이 갖추어졌다. 구명정의 길이는 매트가 드러누워 활짝 펴고도 남을 만큼 넉넉했다. 두 개의 단단한 벤치가 가로로 펼쳐졌다. 눈 깜짝할 사이에 우리 앞에 그럴듯한 낚싯배 한 대가 모습을 드러냈다.

"와우, 굉장하다." 페드로가 말했다.

바비도 놀란 눈으로 쳐다보고 있었다.

앨리샤가 보트 표면을 꾹꾹 눌러 보았다. "하천선은 금속 재질이어야 하는데." 그녀가 말했다.

"아마존의 강바닥에는 나무와 뿌리들이 흩어져 있고 가라앉은 배들도 수면 위로 삐죽삐죽 올라와 있어서 보트 바닥에 당장 구멍이 날 텐데."

"아, 아냐, 이런 물질은 상당히 튼튼하거든." 바비가 우겼다. "그 어떤 것도 이걸 뚫지는 못할 거야." 그는 무릎을 꿇고 고무 보트의 측면을 덥석 입으로 물었다. "봤지? 자, 한번 물어뜯어 봐."

나는 물어뜯는 대신 손톱으로 한쪽을 긁어 보았다. 그 느낌이 마치 에어 매트리스 같았다. 아바는 엔진을 확인해 보았다. "전기로 움직이나요?"

"그렇겠지." 바비가 말했다.

"와, 이걸 보니 특수 썰매가 떠오른다." 매트가 조용히 말했다.

특수 썰매는 행크 박사의 발명품 중에서는 좀 덜 알려지긴 했지만, 4인용 운송 수단으로 어떻게 보면 스키장 제설기 같고, 또 어찌 보면 통통 튀는 집 같기도 한데, 상당히 비현실적이기도 하고 완전히 재미있는 아이디어다. 박사는 작년에 남극에 갈 때 그 썰매를 가져갔는데, 우리가 그걸 타고 남극의 얼음을 횡단했다. 한 가지 조언을 하자면, 혹시라도 특수 썰매를 탈 기회가 있다면, 점프는 제발 시도하지 마시길.

형이 뱃전의 난간에 기대었다. 시선은 강물에 고정되어 있었지만 형의 머릿속에서는 이미 복잡한 생각의 나래들이 멀리 펼쳐지고 있었다. 나는 형의 어깨에 살짝 손을 얹었다. "꼭 찾을 수 있을 거야." 내가 속삭였다.

형은 쳐다보지도 않고 고개만 끄덕였다. "그래."

바비가 손뼉을 마주쳤다. "자, 나랑 저녁꺼리 잡으러 갈 사람?"

앨리샤가 손가락을 까딱까딱 흔들었다. "나는 낚시는 안 해."

"나는 수영은 거의 못하는데." 페드로도 뒤로 뺐다.

매트가 내 등을 툭툭 쳤다. "잭이 따라나설 거예요."

물론 내가 갈 참이었다. 나의 형제들은 천재적 아이디어를 뚝딱뚝딱 만들어내고 새로운 언어도 잘 익히고 인공위성도 제작하고 로봇까지도 만들어내는 애들이다. 그러니 유리창 밖으로 뛰어내리고 위험한 강에 띄운 소형 고무보트에 올라타는 일은 다른 누군가가 해야 하겠지.

바비가 내 어깨를 꽉 잡았다. "어떠냐, 잭?" 그가 물었다. "괴물을 낚으러 갈 준비는 됐니? 잘하면 피라루쿠(남미 북부 지방에 사는 세계 최대의 민물고기*)를 낚을지도 모르잖니?"

"네, 전 준비됐어요. 저녁거리 잡으러 가시죠." 내가 말했다. "그 녀석 이름이 뭐든 상관없어요, 가요."

매트와 앨리샤가 구명보트를 강물로 내렸다. 내가 먼저 보트에 올랐다. 뒤이어 내려온 바비가 손을 내저으며 나를 뱃머리 쪽의 벤치로 가라 했다. 그가 배터리로 움직이는 모터에 시동을 걸었고, 우리는 거대한 강폭을 가로질러 나아갔다.

아마존 강물이 한 방향으로만 변함없이 흘러가는 것은 아니었다. 일부 물줄기는 바다를 향해 동쪽으로 흘렀다. 어떤 물줄기는 제자리에서 맴돌며 소용돌이를 일으켰다. 수면 근처에는 물이 부글부글 거품을 내며 끓어올라오는 모습도 보였다. 강둑을 따라 거대한 나뭇가지와 줄기들이 흙더미 밖으로 드러나 있었다. 그리고 바로 이 지점에서는 강의 흐름이 반대 방향으로 바뀌어 왔던 방향으로 다시 흘러 높이 치솟아 안데스 산맥만큼이나 높아졌다. 물살의 속도도 바뀌었다. 어느 지점에서는 흐름이 느려졌고 또 어떤 지점에서는 급하게 흘러나갔다.

우리 뒤편으로 보이는 폰 훔볼트 호가 점점 작게 보였다. 바비가 강 가운데 쪽에 떠내려가는 나무줄기를 주변으로 이동을 하자 보트의 방향이 홱 들어졌다. 나는 뱃전을 꼭 잡았다. 나뭇가지들이 마치 프로펠러라도 달린 것 마냥 정신없이 우리가 탄 배를 지나 떠내려갔다. 갑자기 앨리샤가 아까 했던 말이 떠올랐다. 그 많은 배들이 어쩌다가 강바닥에 그렇게 다 가라앉게 됐는지 알 것 같았다. 그 진흙탕 강물 뒤에는 완전히 다른 세계가 숨어 있었다.

"자, 저기 웅덩이 같은 곳이 우리의 포인트야." 바비가 쑥 튀어나온 나무 아래 소용돌이치는 부분을 가리키며 말했다. "잭, 봐 봐. 이제부터 물고기 입장에서 생각을 해 봐. 내가 만약 피라루쿠라면, 딱 저런 자리에서 쉬고 있을 것 같거든."

속도를 올리자 뱃전이 꿀렁꿀렁 출렁였다. 바비는 작은 닻을 강물 속으로 던져 넣고 엔진을 끄고는 통통한 피라미 수십 마리를 그물로 건졌다. 그런 후 본격적인 낚시 준비를 했다. 아직도 꼬물거리는 손가락만 한 크기의 피라미 눈에다 낚시 바늘을 꿰어서는 소용돌이치는 물속으로 던져 넣었다. 그의 낚싯줄은 완벽하게 드리워졌다. 나는 잠시 괴물 물고기가 와서 덥석 미끼를 물기를 기다리며 낚싯줄을 유심히 지켜보았다.

바비가 처음으로 낚아 올린 물고기는 좀 작은 놈이었다.

두 번째는 더 작았다.

그는 세 번째로 낚아 올린 내 손 바닥만 한 녀석을 보트 바닥으로 던져 놓고는 나더러 낚시 바늘을 제거하라고 시켰다. 일 년 전쯤이었다면, 나는 못 하겠다고 뺐겠지만, 하와이에서 낚시 비슷한 걸 좀 해 본 이후로는 비늘 달린 헤엄치는 생명체를 다루는 데 크게 거부감은 없었다. 헝겊을 하나 집어 들어 한 손으로 그 물고기를 꽉 잡았다. 미끼를 잡아 빼려는 순간 기분 나쁘게 생긴 세모난 모양의 이빨로 그 녀석이 내 손가락을 깨물었다. 나는 놀라서 뒤로 펄쩍 물러섰다. "저건 피라냐예요!"

이 무시무시한 물고기에 대한 나의 지식은 책과 영화에서 얻은 몇 가지가 전부였다. 영화에서는 미치광이 과학자가 만들어낸 다리가 달린 돌연변이 피라냐가 헤엄쳐 뉴욕 시로 가서 한밤중에 도심의 도로로 기어들어가 극장에서 출몰하여 사람들을 공격하고 핫도그 노점상에서는 삶은 프랑크 소시지를 맘껏 갉아먹는다. 물론 바비의 낚시에 걸린 그 녀석은 다리는 없었지만, 그래도 살점을 물어뜯는 면도날 같이 날카로운 그 녀석의 이빨로부터 내 손가락을 지킬 방법은 없었다.

"강에서 이런 곳에는 피라냐가 안 살아." 바비가 짜증 섞인 어투로 말했다. "신경 쓰지 말고 낚시 바늘이나 제거해."

나는 내 손을 쳐다보았다. "아니에요. 그렇지 않아요."

"아이고, 알았다!" 그가 소리를 질렀다. "내가 직접 하면 되잖아!" 그러나 물고기가 입을 벌리자, 그는 놀라서 펄쩍 뛰어올라 거의 보트 밖으로 떨어질 뻔했다. "저건 피라냐잖아! 왜 말을 안 했어?"

바비 자신도 그 물고기를 만지고 싶지 않았는지, 낚시 줄을 끊어 내서 그 작은 괴물을 다시 강물로 던졌다. 턱에 낚시 바늘을 꿴 채로 물속으로 던져진 그 녀석이 어떻게 될지 궁금했다. 친구들을 모아 놓고 어떤 식으로 두 명의 인간을 깜짝 놀라게 만들었는지 무용담이라도 늘어놓을까? 그러면 듣고 있던 친구들이 대단하다고 치켜세워 줄까? 어쩌면 괴물 물고기들이 작당을 해서 뉴욕 시를 공격할지도 모를 일이다. 최소한 프랑크 소시지는 맛볼 수 있을 테니 말이다.

바비가 잡은 다른 두 마리의 물고기로는 한 사람 배도 채우기 어려워 보였다. 그래서 우리는 강을 거슬러 올라갔다 내려갔다를 반복하며 여기저기 그럴듯한 포인트들을 찾아 닻을 내렸다. 그러는 사이 한 두어 시간은 지난 것 같았다. 허기가 몰려오니 다시 쌀밥에 콩을 준다 해도 그리 나쁠 것 같지는 않았다. "이쯤에서 접어야 할까 봐요?" 내가 물었다.

"딱 마지막으로 한 번만 더 해보자, 잭." 바비가 말했다.

"마지막이라고, 다른 포인트를 찾아보자."

그가 보트의 진행 방향을 틀어 상류로 올라가는 사이, 물 밖으로 우뚝 솟아 있는 엄청나게 큰 나무가 눈에 들어왔다. 그 나무의 자태는 마치 구부러진 거대한 손가락이 나를 향해 닻을 내리라며 신호를 보내고 있는 것처럼 보였다. "아무래도 저리로 너무 가까이에 가면 안 될 것 같아요." 내가 제안을 했다.

바비는 내 말은 듣는 시늉도 하지 않았다. 그는 보트를 그 거대한 나무 가까이로 접근시켰고 어느 순간 수면 아래에 뭔가에 부딪혀 선체가 출렁거렸다. 바닥이 찢어져서 작은 구멍이 생겼다. 강물이 빠른 속도로 보트로 밀려들었다. 나는 어떻게 해서든 발로 막아 보려 했지만, 구멍은 더 커지기만 했다. "선장님, 문제가 생겼어요." 내가 말했다. "보트가 찢어졌어요."

어디에도 폰 훔볼트 호는 보이지 않았다. 너무 멀리까지 나온 모양이다. 그가 드리워 놓은 낚싯대가 너무 팽팽하게 휘어져서 당장이라도 부러질 것만 같았다. "잭, 엄청난 녀석이 걸린 것 같아!" 그가 소리쳤다. "완전히 괴물 수준이야!"

"진짜 물이 들어오고 있다고요." 내가 말했다.

"아이고, 괜찮아. 별일 없을 거야." 그가 말했다. 그러나 그는 보트 바닥은 쳐다보지도 않았다. 한 손으로는 낚싯대를 잡고 다른 한 손으로는 나를 한쪽으로 밀어냈다. "자, 자리를 바꾸자. 내가 뱃머리로 옮겨야겠어."

"제가 배를 운전해도 될까요?"

"이 녀석을 잡기 전에는 안 갈 거야."

그의 릴은 돌지 않고 있었다. 뭐든 그의 낚시 바늘을 무는 녀석들은 꼼짝도 하질 않았다. 과학자들은 아마존에서 항상 새로운 종들을 발견해낸다. 형 말에 따르면 거의 삼일에 한 번 꼴로 새로운 종이 발견된다. 그 종들은 대부분 개구리나 곤충 같은 작은 생명체들이다. 그런데, 바비가 낚아 올리려는 생명체가 만약 완전히 새로운 종이면 어떻게 될까? 낚싯줄과 씨름을 하던 선장이 결국은 물에 빠지고, 대신 내가 낚싯대를 넘겨받아, 그 생명체를 끌어올리게 된다면, 그 공적은 오롯이 내가 누리게 되겠지. 새로 발견한 생명체에 내가 이름을 붙이게 될까? 그럼 '잭물고기'라 붙여야지. 물론 잭피쉬라는 물고기가 이미 있기는 하다. 그렇다면 좀 더 아마존스러운 잭카루 같은 이름이면 좋겠다. 그 생명체가 아름답고 위엄 있어 보이면 더 없이 좋을 것 같다.

만약 못생긴 놈이라면, '매트란도'나 뭐 그런 걸로 지어야지.

물 밑에 어떤 생명체가 걸려들었는지 모르겠지만, 그 녀석은 아직 포기하지 않고 있었다. 그건 바비도 마찬가지였다. 보트에 물은 이미 발목까지 차올랐지만, 바비는 아무 생각이 없어 보였다. 하도 힘을 주는 탓에 그의 눈은 충혈되었고, 목과 팔에 핏줄도 툭 불거져 있었다. "이마의 땀 좀 닦아 줘!" 그가 내게 명령을 했다.

뭐지? 제정신인가?

그는 다시 내게 요청했다. "어우, 못 해요." 내가 답했다.

"제발 좀!" 그가 소리쳤다. "하나도 안 보인단 말이야."

땀으로 범벅이 된 그의 얼굴을 닦는 데 내 셔츠를 사용하다니, 그건 상상도 할 수 없는 일이었다. 그래서 나는 피라냐를 잡을 때 썼던 헝겊을 집어 들었다. 바비가 등을 보이며 뱃머리에 앉았다. 나는 재빨리 행동에 옮겼고, 그는 고마워했다. 그런데 헝겊에 묻어 있던 비늘조각이 그의 눈가에 들러붙었다. "저희, 이제는 진짜 돌아가야죠." 내가 그를 일깨웠다.

흙탕물이 내 정강이까지 차올랐다. 나는 보트 밖으로 마구 물을 퍼내기 시작했다. "선장님, 저희 이제는 진짜 이동해야 한다고요." 내가 말했다. "강물이 너무 빨리 들어오고 있어요. 물고기는 그냥 가게 놓아주세요."

"괜찮다니까." 그는 같은 말만 반복했다.

나는 그의 뒤로 손을 뻗어 닻을 끌어올리기 시작했다.

"이 꼬마 녀석아, 난 포기 안 한다니까." 바비가 이를 앙다문 채 눈을 부릅떴다. "닻을 그냥 둬." 미동도 없는 릴을 보며 그는 짜증 섞인 어투로 투덜거렸다. "그야말로 엄청난 놈인가 보네. 그래도 곧 지칠 거야. 그러면 맛있게 먹을 수 있을 거라고."

바비의 목소리가 왠지 좀 다르게 들렸지만, 이유를 따져 보고 말고 할 여유가 없었다. 물은 이미 무릎까지 차올랐다. 이제 바비는 자리에서 일어선 채 젖 먹던 힘까지 쏟아 부으며 알 수 없는 그 생명체를 끌어당기고 있었다.

"전 잘은 모르겠지만, 아무래도 선장님이…."

"입 좀 다물어! 집중해야 한단 말이야!" 그는 내게 소리를 빽 질렀다.

그의 낚싯바늘을 입에 문 피라냐가 물 밑에서 빙글빙글 돌고 있는 게 분명했다. 아마도 친구들까지 불러들여 합세를 한 모양이다. 녀석들은 수면 아래에 떼로 모여서 우리 둘이 가라앉기만을 기다리고 있을 것이다. 고개를 돌려 훔볼트 호를 찾아보았지만 강물이 굽이치는 지점에 수면까지 가지를 뻗치고 비스듬히 서 있는 나무에 시야가 가려져서 보이지가 않았다.

"이제 거의 잡았다!" 바비가 소리쳤다. "녀석의 힘이 점점 빠지고 있는 느낌이 와."

그리고 나는 보트 안으로 들어찬 물의 수위가 점점 빠르게 높아지는 느낌이 왔다. 낚시용 미끼늘이 가득 찬 낚시 도구 상자가 내 무릎 높이에서 떠다녔다. 상자의 뚜껑이 열리

**161**

자 나는 얼른 칼을 하나 집어 들고 바비에게 다가가 낚싯줄을 베어 버렸다. 낚싯대가 툭하고 하늘로 향했다.

그 바람에 바비가 뒤로 넘어지며 굴러서 거의 보트 밖으로 떨어질 뻔했다. 얼른 몸을 추스르고 일어난 바비가 내 멱살을 움켜잡았다. 그는 고래고래 소리를 질렀고 분노한 그의 입에서 튀어나온 파편들이 나의 얼굴과 셔츠 위로 마구 튀었다. 나는 선미로 기어가려 했지만, 그는 놓아주질 않았다. 솔직히 말하면, 그는 거의 나를 보트 밖으로 밀어내서 강으로 떨어뜨릴 기세였다. 그가 한창 열을 올리고 소리를 질러 대는데, 문득 그의 목소리가 다르게 들렸던 이유를 깨달았다.

그의 말씨에 묻어 있던 특이한 어투가 사라졌다. 스코틀랜드나 아일랜드 사람 같던 억양이 싹 없어졌다. 그의 말씨는 여느 미국 사람과 똑 같았다. 그는 갑자기 고함을 멈추고는 마치 이제 막 꿈에서 깨어나 자신이 탄 배가 침몰하고 있다는 사실을 깨달은 사람마냥 주변을 멍하니 둘러보았다. 그의 두 다리는 흙탕물 속에 잠겼고 나는 이미 흠뻑 젖어 있었다. 남은 시간은 기껏해야 몇 분밖에 없는데, 물속에서는 피라냐가 우리를 기다리고 있었다. 어쩌면 잔뜩 열받은 잭카루도 합세했을지도 모른다.

바비는 나를 거의 던지다시피 뱃머리로 밀어붙이며 정신 나간 사람처럼 뒤쪽으로 가서 보트의 시동을 걸었다. 그러나 모터 도는 소리는 이내 희미해졌다. "엔진이 꺼졌어." 그가 말했다. "난 이래서 배터리는 질색이야!" 그는 양손을 치켜들어 머리칼을 뒤로 쓸어 올리며 눈을 가늘게 뜨고는 물가를 살폈다. "수영할 줄 아니?"

"네?"

"뭐냐? 질문이야, 답이야?"

"수영할 줄은 알지만, 지금 하고 싶지는 않아요."

그는 바닥에 차오른 물을 손으로 밀어 보트 밖으로 퍼냈다. "이 작은 보트는 5분 후면 물 밑으로 가라앉을 거야. 잭, 미안하지만, 선택의 여지가 없어. 헤엄을 쳐서 물가로 가야해."

나는 물에 잠긴 나무 한 그루를 가리켰다. "저기라면 어떻겠어요? 저 위로 올라가면 안 될까요?"

"안 돼, 저기까지 못 갈 것 같아. 물살을 가르며 수영을 해야겠어."

물가까지의 거리는 수영장 길이의 몇 배쯤 되어 보였다. 강둑에는 호리호리한 나무들이 줄지어 있었다. 토양의 색은 모래 빛깔이었고, 물가에서 몇 발자국 떨어진 곳에는 푸른 갈대와 덤불 그리고 넝쿨들이 둥근 곡선의 벽처럼 둘러쳐 있었다. 그 초록의 세계는 햇볕이 통과하지 못해서 사방이 그림자가 져 있었다. 그 속에서 뭔가 움직이는 것을 본 것도 같았다.

뱃머리에 있던 벤치는 완전히 물에 잠겼지만, 나는 여전히 거기에 걸터앉아 있었다. 나는 고집부리는 아이마냥 팔짱을 꼈다. "저는 아무 데도 안 가요."

바비가 비웃듯이 말했다. "도달할 수 있다고. 일단 얕은 물가로 가면 강한 물살도 좀 잦아들 거야."

"기다리고 있잖아요." 내가 말했다. "우리를 찾으러 올 거예요."

"뭐가 문제지? 너 고작 그런 물고기 몇 마리가 무서워서 이러는 거니?"

맞다. 시커먼 물속에서 우리를 기다리고 있을지도 모를 그 녀석들 때문에도 나는 오싹했다. 그리고 선장을 신뢰하는 나의 마음은 오, 하느님 제발이요 하는 어린 꼬마처럼 불안한 심정이었음은 말할 필요도 없었다. 그가 그런 식으로 내내 자신의 말씨를 속였다면, 무슨 거짓말인들 하지 않을까 싶었다.

"선장님은 가세요. 저는 여기 있을 거예요." 내가 말했다.

"좋을 대로 해, 잭!" 그가 말했다.

그는 어깨 높이로 한쪽 팔을 쳐들고는 팔꿈치를 뒤로 뺐다. 그리고는 다른 팔도 똑같은 자세를 취했다. 몇 번 깊은 숨을 들이쉬고는, 어깨를 돌리더니, 거꾸로 곤두박질치듯 물속으로 들어갔다. 강물이 소용돌이를 치며 가라앉고 있는 보트 위로 넘쳐 들어왔다. 강물 속에는 날카로운 이빨을 가진 피라냐들, 치명적인 도마뱀, 그리고 위협적인 작은 물고기들이 우글거린다.

다른 물고기들도 날카로운 이빨을 갖고 있기는 마찬가지다. 만약, 그 녀석들에게 먹히지 않는다 해도, 아마존 강물 자체가 날 삼켜 버리겠지. 내가 물가까지 제대로 도달하지 못 한다면, 강물의 흐름을 따라 떠내려가서 대서양까지 밀려가겠지.

정말, 딱 하나의 선택지밖에 없었다.

나는 흙탕물 속으로 다이빙을 했다.

바비는 내 앞에서 몇 미터 떨어진 곳에서 자유형으로 헤엄치며 미친듯이 발차기를 하고 있었다. 나는 개헤엄을 치기로 했다. 카피바라(중남미의 강가에 사는 큰 토끼같이 생긴 동물*)식 기어가기라고 부를 수도 있겠다. 나는 입만 수면 위로 나오게 한 채 몸을 낮추고 최대한 물을 튀기지 않게 했다. 그렇게 하면 물 밑의 피라냐들이 바비에게 더 달라붙을 테고, 그러면 바비가 그 녀석들을 막아내는 사이 내가 얼른 물가로 갈 수 있을 것 같았다.

뭔가 미끄덩대는 고무 같은 것이 내 다리를 스쳐 지나갔다. 통증이 느껴졌다. 나는 수면에서 허우적거리다 몸을 뒤집어 배영으로 수영을 했다. 뭔지는 알 수 없었지만, 거대한 녀석임에는 분명했다. 과연 진짜 전설급으로 거대한 물고기

**166**

가 바비의 낚시에 걸려들었던 것일까? 이제 그 녀석이 나를 잡으러 다시 오는 게 아닐까? 오, 또 다른 가능성들은 생각도 해보고 싶지 않았다. 으으, 그 끈적거리는 거대한 수달! 숲에서 사는 야생동물들! 간식거리를 찾아 물속으로 스르륵 들어가는, 특히나 무시무시한 정글의 포식자! 이 동물은 치명적인 앞발이나 이빨 같은 건 없지만, 희생양을 똘똘 감아서 숨이 끊어질 때까지 꽉 조여 버린다. 나는 진짜, 정말로, 거대한 보아 뱀의 먹이는 되고 싶지 않다. 나는 다시 몸을 틀어 배를 물에 닿게 했다. 카피바라식 기기 따위는 싹 잊어야 한다. 모든 감각을 집중해서 아바의 수영 실력을 내 안에서 불러일으켜야 할 시점이다. 나는 얼굴을 물속에 묻고 죽을힘을 다해 헤엄쳤다.

야생의 생명체가 다시 다리를 스쳤다.

그리고 또 한 번.

내 심장의 박동 수가 무지하게 빨라지고 있었다. 나는 마구잡이로 손발을 휘저으며 헤엄을 쳤고 빼빼 마른 내 다리 근육의 모든 섬유조직을 이용해 발차기를 했다. 지쳐서 완전히 기진맥진 상태가 되어 버려서 거의 숨을 쉴 수가 없었다. 나는 고개를 들고 눈을 비볐다. 물가는 멀리 있지 않았나. 곧 도달할 수 있을 것 같았다. 나는 좀 더 힘을 내서 헤엄을 쳤다.

내 손이 뭔가에 부딪혔다. 물고기 같지는 않았다. 보아 뱀도 아니었다. 손가락들이 시원한 토사 안으로 반쯤 쑥 들어갔다. 강바닥이 손에 닿았다. 실제 물가까지는 약 9미터 떨어져 있었지만, 어쨌든 나는 얕은 곳까지 도달해 냈다. 유속도 느려졌다. 발차기를 해서 앞으로 나아가다가 무릎을 끌어당겼다. 물은 허리춤의 깊이였다. 나는 그 자리에 서서 나를 먹잇감으로 시험했던, 혹은 쓱쓱 건들고 지나가는 아마존식의 장난을 쳤던 그 생명체가 있는지 주변을 두리번거렸다. 그러나 크림 설탕 커피 같은 흙탕물 속에는 아무것도 볼 수가 없었다. 그렇다고 뒤를 돌아다볼 수도 없었다. 내 다리에 와서 부딪혔던 생명체가 정확히 어떤 녀석인지는 몰라도 분명히 다시 돌아오고 있었고, 그래서 그 녀석을 보고 말았다. 발목이 진흙 속으로 푹푹 빠져 들어가서 발에 힘을 주고 천천히 한 발씩 옮기며 물가로 나왔다.

"잠깐." 바비가 내 뒤에서 속삭였다.

나는 고개를 틀었다. 물가에서 몇 걸음 떨어진 곳에서 그가 양손을 옆으로 내민 채 무릎까지 물에 담그고 쭈그려 앉아 있었다. 나에게 말을 하며 아주 살짝 고개를 들었을 뿐 두 눈의 초점은 계속해서 정글 속을 향하고 있었다. "오지 마…. 더 이상 가까이 오지 마."

천천히 몸을 완전히 돌렸다. 까만색과 노란색 털에 점박이

무늬를 하고 있는 커다란 고양이 같은 동물이 앞발을 내밀며 천천히 덤불 속에서 걸음을 옮기고 있었다. 그건 가르랑거리며 책장 위로 뛰어오르거나 정원의 생쥐를 덮치는 그런 종류의 고양이가 아니었다. 정글 속에서 가장 포악한 포식자 중 하나로 강력한 이빨로 카피바라 같은 토끼의 두개골은 단번에 빠개 버릴 수 있는 무시무시한 녀석이다.

바비는 재규어를 가만히 쳐다보았다.

나는 서서히 다가오는 포식자를 노려보면서도 혹시라도 방금 전 그 미스터리 같은 생명체가 다시 나타날 기미가 보일까 싶어서 곁눈질로 강물을 살폈다. 바비가 내 뒤로 다가왔다. "우린 괜찮을 거야." 그가 말했다. 그의 목소리는 차분해서 마음을 달래주는 그런 목소리였다. 나는 정말 그의 말을 믿었다. "잭, 우린 별일 없을 거야." 재규어가 물가에 와 섰다. 바비는 거의 내 옆에까지 와 있었고, 그의 이전 말씨가 다시 살아났다. "모든 것이 다 잘 될 거야. 그렇지만, 네가 있는 곳은 이제 더 이상 브룩클린이 아니야, 그렇지?"

그 거대한 고양이는 아주 가까이로 기어 왔다.

"우리들, 정말 괜찮은 거 맞나요?" 내가 속삭였다.

바비가 웃었다. "그래, 그렇다고. 왜냐면 고양이들은 헤엄을 치지 않거든." 그는 그렇게 말을 하며 손바닥으로 물 표면을 세차게 때려 재규어를 향해 물을 튕겼다.

**169**

재규어가 으르렁거렸다.

바비는 팔을 뒤로 빼서 다시 물을 튀기려 했지만 내가 그의 팔뚝을 잡았다. "선장님, 제발 그렇게 하시면 안 돼요." 내가 말했다.

"왜 안 돼? 저 녀석은 물 안으로는 안 들어온다니까."

재규어는 물 안으로 발을 내딛었다. "여기는 아마존 강이 잖아요. 고양이들도 헤엄을 친단 말이에요." 내가 말했다.

그의 얼굴이 하얗게 질렸다. "정말이야?"

재규어는 천천히 물 안으로 발을 들이고는 우리를 향해 다가왔다.

바비는 욕설을 뱉어 냈다.

뒤쪽에서 배의 엔진소리가 들려왔다. 물살을 가르며 다가오는 폰 훔볼트 호가 시야에 들어왔다. 그러나 바비도 나도 움직이지 않았다. 갑자기 강물이 따뜻해졌다. 나는 바비를 쳐다보았다. 그는 나의 시선을 피해 버렸다. 설마 그가 그랬을 리가 없다. 내 말은, 그래도 그는 어른인데. 설마 어른인데 놀랐다고 오줌을 지리고 그러겠어? 아니겠지!

바비는 나를 지나쳐서 강 위로 걸어갔다.

"뭘 하시는 거예요?" 내가 물었다.

"다시 헤엄을 쳐서 돌아가려고." 그가 말했다. "배가 이렇게 가까이까지는 못 온단 말이야. 그리고 가능한 한 저 고양이와 우리 사이에 간격을 벌여 놔야지."

"그렇지만, 저기 물속에 뭔가가 있어요." 내가 그에게 경고를 했다.

바비는 귓등으로 흘려들었다. 그는 물이 허리에 차는 곳까지 뛰어가서는 물살을 타고 헤엄을 치기 시작했다.

이제 내가 재규어의 유일한 먹잇감이 된 셈이다.

나는 뒷걸음질로 좀 더 깊은 물속으로 들어갔다.

재규어는 약 5미터밖에 떨어져 있지 않았고, 점점 가까이 다가오고 있었다.

그때 재규어가 물에서 갑자기 뛰어올라 물을 튀기며 불과 일이 미터 앞으로 불쑥 다가왔다. 물결이 파도를 만들며 나를 지나가며 내 등을 쳤다. 나와 재규어 사이의 강물이 소용돌이를 쳐서 마치 파도 풀에 걸려든 것 같았다. 분홍색을 띠는 낯선 형체 두 개가 수면을 가르며 지나갔지만, 뱀은 아니었다. 그 생명체는 등에 이상하게 생긴 물결 모양의 지느러미를 달고 있었다. 재규어는 물속에서 가만히 선 채로 앞발로 수면을 내리쳤다. 갑자기 그녀석이 움찔했다.

커다란 몸집의 분홍색 물고기는 넓게 헤엄을 치며 수면 아래에서 지느러미로 세차게 재규어를 공격해 마치 수중 코뿔소 마냥 들이받았다. 재규어가 으르렁거렸다. 또 다른 한 마리가 다른 방향에서 재규어에게 다시 일격을 가했다. 나는

**171**

그 사이 조금씩 뒤로 물러서며 점점 깊은 물로 들어갔다. 이제 재규어는 진흙 속에 몸을 숨기고 있는 그 미스터리한 생명체들을 향해 으르렁거리며 거의 물 밖으로 물러났다. 재규어에게 이제 나는 안중에도 없는 모양이었다. 나를 부르는 아바와 매트의 목소리가 들려왔다. 만약 배가 있는 곳까지 가려 한다면, 바로 그 순간이 기회였다. 나는 몸을 돌려 정신없이, 맹렬히 헤엄을 치기 시작했다. 고개를 들었을 때 훔볼트 호는 그리 멀리 있지 않았다. 나는 다시 고개를 물에 담그고 손이 뱃전에 닿을 때까지 앞으로 전진했다.

매트와 페드로가 나를 붙들고 강에서 끌어올렸다. 나는 뒤편에 쿠션이 장착된 벤치에 털썩 걸터앉아 콜록거리며 많은 양의 물을 뱉어 냈다. 아바가 내 팔을 잡고 도와주었다. "넌, 이제 괜찮아." 그녀가 말했다. "괜찮아, 이젠 괜찮아."

나는 깊은 숨을 내쉬었다. 바비는 이미 갑판 아래로 내려가 있었다. 나는 물가 쪽을 다시 쳐다보았다. 재규어가 슬금슬금 덤불 속으로 꽁무니를 빼고 있었다. 재규어와 싸워 주었던 분홍색의 생명체들도 다시 진흙탕 물속으로 사라졌다.

"너 괜찮은 거지, 그치?" 앨리샤가 물었다.

"그래, 그래." 내가 말했다. "그런데 저 생명체들은 대체 뭐였어?"

"보토들이야." 페드로가 미소를 지으며 말했다. "너는 운이 좋은 편이야. 모든 관광객이 보토를 볼 수 있는 건 아니거든. 그리고 그 생명체들이 모든 낚시꾼들을 구조해 주는 건 아니야."

"보토가 뭐야?" 내가 물었다.

"분홍색 돌고래들 말이야." 아바가 설명을 했다.

"정확하지는 않아," 앨리샤가 말했다. "아마 종이 다를 거야." 그녀는 한손을 들어 올렸다. "아주 독특한 생명체들이야. 어떤 사람들은 보토들을 지구상에서 가장 아름다운 수중 도시, 엔칸테에 사는 신비한 생명체라고 믿어. 그래서 만약에 강에서 사람들이 실종되면, 보토가 그들을 엔칸테 왕국으로 데려갔다고 믿어."

"신화네," 아바가 말했다. "사람들은 말이지 누군가 죽으면 슬픔을 달래려고 그런 이야기들을 만들어 내곤 해. 그래야 그들의 죽음을 좀 더 잘 받아들일 수 있으니까."

행크 박사가 그와 비슷한 이야기하는 걸 들은 적이 있다. 그래서 아바가 그걸 진짜 믿고 있는지 궁금했다.

"게다가 그 사람들의 말로는 보토가 인간의 형상으로 변신해서 남자들이나 여자들의 마음을 사로잡아 사랑에 빠지게 만들 수도 있대. 잭, 어쩌면 아까 보토들 중 한 마리가 네가 마음에 들었나 봐." 앨리샤가 다시 미소를 지었다. "어쩌면 네가 그 보토랑 결혼하고 싶어질지도 모르겠는걸?"

바비가 선실에서 뽀송한 티셔츠에 새로운 라크로스 반바지로 갈아입고 올라왔다. 그가 내게 타월을 건네주었다. 그의 목에도 타월이 걸려 있었다.

"와우, 아주 대단한 경험이었지, 잭, 안 그래?"

그의 목소리에 특유의 말씨가 다시 묻어났다. 그의 어투가 되살아났다. 그 순간 아까 재규어와 대치를 하던 때에, 뭐라고 딱 꼬집어 말할 수는 없지만 뭔가 자꾸 내 신경에 거슬렸던 찝찝했던 기분이 떠올랐다. 그나저나 찝찝했던 그 느낌의 실체는 뭐였을까?

"진심이세요?" 아바가 물었다. "그건 너무 무모한 행동이었어요. 둘 다 목숨을 잃을 수도 있었단 말이에요."

"그럼 물고기는 한 마리도 못 잡은 건가요?" 페드로가 물었다.

"여기, 이 꼬마, 잭이 말이야, 낚싯줄만 안 끊었어도 엄청난 놈을 낚을 수 있었지."

꼬마 잭이라고? 아니 이젠 거의 160센티미터는 되는데, 꼬마라니? 아휴, 고맙습니다, 대단히, 고맙습니다. 그 정도면 엄밀히 말해서 내 또래에서는 평균 신장이라고요. 쳇.

"게다가," 바비는 계속 말을 이어갔다. "중요한 사실은 말이야, 내가 아주 용기 있게 헤엄쳐서 물가로 갔고 또 그 재규어의 관심을 딴 데로 돌려 놓은 덕에 우리가 살았다는 거지."

"그렇지만 내가···."

"고맙습니다," 바비가 말했다. "너는 그 한마디만 하면 되는 거야, 알겠어?" 무장한 인공지능 로봇의 일개 사단이 레이저 총으로 나를 향해 조준을 하고 협박을 한다 해도 그런 말은 내 입에서 절대 나올 수가 없을 것 같았다. 나는 아바를 쳐다보았다. 아바는 보일 듯 말 듯 고개를 가로저으며 입모양으로 말을 했다. "가자."

옷이 흠뻑 젖어서, 내 몸에서는 더러운 강물의 비린내가 올라왔다. 나는 갑판 아래로 내려가서 손과 얼굴을 씻었다. 마른 옷으로 갈아입는 동안 머릿속에서 섬광처럼 뭔가가 번뜩였다. 물가에서 바비가 했던 말이 떠올랐다.

"그렇지만, 네가 있는 곳은 이제 더 이상 브룩클린이 아니야, 그렇지?"

그는 우리가 브룩클린에 살고 있다는 사실을 알고 있었다. 우리는 도나 마리아에게도 그런 세부적인 이야기는 한 적이 없었다. 그는 우리랑 함께 있는 내내 자신의 말씨를 속였다. 그는 배 이름도 제대로 알고 있지 않았었다. 아마존 강에 관해서도 또 우림에 관해서도 제대로 알고 있는 게 없었다. 그는 심지어 재규어가 헤엄을 칠 수 있다는 사실도 모르고 있었다. 그리고 물론 우연의 일치일 수도 있겠지만, 그가 입은 라크로스 반바지를 보니, 보라색을 무척이나 좋아하는 사람 같았다.

바비는 선장이 아니었던 것이다.

그는 아마존 강의 가이드도 아니었다.

그는 이름을 사칭한 도둑일 뿐이다.

우리가 브라질에 온 것은 사기꾼이 박사의 연구실에 침입해서 아이디어를 훔쳐가려 했던 사실을 박사에게 알리기 위함이었다.

그런데 우리는 지금 바로 그 사기꾼에게 우리의 안내를 맡긴 꼴이었다.

# 9
# 선장
# 따돌리기
# 작전

내 형제들에게 그 상황을 따로 이해시킬 필요는 없었다. 그렇잖아도 바비의 말씨가 자꾸 신경에 거슬렸던 아바는 단박에 상황 파악을 했다. 매트는 그자가 어떻게 우리의 계획을 알아냈는지 의아해 했고, 나는 리무진 사건을 상기시켰다. 운전사의 전화기가 내내 스피커폰 상태로 켜져 있었고 그 속에서 우리는 모든 이야기를 주고받았던 것이다. 아마 바비가 그 리무진을 섭외했을 테고, 그래서 우리의 대화를 다 듣고 있었을 것이다. 아바는 우리가 브라질에 도착한 이후로 그자가 줄곧 우리를 미행하고 있었다고 추정했다.

"우리 스마트폰도 그 사람이 애들을 시켜서 훔쳐간 걸

까?"아바가 물었다.

"아냐, 그 애들은 그냥 훔친 걸 거야."페드로가 말했다.

선장이라는 그 작자는 갑판 아래에 내려가 있었고, 브라질 친구들은 혹시 그가 올라올까 봐 계속 망을 보고 있었다. "아무래도 그를 따돌려야겠어."아바가 결심을 했다.

"물론이야, 그런데 어떻게?"내가 물었다.

매트는 머리를 내저었다. "아, 알아차렸어야 했는데! 첫날부터 낌새가 났는데. 우리들 이름도 안 물어봤잖아."

"이미 행크 박사님 연구실에서 본 적이 있으니까 그랬겠지"내가 말했다. "그 사람은 처음부터 우리에 관해서 다 알고 리무진 운전사를 물색했을 거야."

앨리샤는 우리더러 목소리를 낮추라는 신호를 보냈다.

"좋아,"아바가 말했다. "그래서 이제 뭘 하지?"

페드로는 손으로는 다시 저글링을 시작했고, 양발로 방향을 바꾸어가며 공을 차다 중간 중간 백스핀도 했다. 우리를 쳐다보지도 않은 채, 그는 질문을 했다. "너희는 바비가 단지 이 배를 운전하기 위해서 정글로 들어가고 있는 거라고 생각하니?"

나는 어깨를 으쓱였다. "당연히 우연의 일치는 아니겠지."

"행크 박사가 그걸 계속 갖고 다닐까?"페드로가 물었다.

"아닐 거야. 그 전까지는 어딜 가든 갖고 다니시기는 했지만." 매트가 말했다.

"작은 패니 팩에 넣어서 다니셨지, 아닌가?" 앨리샤가 물었다. "나는 요렇게 작은 패니 팩들이 너무 예뻐 보이더라. 딱 미국 스타일이잖아. 그런데 아직 이해가 안 가. 그런 아이디어들이 왜 그렇게 문제가 되는 거야?"

"박사님의 아이디어들은 수백만 달러의 가치가 나갈 수도 있거든." 내가 설명을 했다.

"아, 그렇구나," 앨리샤가 말했다. "내가 박사님이라도 그런 아이디어는 철저히 보호할 것 같아. 그래도 나라면 패니 팩 같은 거보다는 좀 더 튼튼한 곳에 넣어 둘 거야."

바비의 선실 문이 열리는 소리가 들리자, 페드로가 갑판 위를 구르는 공을 발바닥으로 눌러 멈추게 했다.

"그때 양성자가 대답했지, '난' 양성이라니까." 매트가 말했다. 아바는 가짜로 웃음소리를 내며 팔꿈치로 나를 툭 쳤다. 나는 억지웃음을 지으며 어리둥절해 하는 브라질 친구들에게 속삭였다. "과학 농담이야."

"저런 농담이 진짜 그렇게 재미있니?"

"천재들한테는 그런가 봐." 내가 말했다.

바비가 우리에게 미소를 지어 보이며 뱃머리의 선장의 자리로 다시 갔다. 아바가 스테레오의 스위치를 켜서 볼륨을 높였다. 그가 고개를 돌려 쳐다보더니 우리를 향해 엄지손가락을 치켜들었다.

"여기서부터 도보로 갈 수 있을까?" 아바가 물었다. "오늘 밤에 떠나면 어떨까?"

"그건 안 돼," 앨리샤가 말했다. "지금은 목적지 근처에도 못 왔어. 이대로 최소한 이틀은 더 배를 타고 들어가야 해."

"그 이후에는 어쩔 건데?"

"나도 모르지. 그냥 아마존을 즐기는 거?"

이틀이나 더 가는 것은 도저히 불가능했다. 나는 강이 너무 두려워졌다. 밤이 되면, 정체를 알 수 없는 소리들이 더욱 크게 들렸다. 물가에는 붉은 눈의 도마뱀들이 계속 보이고 피라냐 떼가 배 밑에서 헤엄을 치고 있을 것만 같고, 우리가 잠든 사이 먹을 것을 찾아 갑판 위로 올라온 수달이 침상까지 기어 올라와 그 축축하고 기다란 수염으로 얼굴을 간질일 것만 같았다. 보토와 결혼을 하는 악몽도 꾸었다. 꿈에서 내가 입은 턱시도는 아주 멋있었다. 그러나 하얀색 드레스에 면사포를 쓴 돌고래처럼 생긴 동물을 보고 화들짝 놀라서 잠이 깬 나는 페드로 침상 발치에 머리를 세게 부딪쳤다.

비는 거의 끊임없이 내리고 있었고, 지루해진 바비는 몸을 비비 틀기 시작했다. 바비는 지루할 때는 카드 게임을 즐겨했다. 재규어와 마주쳤던 바로 다음 날 오전, 나는 그와 마주 앉아서 거의 세 시간을 내리 크레이지 에잇(crazy eights)이라는 카드 게임을 했다.

그날 저녁을 먹고 난 후, 매트와 아바는 주방에서 설거지를 하고 있었고, 어슬렁거리던 나는 앨리샤가 물가를 주의 깊게 쳐다보고 있는 걸 발견했다. 내 옆에 있던 바비가 눈을 가늘게 뜨고 앨리샤와 같은 곳을 응시했다. "뭘 보고 있는 거니?" 그가 앨리샤에게 물었다.

앨리샤는 헛기침을 하며 미소를 지었다. "재규어를 본 것 같아서요. 그런데 별 건 아니었나 봐요."

잠시 후, 앨리샤를 뒤따라가다 침상 출입문 앞에서 속삭였다. "재규어 같은 건 없었지, 그치?"

"재규어는 없었지." 그녀는 잔뜩 목소리를 낮추어 대답했다. "우리는 다 왔어."

"다 왔다니? 무슨 말이야? 하루밖에 안 지났는데."

"다른 길이 있다고. 그러려면 오늘 밤 떠나야 해. 여기 주변은 정글이 아주 울창하거든. 그래서 그자가 다음 날 우리가 사라진 걸 발견한다 해도 쉽게 추적하지 못할 거야."

나는 형제들에게 앨리샤의 뜻을 전달했고, 우리는 서둘러서 짐을 챙긴 후 때를 기다렸다. 페드로는 십오 분에 한번 꼴로 몰래 기어가 바비가 아직도 깨어 있는지 확인했다. 바비는 쉬이 피곤함을 느끼는 사람이 아니었다. 거의 자정이 되는 시간까지도 그는 함교에서 팔 굽혀 펴기를 하고 있었다.

새벽 한 시가 돼서야 그의 선실 출입문이 딸깍 잠기는 소리가 들렸다. 우리는 계속 기다렸고 얼마 후 페드로가 살금살금 우리들의 선실로 들어와 때가 되었음을 알렸다.

갑판 위에 오른 브라질 친구들이 선미에 있는 플라스틱 보관함을 열어 번쩍이는 마체테 두 자루를 끄집어냈다. 통 안에는 한 자루가 더 있었다. 나는 남은 하나를 집어 들려 다가갔다. "아니, 안 돼." 앨리샤가 말했다. "너는 안 돼."

"왜 안 된다는 거지?"

"너는 잘못하다가 손가락을 끊어 먹을 거야."

"너는 괜찮고, 나는 안 돼?"

"우리는 다섯 살 때부터 이런 마체테를 다뤘거든. 그래서 사용법을 잘 안단 말이야."

"나도 잘 알거든." 내가 말했다. 나는 그녀에게 손을 내밀어 어쨌든 마체테를 나한테 넘겨 달라는 몸짓을 했다. 그녀는 내게 한 자루를 건네주었다. 나는 마체테를 한 번 휘둘러 봤다. 다음 순간 내 손에서 미끄러져서 나간 마체테가 갑판으로 날아가 구명 기구에 꽂혔다.

만약에 사람이 강렬한 눈총을 쏘아서 누군가를 불태우는 게 가능하다면, 바로 그때 나를 쏘아보는 매트의 눈초리는 능히 그러고도 남을 만큼 매서웠다. 잠시 우리들 사이에는 침묵이 흘렀고, 내가 모든 것을 망쳐 버렸다는 생각에 나는 걱정이 밀려왔다. 우리는 귀를 쫑긋 세웠다. 다행히도 바비는 별 움직임이 없었다. 그때 나는 머릿속에 들어 있던 내 직업 목록에서 정보원은 깔끔하게 지워 버렸다. 닌자같은 검객도 내 타입은 아니다.

앨리샤는 구멍 기구에 꽂힌 마체테를 조용히 뽑아 들고는 보관함으로 가져가 원래 있던 자리에 놓았다. "마체테는 너한테는 안 되겠어."

"어서 가자. 이러다가 잭이 온 정글을 다 깨워 놓겠어." 아바가 재촉했다.

나는 멋쩍게 백팩을 어깨 위로 덜렁 둘러멨다. 곧이어 아바도 백팩을 둘러멨는데 얼마나 물건을 많이 쑤셔 넣었는지, 내 것보다 두 배는 더 커 보였다. "설마 벳시를 가져온 건 아니겠지!"

아바는 어깨를 한번 으쓱했다. "그렇다고 여기다가 두고 갈 수는 없잖아."

"너희 둘 다 내일쯤 되면, 그 안에 든 거, 반은 버리고 갈 거야." 앨리샤가 장담을 했다. "아마존 정글에서는 그렇게 많이는 들고 다닐 수가 없어."

앨리샤는 아바에 대해 잘 알지 못했다.

페드로는 나의 농구화를 가리켰다. "부츠 같은 거 없니?"

"그 애는 부츠를 안 좋아해." 아바가 말했다.

"그 신발로는 발이 젖을 텐데." 앨리샤가 말했다.

필요한 물건들을 제대로 챙겼는지 우리는 두 번이나 꼼꼼히 확인을 했다. 매트는 아바와 나에게 일종의 유기농 벌레 퇴치제 같은 걸 자꾸 뿌려 주었다. 이내 머리 위로 그 스프레이가 안개처럼 자욱하게 깔렸다. 무슨 맛인지 혀를 내밀었다가 터져 나오는 기침을 참느라 나는 거의 토할 것만 같았다. 우리들은 선미에 있는 승강대로 내려갔다. 배 뒤쪽으로 강물이 소용돌이를 일으키고 있었다. 부러진 나뭇가지들과 낙엽들이 물살을 따라 떠다니고 있었다. 앨리샤는 몸을 숙여 야구방망이만 한 나뭇가지 하나를 집어 들고는 옆에 달린 잔가지들을 쳐냈다. 얼른 강물 속으로 들어가면서 백팩은 어깨 위로 척 올렸다. 강물은 그녀의 허리춤에 닿아 있었다. 앨리샤는 나뭇가지로 강바닥을 꾹꾹 찌르며 걸어갔다.

형이 앨리샤의 뒤를 따랐다. "근데 넌 뭘 하는 거야?" 형이 물었다.

"모래 속에 가끔 가오리가 있거든." 페드로가 말했다. "한 번 쏘이면 일주일은 퉁퉁 붓거든."

"나한테도 나뭇가지를 좀 줘 봐." 아바가 말했다. "어서."

강물은 따뜻했고 우리들은 백팩이 젖지 않도록 어깨에 둘러멘 채 앨리샤가 하는 것처럼 강바닥을 꾹꾹 찍어 가며 앞으로 나아갔다. 걸음을 옮길 때마다 음악처럼 들리는 정글의

소리가 점점 커졌다. 벌레들의 윙윙거림, 새들의 비명 같은 울음소리, 그리고 미친 듯이 날뛰는 원숭이들의 꿱꿱거리는 소리가 뒤섞여 있었다. 무겁게 내려앉은 구름이 달빛을 가려 버렸다. 강기슭까지는 스무 걸음 남짓 떨어져 있었다. "길은 어디에 나 있는 거지?" 내가 물었다.

아바는 내게 조용히 하라는 신호를 보냈다.

틈새로 물이 찬 농구화가 질퍽였다. 등산화를 신어야 했는데 농구화를 신겠다고 괜한 고집을 부렸나? 그래. 그런 것 같다. 판단력 분야에서 나는 절대 노벨상 감이 아니다. 그래도 자기 주관은 매우 뚜렷하다.

"신발을 먼저 벗었어야 하는 거 아냐?" 매트가 말했다.

"그럴 필요가 없어." 페드로가 말했다. "여기는 아마존 우림이잖아. 어쨌든 매일 매순간 신발은 젖기 마련이니까."

앨리샤는 넓적하고 푸른색의 윤기가 도는 잎들이 무성한 곳을 향해 걸어가고 있었다. 나는 혹시 보토가 와 있나 싶어서 뒤를 확인했다. 앨리샤 말로는 보토가 주로 한밤중에 사람들에게 나타난다는데 돌고래와 결혼을 한다니, 그건 진짜 전혀 말도 안 되는 얘기다. 우리들 앞에 펼쳐진 울창한 정글도 전혀 우리를 환영해 주는 것 같지 않았다. "재규어가 나타나면 어떡하지?"

"그 녀석들은 우리를 어쩌지 못할 거야." 페드로가 말했다.

"우리들 숫자가 많잖아."

"뱀을 만나면?" 매트가 물었다.

아바가 주변의 나무를 훑어보았다. "흡혈 박쥐가 나타나면?"

천재들도 별 수 없이 긴장을 해서 겁을 먹고 있다니 나의 내면 어디선가 희열이 느껴졌다. 그런데 가이드들도 우리의 긴장감을 씻어 주지는 못했다.

그 애들도 우리처럼 긴장을 했는지 별말이 없었다. 앨리샤는 넓적한 잎들을 걷어 내며 앞으로 나아갔다. 그녀의 뒤를 바짝 따라가던 매트가 강둑의 진흙에 미끄러졌다. 넘어지지 않으려 손을 뻗쳐 나뭇가지를 움켜쥐었지만 잎들에 맺힌 빗물과 이슬로 더 미끄러질 뿐이었다. 나는 평소처럼 소리 내어 웃는 대신 얼른 그의 팔을 붙잡아 주었다. 그는 내게 고맙다는 표시를 보내며 고개를 끄덕이고는 앨리샤를 따라 무성한 덤불 속으로 들어갔다.

"몸을 좀 숙여야 할 거야." 앨리샤가 주의를 주었다.

우리는 그녀의 말대로 했지만, 도움이 되지는 않았다. 나뭇잎들이 우리의 얼굴을 마구 때리고 등을 스치고 옷 속으로 파고들기도 했다. 자동 세차장 안을 걸어가면 어떤 기분일까 궁금했다. 이제야 알 것 같았다.

몇 발자국 앞에 작은 빈터가 드러났다. 우리 다섯 명이 겨우 들어갈 정도의 공간이었다. "바로 여기야." 앨리샤가 말했다. "자, 준비됐니?"

우리는 백팩을 단단히 둘러멨다.

"여기가 길이야?" 매트가 물었다.

그는 몸을 세우며 일어서다가 나뭇가지에 머리를 부딪쳤다. 축축하면서도 미끄러운 잎들이 마치 정글에 사는 기이한 괴물의 손처럼 얼굴 양옆을 짓눌렀다. 어디선가 날아든 비명같이 날카로운 울음소리는 너무 크게 들려와서 그 동물이 내 머릿속에다 직접 소리를 질러대는 것만 같았다. 귀뚜라미와 매미들의 울음소리는 백만 명의 바이올린 연주자들이 함께 모여 부서진 악기를 연주하는 것처럼 들렸다. 멀리서 들려오는 으르렁 소리가 온 정글에 울려 퍼져 내 뼛속까지 떨려 왔다. 행크 박사가 한번은 우리를 콜드플레이(Coldplay:1998년 영국 런던 UCL에서 결성된 얼터너티브 록 밴드*)의 콘서트 장에 데려가셨다. 우리들은 거의 매트의 키만큼이나 커다란 스피커 근처에 서 있었다. 그날 이후, 한 이틀 정도는 귀가 댕댕 울리는 것 같았다. 그런데 그 콘서트는 비길 바가 아니었다. 열대 우림은 내가 태어나서 가 본 중 가장 시끄러운 장소였다.

# 10
## 고난의 여정

나는 다리가 긁히거나 상처가 나도 누가 얘기해 주기 전에는 잘 모르고 지나가는 편이다. 치과에 가서도 찔찔 울어 대는 일은 거의 없다. 겁에 질려 움찔대지도 않는다. 한 번은 어떤 애가 던진 축구공에 하도 세게 맞아서 손가락뼈가 어긋났다. 양아버지가 다시 뚜드득 하고 제자리에 맞춰줄 때도 나는 거의 울지를 않았다. 나는 평소에 내 자신을 상당히 강한 사람이라고 여기고 있다. 그런 내가 우림 속을 뚫고 가는 여정의 고통을 알게 된 것이다.

자동 세차장에 대한 비유는 잊어야 할 판이다. 까만 밤, 우림을 뚫고 걸어가는 길은 열일곱 가지 서로 다른 종류의 다양한 고문을 받는 것과 같은 과정이었다. 나뭇잎, 나뭇가지,

그리고 가시 돋친 가지들이 얼굴과 가슴과 다리를 때렸다. 썩은 통나무를 밟았는데 한 무리의 개미떼가 내 신발 위로 기어올라왔다. 나는 부리나케 개미떼를 털어 버렸지만, 십여 마리가 악착같이 기어올라와 양말 속으로 들어가 내 살갗을 물어뜯었다. 그런데 그 고통이 말벌 백 마리에게 한꺼번에 쏘인 것만큼 엄청났다. 눈에 잘 보이지도 않는 파리들이 목과 발목을 파고들었다. 뿐만 아니라 설마 거기까지는 뚫고 오지 못하겠지 생각했던 중요한 부위까지도 그놈들의 공격에 뚫려 버리고 말았다. 그렇다. 뭔가가 내 엉덩이를 깨물었다. 아니, 어떻게 그런 일이 일어날 수 있는 거지? 생각할수록 어이없다. 내가 원숭이들처럼 엉덩이를 드러내고 걸어 다녔던 것도 아닌데.

그리고 원숭이들 얘기를 하자면, 그냥 시끄럽다고 말할 수준이 아니었다. 매트는 원숭이들의 울음소리가 지구상의 육지동물 중에서 가장 시끄럽다고 했다. 그 녀석들은 보통 열다섯에서 스무 마리씩 무리를 지어서 나무 사이를 휙휙 넘어 다녀서 그 울음소리는 마치 군부대가 정글을 뚫고 우리를 향해 우르르 몰려오는 것처럼 들렸다.

양말이 완전히 젖어 버려서, 물먹은 따뜻한 행주 같았다. 한밤중이었는데도, 나는 땀을 흘리고 있었다. 게다가 두 명의 가이드들은 끝내주게 멋진 그 마체테를 휘둘러 볼 생각도 않고 있었다. 그 애들은 나뭇잎 한 장도 베지 않았기에 나는 마치 날아드는 발차기를 피하는 가라테 고수마냥 나뭇가지들을 막느라 양팔을 휘둘렀다. 중간중간 나는 "이─얍!"하는 기합 소리까지 내질렀던 것도 같다.

그 와중에 앨리샤는 콧노래를 부르고 페드로는 휘파람을 불렀다. 다시 우림 속에 돌아와서 너무 좋다는 말을 몇 번을 하기도 했다. 출발할 때는 내가 페드로 앞에서 갔지만, 몇 시간째 그렇게 걷고 나서는 결국 포기했다. 목덜미와 발목에 붙어 있던 파리를 적어도 일곱 마리는 때려 잡았다. 숨을 쉬기 위해 몸을 숙인 채 나는 자리에 쭈그려 앉았다.

"좀, 쉬어야겠어."

백만 달러짜리 발을 가진 그 소년이 나의 등을 두드려 주었다. "이제 겨우 한 시간을 걸었을 뿐인데, 잭."

"오우, 진짜?"형이 물었다.

형도 나처럼 지쳤나 보다.

"나는 할 만한데."아바가 말했다.

그럼, 그렇지. 쳇. 어련하시겠어.

앨리샤가 자신의 시계를 톡톡 두드렸다. 시계 얼굴에 초록빛 불이 들어왔다. "이런, 아직 한 시간도 채 안 왔네. 겨우 십육 분 지났을 뿐이야."그녀가 말했다. "가능하면 보트와의 거리를 최대한 벌려 놓아야 한단 말이야. 너무 느리게 움직이다가는 바비 선장에게 따라잡힐 거야."

"그럼, 그 마체테를 좀 사용하면 안 될까?" 내가 물었다.

"안 돼." 페드로가 대답했다.

"흔적을 남기면 안 되는 거지, 그치?" 아바가 넘겨짚었다.

"맞아, 그가 우리를 추적할 수도 있어." 앨리샤가 말했다.

"그럼, 있잖아, 그 휘파람이라도 좀 적당히 불면 안 될까?" 매트가 제안을 했다. "네 기분을 상하려는 게 아니라, 나는 그게 너무 신경에 거슬려서 말이야."

"그렇다고 내가 휘파람을 멈추는 건 너희들이 원하지 않을 텐데." 페드로가 말했다.

"원하지 않는다고?"

"너희들만 이 휘파람 소리를 싫어하는 게 아니야." 앨리샤가 말했다. "휘파람을 자꾸 불어서 이 소리를 싫어하는 어떤 특정한 생명체들을 쫓아내고 있는 거야."

그 말을 듣고 우리 세 형제도 그 애들과 함께 휘파람을 불기 시작했다. 터덜터덜 정글 속으로 걸어들어 가는 동안 페드로는 이따금 나뭇잎을 한 줌씩 움켜쥐거나 나뭇가지를 꺾어서 어깨 위로 가져가 백팩 속에 쑤셔 넣었다. 나는 바로 내 눈 앞에 있는 땅바닥, 그리고 앞 사람이 밀치고 가는 힘에 휘어졌다 반동으로 제자리로 돌아오는 나뭇가지들에만 집중을 하며 걸었다. 그러다가 페드로가 흥미로운 동물이나 식물을 가리키면, 얼른 수첩을 꺼내서 새로운 사실들은 적어 넣기도 했다. 습기 탓에 수첩이 축축해졌고, 잉크가 번지고 거의 빛도 들어오지 않아서 펜도 잘 구분이 되지 않았다. 그래도 당장 적어 놓지 않으면, 다 잊어 먹게 될 것 같았다.

엄청나게 성가시게 구는 벌레들과 흡혈 파리들만으로도 정신을 못 차릴 지경에도 저 정글 속에는 징그럽게 기어다니며 괴롭히는 생명체들이 우글거리고 있겠다는 생각을 떨칠 수가 없었다. 참, 재규어도 있지. 어쩌면 그 재규어가 강을 따라 우리를 쫓아왔을지도 모를 일이다. 세상에서 가장 빠른 맹독성 뱀, 골든 랜스 헤드 바이퍼도 근처에서 스르르 미끄러지듯 지나갔을 수도 있다. 금세라도 잔뜩 뿔난 페커리(아메리카 대륙에 분포하는 돼지 비슷한 동물*) 떼가 몰려들어 우리들을 엄니로 들이받을 것만 같았다. 어쩌면 성난 큰부리새가 거대한 부리로 우리를 쪼려 할지도 모르겠다. 개미핥기가 달려들 수도 있다. 그 녀석들의 앞발은 날카롭기 그지없고 앞다리도 강해서 재규어의 뱃가죽이라도 찢어 놓을 것이다.

그 모든 끔찍한 상상을 떨쳐내려 나는 몇 분에 한 번씩 머리를 절레절레 흔들었다. 그리고 우리는 계속 걸었다. 이후 몇 시간은 마치 며칠처럼 길게만 느껴졌다. 이마에서 흘러내린 땀과 벌레들의 분비물들이 뒤섞여 내 눈두덩이가 부어올랐다. 휘파람 불기는 마치 숨을 쉬는 것처럼 익숙해졌다. 우리는 걷고 기고 또 젖은 나무줄기와 바닥에 떨어져서 썩은 나뭇가지와 밑동을 기어올라가기도 하면서 무성한 나뭇잎들을 밀쳐내며 나아갔다. 앞사람이 지나가면 나뭇잎들은 마치 새총처럼 반동을 일으키며 다시 있던 자리로 돌아오면서 계속적으로 찰싹찰싹 몸을 때리고 시야를 가렸다. 형과 아바는 지나다가 멋진 벌레나 생명체들이 보이면 레이저 포인터로 가리켰다. 페드로도 가끔 우리의 걸음을 멈추게 했다.

한번은, 그가 거대한 나무를 가리켰는데 그 줄기 주변에 온통 허쉬 키스 초콜릿 모양의 이상하게 생긴 혹이 가득했다. 매트가 앞으로 다가가 만져보려 했으나 페드로가 그의 손을 낚아챘다. "조심해, 쏘인단 말이야." 페드로가 말했다.

"허, 나무도 침을 쏜다고?" 아바가 물었다.

"여기 정글에 있는 생명체들은 거의 다 침을 쏜다고 보면 돼." 페드로가 말했다. "그렇지만 정글의 숨겨진 비밀을 안다면, 많은 것을 제공해 주기도 해." 그는 나의 우측으로 매달려 있는 덩굴을 보며 눈썹을 잔뜩 치켜세우더니 양손으로 붙잡고 탁 꺾어 냈다. 맑은 액체가 흘러나왔다. 페드로는 고개를 숙여 그 액체를 받아 마셨다. 그러고는 그 덩굴을 내게 건네주었다. "자, 먹어 봐." 그가 말했다. "그냥 물이야."

그의 말대로 그건 물이었지만, 따뜻한 나무껍질 맛이 났다. 나는 홀짝 마시고는 매트에게도 건네주었다. "먹어 봐.

맛있어."

　나는 페드로와 앨리샤를 따라잡기 위해 부지런히 움직이는데 매트가 그 액체를 뱉어내는 소리가 들렸다. 어느새 머릿속에서는 엉뚱한 생각이 고개를 들기 시작했다. 보통은 이 생각 저 생각이 둥둥 머릿속에 떠다니면 개를 뒷마당에 풀어놓되 긴 줄에 묶어 두듯 어느 정도 생각의 제한을 두려 하는 편이다. 그러나 지금은 마구잡이로 떠오르는 생각들을 그냥 따라갔고 어느 순간 내가 만약 이 우림 속에 산다면 어떤 동물이면 좋을까 궁금해지기 시작했다. 흡혈 박쥐? 보아 뱀은 어떨까? 짖는 원숭이는 멋진 수염을 달고 있다. 항상 소리를 꽥꽥 질러 대는 것도 재미는 있을 것 같다. 파리처럼 작은 몸을 갖는 것도 좋겠다. 그렇지만 귀찮게 구는 형제자매들도 엄청나게 많이 생기겠지. 게다가 길어야 며칠밖에 못살겠지. 혹시 브라질산 큰귀박쥐는 어떨까? 비행기에서 읽은 책에서는 그 녀석들이 세상에서 가장 빨리 난다고 했다.

　"잭, 페드로가 너한테 말을 하고 있잖아." 아바가 속삭였다.

　우리의 가이드, 페드로가 나뭇가지에 찰싹 매달려 있는 뭔가를 가리켰다. 나는 그가 또 다른 신기하게 생긴 식물을 알려주려 한다고 생각했다. 그런데 그때 나뭇잎 뒤로 몸을 숨기고 있는 뭔가를 보았다. 근사하고 부드러운 털이 수북한 나무늘보였다. 달빛도 없는 어둠 속에서는 그 생명체를 제대

195

로 볼 수가 없었다. 나무늘보는 나무에서 몸을 기울이면서 천천히 우리가 있는 방향으로 시선을 돌렸다. 나는 보자마자 그 동물이 너무 마음에 들었다. 여러 명의 사람들이 쿵쿵 발을 구르며 자신의 서식지를 헤집고 지나가는데도 나무늘보는 우리를 거들떠보지도 않는 거다. 그 녀석은 스트레스 받을 일이 없을 것만 같았다. 정글 속에 사는 모든 동물들이 나와서 스르르 미끄러져 다니고 휙휙 나무마다 옮겨 다니고 소리를 지르고 으르렁거린다 해도 이 녀석만은 느긋하고 침착하게 행동할 것 같다.

흡혈 박쥐는 잊어버리시라. 만약 선택을 해야 한다면, 나는 나무늘보를 택하겠다.

매트가 아바와 나 사이에서 멈추었다. "혹시 그거 알아? 나무늘보 털 사이에는 천 마리에 가까운 딱정벌레들이 집을 짓고 살고 있다는…."

"우웩, 너무 징그럽다." 내가 말했다.

"뭐가 어때서? 내 생각에는 멋진 일인 것 같은데," 아바가 말했다. "근데, 저 녀석은 뭘 하고 있는 거야?"

"화장실에 가려나 봐." 매트가 추측을 했다. "나무늘보는 일주일에 한 번 정도 바닥으로 내려와서 땅에 구멍을 파고 한 주 동안 쌓였던 배설물을 쏟아내고 다시 나무로 올라가."

아바는 그게 너무 멋지다고 했다. 물론, 나도 그 동물이 여전히 마음에 들기는 했다. 그 수북한 털 사이에 수많은 딱정벌레들이 들어 있다 해도 좋았다. 그렇지만 그 녀석이 정글 속에서 화장실을 만드는 걸 지켜볼 생각은 없었다. "자, 얘들아 가자," 내가 말했다. "앨리샤는 계속 이동하고 있잖아."

드디어 첫 야영지에 도착했을 때, 나의 희망은 높이 치솟았다가 다시 바닥으로 곤두박질쳤다. 작은 빈터의 한가운데에는 자동차 한 대 크기 정도의 야영지가 될 만한 튼튼한 줄기를 가진 나무 한 그루가 위로 쭉 뻗어 있었다. 그곳은 가로로 대략 아홉 걸음 정도의 공간이었다. "내가 기대했던 곳은…."

"텐트 말이니?" 앨리샤가 미소를 지으며 물었다. "아니면 소규모의 바비큐를 기대했니?"

"대피소 같은 곳이었다면 더 좋았겠다."

"정글에서는 그런 공간은 2주 내에 다 사라지고 말 거야." 앨리샤가 말했다.

"작은 길이나 이런 빈터가 있는 것도 거의 기적에 가까운 일이야. 우리 부모님들께서 이 길을 따라 한 달에 한 번씩 걸었어."

"그분들이 '고난의 여정'을 매달 하셨다고?" 내가 물었다.

"우리 부모님께 이 길은 그렇게 고생스러운 길이 아니었어." 앨리샤가 말했다. "그분들께는 재미있는 여정이었어."

앨리샤는 정글 바닥을 물끄러미 응시했다. 잠시 후, 페드로가 그녀의 어깨를 팔로 감싸주었다. 우리는 그런 때는 잠시 침묵하고 기다려 줘야 한다는 것을 알고 있었다.

앨리샤가 눈물을 훔쳤다. "자, 이제 캠프를 설치하자."

나는 주변의 잡초들과 덩굴들을 둘러보고는 솟아 있는 나무 위를 쳐다보았다. "누울 만한 장소가 안 보이는데?"

"우리는 여기에 눕지 않아." 앨리샤가 말했다. "위로 올라가는 거야."

그녀는 백팩에서 그물 해먹을 꺼내들고 나무 위로 올라가 소프트볼만큼이나 두툼한 나뭇가지들을 따라서 성글게 짠 해먹을 묶고는 복잡해 보이는 매듭을 여러 번 지어서 동여맸다. 행크 박사도 이상하리만치 매듭에 집착했고 그 중 몇 가지는 나에게 알려주기도 했다. "그게 비틀어 매기법 맞니?" 내가 물었다.

"나는 이름은 몰라." 앨리샤가 말했다. "그냥 매듭이야."

그녀는 나뭇가지 주변으로 모기장을 쳐서 해먹 아래로 늘어지게 하고는 튼튼해 보이는 또 다른 줄기를 타고 올라갔다. 페드로는 맞은편에 있는 다른 나무로 올라가서 또 다른 임시 침상을 매달았다. 앨리샤는 우리들의 해먹도 건네 달라고 했다.

"오늘 밤은 우리가 너희들을 도와줄 거야. 왜냐면 해 뜨기

**198**

전까지 몇 시간밖에 없으니까 빨리 움직여야 하거든." 그녀
가 말했다. "내일 밤부터는 너희 침상은 너희들이 직접 만들
수 있을 거야."

그 애들은 우리더러 백팩도 나무 위에 묶어 두라고 조언을
했는데, 안 그랬다간 아침이 되면 온통 벌레들로 뒤덮여 있
을 거라고 했다. 아바는 자신의 해먹이 설치가 되자 나무 위
로 올라가 해먹 안으로 몸을 구겨 넣고는 모두에게 잘 자라
는 인사를 했다.

"알람 시계를 맞춰 둘까?" 매트가 물었다.

"알람 시계 같은 건 필요 없을 거야." 페드로가 웃으며 말
했다.

해먹은 실제로는 안락했다. 물론 수백 개의 얄팍한 밧줄들
이 등을 파고들기는 했다. 흔들리는 해먹 안으로 들어가 자
리를 제대로 잡고는 얇은 모기장으로 내 몸 주위를 감쌌다.

아바는 어느새 코를 골고 있었다. 그러나 매트는 평소와
달리 수다스러웠다. 나무 지붕은 잎이 무성한 천장을 만들어
우리의 시야를 가려 버렸고, 매트는 야외에서 이렇게 자는
것도 또 그러면서도 하늘이나 별을 볼 수 없는 게 이상하다
는 말을 하고 있었다. 행크 박사는 〈스타트랙〉에 나오는 사
람에 좀 더 가깝기에 나는 이제 영화 〈스타워즈〉에 대한 언
급은 좀 줄이려 했다. 그렇지만 나무 위에서 이렇게 잠을 자

니 이워크(Ewok)가 된 기분이 들었다. 물론 나는 그렇게 털도 많지 않고 이도 훨씬 튼튼하지만 말이다.

형이 남반구에 있는 다른 별들에 관해서 자꾸 중얼거리자 비행기에서 어떤 남자에게서 받았던 귀마개가 떠올랐다. 팔을 뻗으면 닿는 거리에 내 백팩이 매달려 있었다. 가방 옆 주머니에서 귀마개를 찾아서 귀를 틀어막았다. 매트의 강의는 점차 작은 속삭임으로 바뀌었고 그로부터 5분쯤 지났을까 했는데 어느덧 아침이 밝았다. 멀리서 짖는 원숭이들의 으르렁과 꽥꽥거리는 소리에 잠이 깨고 말았다. 그 귀마개는 정글용으로 특화된 물건이 아님이 분명했다. 귀마개를 뽑아서 다시 주머니 속으로 집어넣었다. 매트는 이미 새로운 주제로 넘어가 강의가 한창이었다. 밤에 들었던 얘기도 마찬가지지만 지금 하는 얘기도 형은 정말 지칠 줄을 모르고 떠들어댔다. 그나마 이번 주제는 원숭이에 관한 것이었고, 원숭이들이 아침에 질러대는 소리는 자신들의 영토를 선포하는 한 방법이라고 했다. 나는 기지개를 켰다.

끊임없이 이어지는 매트의 이야기에 나만 싫증을 느끼는 건 아니었나 보다. 커다란 회색 원숭이 한 마리가 그의 머리 위의 높은 가지 위에 떡하니 자리를 잡고 있었다. 그 원숭이 녀석이 그냥 우리를 지켜본다고 생각했다. 매트도 같은 생각을 하고 있었나 보다. 그는 그 털이 덥수룩한 녀석을 가리켰다. 그러나 원숭이는 우리를 지켜보고 있지 않았다. 뭔가 딴 생각을 품고 있는 것 같았다. 한줄기 액체가 매트 가까이에 있는 나뭇가지를 타고 줄줄 흘러내렸다. 매트는 참지 못하고 소리를 질러 대며 그 분비물을 피하려 다리를 끌어당겼다. 그 바람에 그의 해먹이 획 돌아갔고 형이 떨어졌다. 그는 땅에 떨어지기 직전에 해먹의 밧줄을 붙잡았고 몇 초간을 매달려 있다가 다시 몇 미터 아래로 떨어졌다.

오줌 세례는 몇 차례 더 이어졌다.

그제야 원숭이의 볼일이 모두 마무리되었다.

형은 다치지는 않았다.

나는 세상에서 가장 배꼽 빠지게 웃음을 터뜨릴 참이었다. 그때 내 시선은 무심코 해먹의 맞은편에 머물렀고 나는 그대로 얼어 버리고 말았다.

비늘이 달린 밝은 초록색 뱀 한 마리가 해먹 오른쪽 나뭇가지에 똬리를 틀고 있었다. 몸통은 내 다리통만큼 두툼했고 나뭇가지를 일곱 바퀴쯤 휘감고 있었다. 그 생명체는 족히 3미터는 돼 보였다. 그놈은 천천히 미끄러지듯 가지를 타고 내려와 머리를 나를 향해 뻗쳐 들었다. 피부에 난 흰색 점은 컴퓨터의 픽셀처럼 보였다. 그 뱀의 차가운 회색 눈 속에 수직으로 난 어두운 틈으로 나를 뚫어져라 쳐다보았다. 나는 그 뱀의 이름도 생각이 안 났고 독사인지도 알 수 없었다.

"형," 내가 나지막한 목소리로 불렀다. "이제 원숭이 얘기는 좀 고만해. 우리가 문제가 좀 생겼어."

"뭐가 문제… 으어! 움직이지 마, 가만있어, 잭!"

"움직일 생각 없거든. 목소리나 좀 낮춰 줄래?"

뱀은 머리를 우측으로 그리고 다시 좌측으로 움직였다. 마치 다른 각도에서 나를 관찰하는 것만 같았다. 나도 가끔 치즈버거를 앞에 두고 같은 행동을 하곤 했다. 그렇다면 내가 이 생명체의 다음 끼니거리가 된단 말인가?

"괜찮아, 별일 없을 거야." 아바가 밑에서 말했다. "그건 에메랄드 나무 보아 뱀이야. 독이 있는 뱀은 아니야."

"확실해?"

앨리샤가 내 바로 밑에 서 있었다. "가만있어, 잭."

"이거 위험한 거 아니지?"

앨리샤는 아무런 대답이 없었다.

뱀은 서서히 몸을 뻗치면서 나와의 간격을 좁혀 왔다. 간지럼이라도 태울 수 있을 만큼 뱀과의 거리가 가까워졌다. 그때 뱀이 입을 쫙 벌렸고, 그 속에 드러난 이빨은 피라냐의 이빨 따위는 플라스틱 빗처럼 보이게 만들어 버릴 만큼 날카로웠다. 나는 비명을 지르고 말았다.

뱀의 고개가 툭 꺾이더니 나뭇가지를 휘감고 있던 몸통이 풀려 정글 바닥을 향해 곤두박질쳐서 바로 페드로의 어깨 위로 툭 떨어졌다. 앨리샤가 뱀의 꼬리를 잡고 페드로와 함께 조심스럽게 땅으로 끌어내렸다.

"무슨 일이 벌어진 거니?" 아바가 물었다.

나는 아주 잠시 잠깐 혹시 나의 비명 소리가 뱀을 마비시킨 것인가 의아했다. 뭐지? 나한테 숨겨진 초능력이라도 있었나?

페드로가 입으로 부는 나무 화살통을 들어 보였다. "한 방에 때려눕힌 거지." 그가 말했다.

"그런 건 어디서 났어?" 매트가 물었다.

"내가 갖고 다니는 거야." 페드로가 어깨를 으쓱거리며 말했다.

"화살 얘기는 그 정도면 됐고." 내가 말했다. "아바, 저런 뱀들은 위험하지 않다며."

"내 말은 독이 없다는 거지." 아바가 설명했다. "그 이빨, 으으 정말 장난이 아니었단 말이야."

페드로가 그 뱀을 덤불 위에 내려놓고 뒤로 물러섰다. "너는 아마 별일 없었을 거야." 그가 말했다. "이 뱀들은 살집이 있는 작은 설치류는 먹지만, 삐쩍 마른 미국인은 안 잡아먹거든."

내 머리 위쪽의 나뭇가지를 꼭 붙잡고 있는 내 손이 덜덜 떨렸다. 나는 기다시피 해먹을 빠져나와 아래쪽의 가지를 딛고 서서 해먹을 풀었다. 내 짐을 챙겨서 나무 아래로 내려갔다. 뱀은 꿈쩍도 않고 있었다. 그러나 그 녀석이 정신이 들면 반드시 나를 향해 달려들 것만 같았다. 아마 피라냐들도 합세를 하고 수달 한 쌍, 그리고 웨딩 드레스 차림의 보토도 한 패가 될지도 모르겠다.

"이제, 가자." 내가 말했다.

"너 괜찮은 거니?" 페드로가 물었다. "가렵니?"

미처 깨닫지 못하고 있었는데, 나는 미친 듯이 어깨를 긁고 있었다. 팔뚝이 벌겋게 부어올랐고 발목은 너무너무 가려워서 끊어 내고 싶을 정도였다. 나는 쭈그리고 앉아서 손톱으로 피부를 파고들며 박박 긁었다. 페드로는 내게 그만 긁으라고 하며 몇 발자국 떨어진 곳에 있는 작은 나무에서 두툼한 잎을 한 장 떼어 냈다. 잎을 반으로 가르자 찐득한 진액이 흘러나왔다.

"손 좀 들어봐." 그가 말했다. 나는 그가 시키는 대로 했고 그는 큰 진액 덩어리를 내 손바닥에 짜 주었다. "부풀어 오른 자리에 이걸 문질러 봐."

그 물질은 마치 외계인의 분비물처럼 보였지만, 너무 절박해서 그런 걸 따질 여유가 없었다. 나는 그 진액을 발목이며 손목 그리고 목덜미 주변으로 듬뿍 발랐고 이마에도 마구 문질렀다. 진액이 금세 말라붙어서 피부에 얄팍한 종이를 덮어둔 것 같은 느낌이 들었다. 그러나 가려움은… 신기하게도 완전히 사라졌다.

"괜찮지?" 패드로가 물었다.

"와, 정말 끝내준다!" 내가 말했다.

"아마존에는 놀라운 것들이 정말 많아."

우리들은 해먹을 모두 챙기고 기지개 한번 제대로 켜지 않고 지체 없이 짐을 꾸리고 바로 출발을 했다. 아직 보트로부터 안심할 만큼 멀리 벗어나지 못했다고 판단한 페드로와 앨리샤는 드디어 마체테를 휘두르기 시작했다. 벌레들은 여전히 달려들어 물어뜯고 있었지만 최소한 얼굴과 가슴에 나뭇잎이 와서 때리지는 않았다. 등산화 대신 농구화를 선택한 것은 내 인생 최악의 결정이었다. 하지만 그렇다고 인정하고 싶지도 않았다. 계속해서 아바와 매트에게 농구화가 아주 괜찮다고 그러니 그들도 나처럼 농구화를 신었어야 한다고 떠들어 댔다. 가끔씩 우리의 가이드 소년은 나무에서 과일을 땄고 우리에게도 똑같이 해보라고 했다. 기본적으로 그게 그들 방식의 가벼운 아침 식사였다.

그날 밤 늦게 첫 번째 야영지와 비슷해 보이는 빈터에서 우리는 멈추었다. 매트는 모두 다 들을 수 있는 목소리로 그곳이 첫 번째 야영지 같다는 의구심을 드러냈다. 그러나 앨리샤와 페드로는 길을 잃은 것이 아니라고 단언을 했다. "그걸 어떻게 알지?" 아바가 물었다.

"나뭇잎에 나타난 변화를 보고 길을 찾아가는 거니?" 매트가 물었다. 아바가 집게 손가락을 들어올렸다. "아니면, 공기의 압력 변화를 감지하는 거니?"

페드로가 웃음을 터뜨렸다. "아니야, 누나는 이걸 따라가고 있는 거야." 그가 나무 밑동을 가리키며 말했다. 마체테로 그어 놓은 두 개의 비스듬한 사선 표시가 나무껍질에 나 있었다. 앨리샤가 그 표시를 손가락으로 더듬었다. "우리 부모님들이 만들어 놓으신 거야."

해먹을 직접 묶고 매다는 일은 예상보다 훨씬 더 힘들었다. 의도적이었는지 아니면 우연이었는지는 알 수 없지만 해먹을 설치하다 보니 매트와 아바, 그리고 내가 모두 한쪽 나무에 묶었고, 앨리샤와 페드로는 둘 다 그 나무의 다른 쪽에 묶었다. 아바와 나는 손을 뻗으면 서로 닿을 만큼 가까이에 해먹을 달았고 매트의 해먹은 바로 우리 아래쪽에 설치했다. 얼기설기 엮은 해먹에 들어가 각자 자리를 잡고 난 후 잠시 동안 침묵이 이어졌다. 브라질 아이들이 깊은 숨을 내쉬고 있었다. 보아 하니 나의 형제들도 잠이 든 것 같아서 귀마개를 찾아서 꽂으려 했다.

그때 매트가 말을 시작했다. 그의 목소리는 점차 줄어드는 게 아니라 오히려 더 커졌다.

"그분은 괜찮으신 걸까?"

"살아 계시냐는 말이지?" 아바가 물었다.

"그래, 괜찮으실 거야." 매트가 답을 했다. "분명히 멀쩡히 살아 계실 거야. 내 말은 어려운 일들을 다 잘 겪어내셨겠지, 그치?" 그가 잠시 말을 멈추었다. 우리가 안심이라도 시켜 주길 바랐던 건가? 매트는 어쨌든 우리 중 제일 나이가 많으니까 그런 걱정은 그의 몫이었다. "나는 그냥… 나는 모르겠어."

정글은 마치 우리의 얘기가 끝나기를 기다리고 있는 듯 이상하게 고요했다.

"그분은 괜찮으실 거야." 아바가 힘주어 말했다. "우리는 그분을 꼭 찾게 될 거고 그분도 무사하실 거야."

그날 밤 나는 이상한 꿈으로 가득했던 깊은 숙면을 즐겼다. 강에 사는 거대한 수달들이 원숭이들과 축구 게임을 하는데 넓은 꼬리로 공을 차고 몇 번의 정확한 헤딩골도 날렸다. 댄스 경연 대회도 열렸던 것 같다. 그 속에는 왕자님이 등장했던 것도 같다. 꿈 내용 전체를 정확히 기억해 낼 수는 없었지만 오래 걷다 지친 개마냥 목이 타서 잠이 깬 것은 알고 있다. 처음에는 거의 몸을 움직일 수가 없었다. 시선은 우측으로 향하면서 머리를 살짝 왼쪽으로 돌리고 다시 우측으로 돌려 보고 머리 위쪽도 확인해 보았다. 뱀 같은 것은 보이지 않았다. 이미 날이 밝아 있었다.

귀마개를 제거했더니 매트의 코골이와 원숭이들의 짖는 소리들이 들려왔다. 다행히 우리 머리 위로 오줌을 갈길 만큼 가까이 와 있는 놈은 없었다. 나는 정말 샤워가 하고 싶었지만 그렇다고 원숭이 오줌으로 샤워를 하고 싶지는 않았다. 아바는 약간 입을 벌린 채 푸푸 하는 숨소리를 내며 잠을 자고 있었고 원숭이 한 마리가 반짝이는 수염을 자랑하며 이웃 나무 위에 자리를 잡고 앉아서 나를 물끄러미 쳐다보고 있었다. 페드로와 앨리샤는 이미 자신들의 해먹을 정리한 것 같고 그들의 백팩도 눈에 보이지 않았다. 그리고 그 애들은 어디에 있는지 보이지도 않았고 인기척도 들리지 않았다. 그들은 우리를 남겨 두고 떠났다. 우리는 그 애들의 안중에도 없었던 것이다. 별안간 공포가 밀려왔다. 심장박동이 빨라졌고 숨이 가빠왔다.

빈터 가장자리에 멍하니 서 있는데 정글 속에서 이상한 음악소리가 들려 왔다. 흔들리는 나뭇잎, 가랑비, 멀리서 들리는 동물의 으르렁거림, 새와 곤충들의 노랫소리들이 뒤섞여 있었다. 그때 그 이상한 소리들 속에서 사람의 목소리들이 들렸다. 거칠고 굵은 그 목소리는 브라질 친구들의 목소리는 아니었다.

# 11
## 레이저를 쏘는 자객

누군가 소리 내어 웃었다. 두려움에 가득 찼던 마음에 한 줄기 희망이 솟아났다. 행크 박사의 목소리일까? 그 애들이 행크 박사를 찾아낸 것일까? 나의 형제들을 살펴보았다. 매트는 여전히 코를 골고 있었고 아바도 곯아 떨어져 있었다. 불현듯 번뜩이는 아이디어가 떠올랐다. 서둘러 정글로 들어가서 형제들이 깊은 잠에 빠져 있는 사이 행크 박사를 찾아내서 이리로 모셔 오는 것이다. 그러면 내 형제들이 기절하게 놀라겠지.

웃음소리가 뚝 끊겼다. 그러나 소리가 난 곳이 그리 멀리 있지는 않은 것 같았다. 나는 몸을 낮추고 살금살금 정글 안으로 기어들어갔다. 말소리가 더 정확하게 분간이 되는 건 아니었지만, 내 앞쪽 어딘가에서 그들의 소리가 들려왔다. 나무 숲 사이에서 물이 흘러가는 소리가 조금씩 들렸다. 강물이 흐르는 소리는 아니었고 폭포수에서 물이 떨어지는 소리처럼 들렸다. 끔찍한 정글 한가운데서 숨겨진 낙원을 발견하는 일, 그건 딱 행크 박사의 스타일이다. 박사가 폭포 옆에 직접 작은 별장을 지었다 해도 별로 놀라울 것 같지 않았다. 아마 그곳에 앉아서 맛있는 커피를 내리고 있을지도 모른다.

바람의 방향이 갑자기 바뀌었다. 아니, 아냐. 커피가 아니라, 뭔가 더 근사한 걸 만들고 계신가 보다. 군침을 돌게 하고 위장을 달래는 고기를 굽는 맛있는 냄새가 무겁고 축축한 공기를 타고 내 코로 흘러들어 왔다.

브라질 애들은 박사가 육식주의자로 다시 전향하셨다고 말했다. 지금은 함께 행크 박사를 만나러 가자거나, 혹은 원숭이가 나무에서 또 오줌 세례를 퍼부으려 한다며 곤히 자는 매트를 굳이 깨우기보다는 그 사이에 내가 갓 구운 닭다리를 가져다 자는 그의 코앞에 흔들어 주는 게 가장 좋은 방법일 것 같았다.

나는 달리기 시작했다. 찰싹찰싹 얼굴을 때리는 나뭇잎도 아랑곳 않고 팔에 걸리는 덩굴도 밀쳐 내면서 앞으로 무작정 나아갔다. 폭포수의 물 떨어지는 소리는 점점 더 크게 들렸고, 사람들의 목소리도 다르게 들렸다. 누군가 다시 소리 내어 웃었지만, 그건 분명히 행크 박사의 목소리가 아니었다. 나는 앞에 있는 나뭇가지들을 걷어 내겠다는 생각으로 힘차게 앞으로 팔을 뻗었는데 손에 잡히는 것은 허공뿐이었다. 오른쪽 발목이 진흙 둑에서 미끄러졌다. 강물로 미끄러져 떨어지면서 너른 바윗돌에 물이 튀었다. 소용돌이치는 강물이 나를 앞으로 밀어냈다.

물이 흐르는 곳은 작은 폭포의 상류였고, 나는 떠내려가지 않기 위해 무엇이든 잡으려 했다. 그러나 나는 강바닥을 따라 돌면서 굴러 떨어지고 있었다. 오른쪽 몸이 커다란 바위에 부딪히면서 몸이 위로 떴다가 다시 가라앉았다. 추락은 눈 깜짝할 사이에 벌어져서 숨을 쉴 틈도 없었다. 물살은 나를 휘돌아가며 초록색의 웅덩이로 밀어냈다. 이번에는 왼쪽 몸이 바닥의 바위에 부딪혔다. 물살은 계속 나를 때렸고 꼼짝도 못 하게 해서 너무 숨이 막혔다. 그런데 정신은 외려 또렷해졌다. 나는 굴러서 바위에 발을 딛고 발목에 힘을 주었다. 웅덩이는 그리 깊지는 않았다. 생각보다 빨리 수면 위로 얼굴을 내밀 수 있었고 숨을 들이쉬었다. 나를 중심으로 물살은 계속 소용돌이를 일으키고 있었다. 고개를 숙이고 가장 가까운 강둑을 향해 있는 힘껏 헤엄쳤다. 무성하게 자란 잔디와 잡초 더미를 움켜쥐었고, 물 밖으로 나오려 발을 앞으로 찼다.

갑자기 날아든 우악스러운 두 개의 손이 삐쩍 마른 내 손목을 움켜쥐고는 나를 강둑 위로 끌어올렸다. 나는 바닥에 널브러져 몇 초간 눈을 감은 채 축 늘어져 있었다. 나를 붙잡아 올린 그 손은 행크 박사의 손이 아니었다. 공기 중에 남아 있는 시가 담배를 태웠던 역겨운 냄새가 고기를 굽는 냄새와 뒤섞여 풍겨 왔다. 한 남자가 포르투갈어로 외쳤다. 목소리가 아주 걸걸했다.

나는 몸을 한 바퀴 돌려 눈을 뜨고 손을 들어 올렸다. 온몸이 쑤셨다. 장화를 신은 남자의 발이 내 갈비뼈를 짓누르고 있었다. "오, 제발." 내가 중얼거렸다.

건장한 체격에 수염을 기른 그 남자의 얼굴에는 붉은 칼자국과 부풀어 오른 상처 자국이 몇 군데 있었다. 두툼한 턱뼈는 껌보다는 돌을 씹는 게 어울릴 만큼 튼튼해 보였다. 그의 뒤로는 작은 모닥불이 타고 있었다. 작고 마른 체구에 갈색 피부를 가진 또 다른 남자가 모닥불 옆에 서 있었고 그곳에는 돼지 한 마리가 나무로 만든 꼬챙이에 꿰어진 채 구워지고 있었다. 수염을 기른 남자가 포르투갈어로 자꾸 나를 향해 소리를 질렀다. 그는 마치 나를 밟아 버리기라도 할 기세로 장화 발을 내 배 위로 갖다 댔다.

나는 팔꿈치를 내 갈비뼈에 갖다 붙이고 팔로는 배를 감쌌다. 그리고 소리쳤다. "No hablo Espanol!(저는 스페인어를 못

해요!)”

수염 기른 남자가 갑자기 조용해졌다.

폭포의 물 떨어지는 소리가 내 뒤에서 들렸다.

작고 마른 체구의 남자가 나를 향해 걸음을 옮겼다. “미국 사람이니?” 그가 물었다. 내가 고개를 끄덕였다. “너, 그런데, 왜 방금 우리한테 스페인어를 못 한다는 말을 한 거지? 여기는 브라질이잖아. 스페인어를 쓰는 곳은 저기 다른 나라….” 그가 생각을 해내려는지 잠시 머뭇거리다가 그의 왼쪽 어깨 너머로 손짓을 했다. “아르헨티나와 칠레에서 쓰잖아.”

맞다. 물론 그렇다. 그때 매트나 아바가 옆에 없어서 참 다행이다. 그렇지만 나는 열대 우림 한가운데서 낯선 사람들에게 생명의 위협을 당하고 있는 상황이었다. 그러니 그냥 생각나는 대로 뱉고 볼 일이지, 어떤 언어인지 구분할 정신이 어디 있었겠는가?

나는 기침이 났다. 내 목구멍 안쪽에서 뭔가 울컥하는 것이 올라왔다. “오, 죄, 죄송해요. 일부러 기분 상하게 한 건 아니었어요.”

마른 남자가 내게 고개를 들이밀며 인상을 썼다. “여기는 대체 어떻게 올라온 거지? 여기 정글 한가운데서 뭘 하고 있는 거지?” 내 갈비뼈를 짓누르고 있는 앞이 넓적한 흙투성이 갈색 장화를 내내 신경을 쓰며 쳐다보고 있는 나의 표정을 그가 본 모양이다. "너를 다치게 하지는 않을 거야, 오케이?" 내가 고개를 끄덕였다. 그러고 나자 나는 천천히 몸을 움직여 앉는 자세를 취했다. 마른 남자가 내 앞에 쭈그리고 앉았다. "자, 다시 한 번 묻겠다. 여기까지 어떻게 온 거지?"

빨리 생각을 해내야 했다. 빠른 두뇌 회전은 나의 특기가 아니다. "부모님과 함께 비행기를 타고 있었거든요." 내가 말을 시작했다. 수염을 기른 남자가 자리를 옮겨 모닥불이 있는 쪽으로 걸어갔다. 지퍼가 열린 백팩들이 눈에 들어왔다. 작은 깔개 위에는 일부 장비들이 펼쳐져 있었다. 한 쪽 백팩 밖으로 반쯤 접힌 지도가 삐져나와 있었다. "저희들은 휴가를 보내고 있었어요." 내가 계속 말을 이어갔다. "한밤중에 우리가 탄 비행기가 번개를 맞았어요. 비행기의 모든 내비게이션 시스템이 불탔어요. 이제 거의 추락을 하려는 찰나에 엄마가 내 좌석 위의 탈출 장치 레버를 당겼어요." 나는 몇 번 콧물을 훔치며 훌쩍이는 척을 하고는 계속 말을 이어갔다. "저는 마치 로켓처럼 공중으로 날아갔는데 너무 추웠어요." 마치 몸이 얼어 버린 듯이 몸을 감싸는 동작을 하며 말했다. "저는 너무 놀랐고, 내 운명은 여기까지구나라는 생각을 하는 순간 낙하산이 펼쳐졌던 거예요. 그래도 안전하지는 않았어요."

"안전하지 않았다고?"

수염을 기른 남자가 자신의 백팩에서 작은 천 가방을 꺼냈다. 그의 백팩의 어깨 끈에 SA라는 로고가 새겨져 있었다. 그 로고를 본 적이 있다. 그런데, 그게 어디였더라? 그는 가방에서 총같이 생긴 물건을 꺼내면서 맞은편 강둑의 나무들을 지켜보았다. 아바와 매트. 앨리샤, 그리고 페드로. 나는 마음속으로 제발 그들이 무사하길 빌었다. 제발, 나를 구하겠다고 그곳에 숨어 있으면 안 돼.

나는 두 눈을 꼭 감았다. 이 이야기가 제대로 먹혀야 한다. 정신을 가다듬고 집중을 했다. "네, 아직은 안전하지 못했어요." 나는 하던 이야기를 이어갔다. "낙하산이 너무 낮은 고도에서 펼쳐져 버린 거예요. 속도가 줄지 않았어요. 결국 나무에 부딪히고 말았죠. 뭔가 머리에 세게 부딪힌 게 틀림없어요. 왜냐면 제가 기절을 하고 말았으니까요. 깨어나 보니, 부모님의 모습은 보이지 않았고 비행기는 흔적조차 찾을 수가 없었어요."

그의 파트너가 무릎 위에 총을 올려 두고 맞은편 강둑을 훑어보는 사이, 마른 남자는 눈을 가늘게 뜨고 나를 이리저리 살폈다. 이마에 잔뜩 주름을 잡고 인상을 쓰는 그의 모습―내가 박사님의 이메일로 장난 메일을 보내지 않았다고 우길 때마다 나를 바라보셨던 행크 박사의 얼굴―이 떠올랐다. 그 남자가 오른쪽 눈썹을 치켜뜨며 고개를 끄덕거렸다.

"응, 그래, 그래." 그가 말했다. "그건 내가 잘 아는 이야기야. 너는 부모님을 잃고 나서 여러 날을 헤매고 다녔지. 그러다가 정글 한가운데서 비밀의 도시로 들어가는 길을 발견하게 됐지. 그 도시는 수세기에 걸쳐서 지적 능력을 갖춘 원숭이들이 세우고 가꾸어 가는 도시지, 맞지?"

"어, 어, 그 부분…, 그것만… 제외하면…"

"이건 몽키 보이(Monkey Boy)의 줄거리잖아! 내가 그런 것도 모르는 바보인 줄 아냐?"

맞다. 하도 급하게 이야기를 꾸며 내다 보니, 비행기에서 봤던 영화의 전반부를 그냥 요약했던 것이다. "원숭이들이 그렇게 영리하지는 않았는데요."

"그 영화도 그다지 영리한 영화는 아니었거든," 그 남자가 말했다. "그건 뭐, 그 마우글리라는 소년이 나오는 정글북, 그 책을 완전히 베꼈던데."

"아, 네. 그렇지만, 제가 좋아하는 부분은…"

"야, 됐고. 조용히 해! 지금 우리가 엉터리 영화 줄거리 갖고 토론을 벌이려는 게 아니잖아. 어떻게 해서 여기까지 오게 된 건지, 그리고 누구랑 왔는지나 똑바로 얘기해. 안 그러면, 내 친구 로저가 네 녀석 갈비뼈를 부러뜨릴지도 몰라."

"저 분 이름이 로저인가요?"

마른 체구의 남자가 수염을 기른 남자에게 뭐라 중얼거리자, 그가 발을 끌어당겨 마치 축구공을 차서 멀리 날리려는 동작을 취했다. "오케이, 오케이, 알겠어요. 알겠다고요!" 내가 소리쳤다. "말할게요!" 로저가 동작을 멈추고 다시 발을 바닥에 내려놓았다.

"여기에 누구랑 온 거지? 그리고 원숭이 얘기는 꺼낼 생각 마라."

나는 헛기침을 했다. 물속에서 바위에 부딪힌 어깨에 통증이 느껴졌다. 만약 두 명의 천재, 어린 스포츠 에이전트, 그리고 백만 불짜리 발을 가진 축구 신동과 함께 우림으로 들어와 돌아다녔다고 말했다가는 나는 그들에게 흠씬 두들겨 맞을 게 뻔했다. "저희 부모님들," 내가 입을 떼었다. "그러니까 저희 가족은 비행기 추락 사고를 당한 건 아니에요. 저희는 탐험을 하고 있었어요. 저희 아버지는 과학자이고, 어머니는 일본 분이세요. 물론 가라테 같은 건 할 줄 모르세요."

딱히 꾸미고 말고 할 것도 없이, 나는 그때 행크 박사와 민선생님을 염두에 두고 말을 하고 있었다. 그런데 왜였을까? 나는 언제나 나의 부모님을 그려볼 때면, 디자이너 의상을 걸치고 말끔한 헤어스타일을 하고 다니는 멋진 외모의 재계 거물들을 상상해 왔고, 그분들이 근사해 보이는 테슬라 자동차를 몰고 다니는 장면도 그려 보았다.

마른 체구의 남자가 신경질적으로 발을 굴렀고 그의 눈썹이 치켜 올라갔다. "야, 네 눈에는 내가 인종 차별주의자처럼 보이는 거니? 일본 사람이면 무조건 다 가라테를 알아야 한다고 생각할 사람으로 보이냐?"

"아뇨, 그런 게 아니라, 저는 그저"

"알렉스, 쉿!" 로저가 폭포수 위쪽의 정글 안을 가리키며 목소리를 한껏 낮추었다.

"아저씨들 이름이 알렉스랑 로저인가요?"

"조용! 뭔가 움직였단 말이야." 알렉스가 말했다.

그는 나의 티셔츠의 가슴팍을 움켜쥐고는 가까이로 끌어당겼다. 그의 입 냄새는 소금에 절인 발 냄새 같았다. "여기에 대체 누구랑 온 거야?"

"엄마, 조심하세요!" 내가 소리쳤다. "그들이 총을 갖고 있어요!"

알렉스는 내 목덜미를 잡아채고는 무성한 수풀 사이로 나를 밀쳐 넣었다. 마지막 순간에 고개를 돌리지 않았다면, 그의 억센 힘에 내 코가 뭉그러지고 말았을 것이다. 그때 알렉스가 팔에 힘을 풀고 한 걸음 물러섰다.

"로저!" 그가 속삭였다.

수염을 기른 남자가 뭔가 중얼거렸다. 알렉스가 로저의 가슴을 가리켰다. 붉은색의 작은 레이저 빛이 그의 가슴에 겨누어져 있었다. 그 둘은 붉은 레이저 빛의 발원지를 찾느라 강 건너편 숲속을 뚫어져라 쳐다보았다. 로저가 총을 바닥에 떨어뜨리고는 양팔을 번쩍 들어올리더니 포르투갈어로 소리쳤다. 그 모든 장면은 낯설지가 않았다. 정확히 폭포나 모닥불은 아니었지만, 그 붉은 레이저 빛은 아주 친숙해 보였다. 그때 번뜩 떠오르는 게 있었다. '저격수 암살범!' 그렇다. 매트는 그때까지 계속 잠만 자고 있었던 것이 아니었다. 그는 레이저 포인터로 로저를 속여서 영화에서처럼 누군가 그의 가슴에 권총을 겨누고 있다고 생각하게 만든 것이다.

로저가 알렉스에게 시선을 돌렸다. 그는 여전히 팔을 쳐들고 알렉스의 가슴을 가리키고 있었다. 붉은 레이저 빛이 이번에는 알렉스의 이마를 따라 춤을 추듯 움직였다. 아마, 그건 아바의 레이저 포인터일 것 같았다.

알렉스는 팔뚝으로 내 가슴을 확 걸어 매고는 나를 인간 방패처럼 들어 올렸다. 그러고는 바닥에 떨어진 권총을 집어 들고 내 목덜미에 갖다 댔다. 내 이마에서 피가 흘러내렸다.

턱이 얼얼하게 쑤셔 왔다. 팔에도 다리에도 감각이 없고 갑자기 모든 것이 차갑게만 느껴졌다. 그때 나를 둘러싸고 있던 정글, 흘러가는 푸른 강물, 천천히 구워지고 있던 돼지, 겁을 주던 두 명의 남자들…. 모든 것이 사라졌다.

나는 바닥에 누운 채로 정신이 들었고, 눈앞에 드러난 쑥쑥 뻗어 나온 가지들을 쳐다보았다. 가벼운 빗방울이 얼굴

위로 떨어지고 있었다. 정글을 뚫고 오는 사람들의 소리가 들렸다. 천천히 옆으로 몸을 돌려 일어났다. 알렉스도 로저도 가 버리고 없었다. 어찌나 정신없이 달아났는지, 미처 가방도 못 챙기고 내뺐나 보다. 표면에 코팅 되어 접힌 지도를 집어서 내 주머니에 넣고 나는 강물로 뛰어들었다.

발이 풀과 잡초로 덥힌 바닥에 닿았다. 물결이 밀려와 나를 밀어냈지만 물 깊이는 겨우 1미터가 조금 넘을 뿐 크기도 일반 실내 수영장보다 넓지 않았다. 배를 타고 왔던 아마존의 강과 비교하면 이곳은 개울 수준이었다. 양팔을 뒤로 끌어당기며 앞으로 나가면서 따로 생명체들을 살펴보지는 않았다. 여기는 악어의 집단 서식지도 아니다. 제발 아니길 바랐다. 그리고 이렇게 작은 강에 피라냐가 살 것 같지도 않았다. 하지만 틀림없이 뱀은 있을 것 같았다. 그래도 총을 가진 성난 두 남자들은 강 건너편 둑에 있어서 다행이었다.

강 아래쪽에 나무 한 그루가 강물 위로 늘어져 있었다. 강둑이 물에 쓸려나가 매트의 팔뚝 같은 나무뿌리들이 드러나 있었다. 강물의 흐름에 몸을 맡겨 두다 나무 가까이로 가서 한쪽 뿌리 사이의 물속으로 몸을 담갔다. 물살에 밀려 다리가 둥실 위로 떠올랐지만 가까스로 균형을 잡고 한쪽 무릎을 강둑에 붙였다. 다시 몸을 끌어당겨 물 밖으로 몸을 내밀고는 덤불 속으로 기어들어가서 민첩하게 정글 사이를 지나갔다. 나는 힝힝 대는 소리만 내지 않았을 뿐 마치 사냥꾼에게 쫓기는 야생 돼지가 된 기분이었다. 물론 나는 돼지같이 짧고 뻣뻣한 털은 없었다. 바닥에 경사면이 나타났다. 그건 내가 폭포의 상류로 올라가는 길을 잘 찾아가고 있다는 의미였다. 다시 바닥면이 올라가는 지점이 나타났을 때, 나는 걸음을 멈추고 숨을 들이마셨다. 그러나 제대로 숨 쉴 틈도 없이 뭔가 커다란 것이 정글을 뚫고 나를 향해 다가오고 있었다. 재규어인가? 아니면, 야생 돼지인가? 쳐다보지도 않고 일단 손에 잡히는 것을 무기 삼아 들고 내 자신을 지킬 태세부터 취했다. 나는 미친 듯이 마구잡이로 팔을 휘둘러댔고, 그 짐승은 거의 내 정수리 가까이에 와 있었다.

"야, 야! 내 눈을 칠 뻔했잖아!"

짐승일 줄 알았던 그 정체는 나의 형이었다. 그는 눈을 깜빡이고 있었다.

"오, 미안. 나는 재규어가 다가오는 줄 알았어."

"그럼, 왜 나를 나뭇잎으로 친 거니?"

나는 내 손에 들린 무기를 내려다보았다. 아니, 내가 움켜쥐었던 게 정말 이 한 장의 나뭇잎이었다고? 그랬구나. 그것도 축축하게 젖은 나뭇잎. "미안, 나는 그냥…."

형이 내 어깨를 붙잡았다. "쉿! 가자, 날 따라와."

매트는 우리가 야영했던 곳으로 찾아갔고, 그곳에는 앨리샤, 페드로, 그리고 아바가 서둘러 모든 장비를 챙겨 짐을 싸고 있었다.

"잭! 네가 썼던 속임수, 그거 아주 좋았어!"

"속임수라니?"

"너, 기절한 척했다며." 앨리샤가 말했다. "아바 말이 네가 그런데는 천부적 재능을 타고났대."

아바는 터져 나오는 웃음을 애써 감추며 싸고 있는 짐 꾸러미에만 시선을 두고 있었다.

"그래, 맞잖아. 너도 알잖아."

아바는 내 백팩과 아직 말지 않은 해먹을 내게 넘겼다.

"레이저 포인터 아이디어 어땠어?" 매트가 물었다.

"아주 기발했어." 내가 말했다. "그 영화들 볼만하다고 내가 말했잖아."

매트가 허리를 굽혀 나를 향해 절을 했다. "그러게, 보기보단 그럴듯하더라."

"그나저나 그 남자들은 누구야?" 아바가 물었다.

페드로가 손을 펼쳐서 숲 바닥을 향해 내리는 동작을 했다. "목소리를 낮춰야 해, 알겠니? 그들이 우리를 찾아내는 건 시간문제야. 그 남자들이 누구인지는 우리도 몰라." 그가 말했다. "오늘 아침, 숲에서 고기 굽는 냄새가 풍겨서 앨리샤랑 나는 행크 박사님인가 했거든. 그래서 보러 갔지."

"그 사람들 사냥꾼이야?" 아바가 물었다.

"아니, 여기서는 사냥을 안 해."

나는 주머니 속에 찔러 두었던 지도를 꺼내서 앨리샤 앞에 내밀었다. "내가 집어온 거야."

앨리샤는 코팅 처리가 된 그 지도를 펼쳐 바닥에 내려놓았다. 다 펼친 지도의 폭은 내 팔뚝 길이 정도였고 옅은 초록색 바탕 위에 구불구불한 강줄기는 파란색으로 표시되어 있고, 지도 전체에 빨강색 표식들이 있었다. 지도 왼쪽 아래 귀퉁이에 로저의 가방에서 봤던 것과 같은 로고가 붙어 있었다. "이게 무슨 표시인지 알아?" 내가 물었다.

"응, 그리고 미리 알아챘어야 했는데," 그녀가 말했다. "그 사람들은 벌목 회사의 정찰대원들이야. 여기 SA 는 'Super Andar'를 뜻하는 거야."

"가만, 나, 이걸 어디선가 본 적이 있는 것 같은데."

"도시의 옥외 광고판에서 봤을걸?" 페드로가 말했다.

"Andar는 바닥이라는 뜻이지, 맞지?" 아바가 물었다.

"응." 앨리샤가 말했다. "Super Floor(슈퍼 플로어)는 아주 거대한 목재 회사야. 물론 그 회사는 자신들이 우림을 파괴하고 있다는 사실을 단 한 번도 인정을 한 적은 없어. 오히려 이런 회사들은 정찰대원을 고용해 정글로 들여보내서 나무 조사를 시켜. 나무들이 크고 곧게 잘 자랐는지, 그래서 그 숲이 경제성이 있는지를 보는 거지."―그녀는 고갯짓으로 어제 야영을 했던 곳에서부터 그 줄기가 힘차게 높이 치솟아 있는 판야 나무를 가리켰다.―"예를 들어 여기 이 정도의 나무들을 발견하면, 정찰대원을 보내서 베어 내게 한 다음 헬리콥터로 쏙쏙 뽑아내서 들어 나르는 거야. 마치 어린애가 정원에서 꽃을 똑똑 따 내는 것처럼 말이야."

아바가 뭔가 응수를 하려 했다. "그건 너무"

페드로가 아바의 어깨를 툭 치면서 덤불 속을 가리켰다. "쉿!" 그가 속삭였다. "그자들이 돌아오고 있어."

아바랑 형, 페드로 그리고 앨리샤, 그들 네 명이 모두 몸을 낮춰 내 뒤로 가서 바닥에 쭈그려 앉았다. 나는 얼른 그들 뒤로 가면서 매트를 맨 앞쪽으로 밀었다. 어쨌든 형이 우리 중 덩치가 제일 크니까. "달릴까?" 내가 조용히 물었다.

뭔가가 우리들 앞에서 왼쪽으로 움직였다.

몸의 반을 나뭇잎으로 뒤덮힌 한 남자가 나무 뒤에서 빼꼼히 몸을 내밀었다. 그의 얼굴은 온통 진흙 칠이 되어 있었고, 초록색 바지에 카무플라주(군인들이 위장을 위해 입는 국방색의 얼룩무늬*) 재킷을 걸치고 있었다. 우리를 알아본 그의 얼굴에는 미소가 번졌어야 한다. 그러나 왠지, 행크 위더스푼 박사는 마치 화성에서 온 방문객을 보듯 우리를 쳐다보고 있었다.

**225**

# 12
# 아스펜에서
# 생긴 일

오케이. 화성에서 왔다는 표현은 적절치 않을
수도 있다. 매트와 행크 박사는 화성에 생명체
가 존재한다고 해도 그 크기는 상당히 작을 거라고 말했다.
현미경으로나 볼 수 있는 그런 종류니까 사람과 같은 형상
이나 크기는 아니다. 어쨌든 내가 화성이라는 표현을 쓴 것
은 우리를 보는 행크 박사의 눈빛이 너무 놀라서 어찌할 줄
모르는 그런 것이었기 때문이다. 박사가 그렇게 놀라는 것은
너무 당연했다. 평소라면 그 시각에 우리는 브루클린의 아파
트에 있어야 하니까. 그런데 우리가 아마존의 깊은 우림 한
가운데에 나타난 것이다. "여기서 뭘 하고 있었니?" 그가 나
지막한 목소리로 물었다.

226

매트가 박사가 있는 쪽으로 움직였다. 가볍게 한 팔로 감싸는 남자들의 포옹을 기대했을 것이다. 그러나 형이 동작을 멈추고 말을 했다. "어, 저, 그러니까, 저희들은….."

"그래, 됐어." 행크 박사가 그의 말을 가로막았다. 그리고 내 신발을 가리켰다. "너는 농구화를 신고 있는 거니? 이 정글에서?"

"농구화가 사실, 뭐, 그렇게….."

"그 얘기는 나중에 하자. 지금은 이동을 해야 해. 얘들아, 너희 세 명, 나를 너무 그렇게 불쌍하고 실망스런 눈빛으로 쳐다보지 마라. 물론, 나는 너희들을 만나서 너무 기뻐. 너희 다섯 명 모두 말이야. 그렇지만 이 지역에는 위험한 사람들이 있거든."

"저희도 알아요." 아바가 말했다.

"잭이 그 사람들이랑 떡하니 맞닥뜨렸어요." 페드로가 말을 보탰다.

"뭐라고?"

나는 폭포가 있는 뒤쪽을 가리켰다. "그 사람들이 저쪽 어딘가에 있어요. 그러니 지금쯤, 아마 우리를 찾으러 오고 있을 수도 있어요."

행크 박사는 그 두 명의 브라질 아이들에게 매서운 눈빛을 보냈다. "어쩌자고 저 애들을 이리로 데리고 온 거니? 그리고 어떻게 나를 찾아낸 거지?"

"이건 저희들 생각이 아니었어요." 앨리샤가 대답을 했다. 그녀는 아바를 가리켰다. "저 애가 박사님을 찾아낸 거예요. 저희들이 아니에요."

"그렇지만, 아니, 어떻게…." 멀리서 나뭇가지가 쩍 갈라졌다. 행크 박사는 미동도 않고 서서 정글을 뚫어져라 쳐다보았다. 그러고는 숨을 내쉬었다. "지금은 한가하게 질문을 주고받을 틈이 없어. 안전한 곳으로 이동을 해야 해. 나를 따라와, 근처에 내가 만든 야영지가 있어."

행크 박사가 정글 속으로 들어서자, 나는 기대와 흥분을 억누를 수가 없었다. 박사님의 은신처에는, 물론 긴 소파나 게임기는 없을 것이다. 그래도 발명왕, 행크 박사인데, 에어 매트리스 정도는 있지 않을까? 가능할 것 같았다. 그럴듯한 지붕이 있을 것 같았다. 어쩌면, 맛있는 원두커피를 마실 수 있는 방법도 마련하시지 않았을까? 아마 양말을 건조시키는 방법도 생각해 내셨을지도 모르지. 우리는 침묵 속에서 정글을 헤치며 앞으로 나아갔고, 그 사이 행크 박사의 비밀 은신처에 대한 나의 생각은 점차 흐릿해지며 사라졌다. 내 머릿속에 떠오르는 한 가지 생각은 고통이었다. 발이 부어오르고 화끈거렸다. 발가락 사이의 피부가 다 벗겨졌다. 팔도 아팠다. 하루에 두 번, 아니 세 번씩이나 이를 닦았는데도, 마치 혓 바닥에 작은 털들이 자라는 것 같이 입속이 텁텁하고 깔끄러웠다.

어느 순간, 나는 뭔가 붙잡으려 앞으로 손을 뻗다가 엄지 손톱 밑에 가시가 찔렸다. 그렇지만 나는 너무 피곤하고 지쳐서 거의 제대로 살피지도 않았다. 나는 무리에서 뒤로 쳐졌다. 내 형제들의 상태도 그리 좋아 보이지는 않았다. 아바의 목덜미가 붉게 부어올라 있었다. 참을 수 없는지 매트는 연신 머리를 긁었고, 돌연변이 머릿니들이 자신의 곱슬머리 속에 새로운 군락을 만들고 있는 게 분명하다고 확신을 했다.

이제 제법 정글 깊은 곳까지 들어왔으니까 서둘러서 앞으로 계속 갈 필요는 없었다. 지붕처럼 우거진 나무 숲 사이로는 아주 작은 양의 햇볕이 흘러들어 오기 때문에 진흙 땅 근처에는 그리 많은 나무나 덤불이 자라고 있지는 않았다. 우리가 가파른 언덕을 오르자, 한 무리의 새떼들이 찍찍 끽끽 소리를 질러 댔다. 나는 너무 지쳐서 몸의 균형을 잡기도 쉽지 않아서 무릎으로 넘어지기도 했다. 앞서가던 아바는 균형을 잡으려 뿌리를 잡기도 했다. 나는 그녀의 뒤를 바짝 따라갔다. 손에 통증이 느껴졌다. 손가락에 쥐가 나고 있었고, 발가락은 불이 붙은 듯 화끈거렸다. 그렇지만 이제 곧 행크 박사의 은신처에 도착하게 될 거라는 생각을 떠올렸다. 이제 우리는 안전해질 거야. 편안한 곳에서 쉬게 될 거야. 뽀송뽀송한 마른 양말을 신게 될 거야.

얼마 후 세계적 명성을 지닌 우리의 발명왕, 행크 박사가 언덕 끝에서 걸음을 멈추었고, 위풍당당한 자세로 빈터의 한가운데에 딱 섰다. 그 공간은 브루클린에 있는 우리 아파트의 주방과 비슷한 크기였다. "애들아, 여기야, 어서들 와!"

처음에는 그 장소가 정글 속의 여느 곳과 별반 다를 게 없어 보였다. 그때 행크 박사가 주변의 물건들을 하나씩 가리키며 알려 주셨다. 덤불 한쪽은 방수용 가방으로 채워져 있었다. 그 아래 나뭇잎들 사이로는 프로판 탱크가 달린 작은 조리용 스토브가 들어차 있었다. 몇 개의 작은 냄비들과 조리 도구들도 숨겨져 있었다. 행크 박사는 나무 뒤로 걸어가더니 대충 자른 나뭇가지로 엮어 만든 의자 하나를 가지고 왔다. 의자의 쿠션은 넝쿨 같은 것들에 나뭇잎들을 빼곡하게 채워서 만들어졌다. 박사님은 우리 모두가 그 의자에 눈독을 들이고 있는 걸 보셨나 보다.

"으흠, 미안하지만, 이 의자는 딱 하나밖에 없어." 박사가 말했다.

"잠깐만요, 여기가 박사님의 야영지예요?"

가만히 서 있던 행크 박사가 양팔을 활짝 펼쳤다. "럭셔리하지, 그치? 필요한 건 다 있어. 불청객들이 지나갈 때를 대비해서 필수품들은 모두 숨겨 두었지."

"여기 와이파이 되나요?" 내가 물었다.

"으… 아니, 와이파이는 없는데….."

"잭, 여기는 지금 정글 한가운데잖아." 매트가 나를 일깨워 주었다.

지붕 같은 건 없었다. 매트리스도 없었다. 아마도 젖은 내 양말을 말릴 방법도 없겠지. 나는 울고 싶었다. 그러나 행크 박사는 웃음을 터뜨렸고 미소를 지으며 내게 다가왔다. 이번 만큼은 한팔로 감싸 안는 남자들의 포옹이 아니었다. 박사님은 우리들 한 명 한 명, 앨리샤와 페드로까지 꼭 안아 주었다. 내가 굳이 점수를 매기고 있지는 않았지만 특별히 나를 좀 더 오래 안아 주었던 것도 같다.

지칠 대로 지쳐 버린 우리들은 어깨에 매달려 있던 백팩들을 거의 던지다시피 내려놓았다. 바닥에 내려놓은 내 백팩을 박사님이 집어 들었다. 줄을 하나 꺼내서 올가미를 만드시고는 그 끝에 모두의 백팩을 연결시켰다. 서둘러서 연결 마디에 나비넥타이 모양의 매듭을 지으셨다. 그 모습을 지켜보던 페드로가 감탄하며 고개를 끄덕였다. 박사는 백만 불짜리 발을 가진 그 소년에게 밧줄의 다른 한 끝을 건네주었다. 페드로는 근처의 나무로 올라가 무성한 나뭇가지들 위로 밧줄을 던진 후 아래로 잡아당겼다. 페드로는 밧줄의 끝을 매트에게 건넸고, 하품을 하고 섰던 매트는 수풀 바닥

**231**

에 있던 백팩들이 모두 줄에 달려 올라갈 때까지 계속 밧줄을 당겼다. 백팩들이 바닥에서 3미터 가량 올라갔을 때 행크 박사가 멈추라는 신호를 보내더니 밧줄 끝을 당겨다가 낮은 가지에 묶었다.

"좋아, 완벽해." 박사가 말했다. "땅에서 걸어다니는 동물들에게는 너무 높고 나무에서 생활하는 동물 친구들에게는 너무 낮은 아주 적당한 높이다."

행크 박사는 얼른 자신이 내왔던 의자로 가서 앉았다. 그러고는 등 뒤로 손을 뻗어 우비 아래로 손을 넣어 자신의 벨트를 조절했다. 아니다. 벨트가 아니었다. 매트가 팔꿈치로 나를 툭 치며 가리켰다.

"얘들아, 왜들 그렇게 내 패니 팩을 열심히 쳐다보는 거지?" 행크 박사가 물었다. "그리고, 왜, 도대체 왜, 너희들이 아마존의 이 깊은 정글까지 그 먼 길을 나를 찾으러 온 건지 설명 좀 해 줄래? 보시다시피, 나는 혼자서 멀쩡하게 잘 지내고 있는데 말이야."

그래서 우리들은 그간의 이야기를 했고, 박사는 그냥 듣고 있었다. 의자에 앉아 잠시 다리를 꼬고 있다가 주먹 쥔 손으로 받치고 있던 턱을 삐죽이 내밀었다. 그때 우리는 바비 선장에 관해 이야기하고 있었는데, 박사가 자리에서 벌떡 일어나더니 그 작은 빈터 주변을 성큼성큼 걸으며 서성였다.

"그러면, 연구실은? 떠나기 전에 누구한테 연구실을 봐 달라고 부탁은 하고 온 거니?"

나는 매트를 힐끗 쳐다보았다. 낯선 정글 한복판에서 총을 가진 사내들을 피해 숨어 있다 천신만고 끝에 행크 박사를 만났다. 그런데 박사님은 지금 연구실 걱정만 하고 계신다. 진심, 연구실이 더 중요하단 말인가?

"연구실에 수조의 물은 비웠고요," 아바가 말했다. "그리고 민 선생님께서 청소 담당하는 사람들을 불러오겠다고 했어요. 아는 사람이 한 명 있다면서요."

행크 박사가 심드렁한 목소리로 물었다. "아는 사람이라고? 그건 그렇고 그럼, 너희들이 말한 그 바비라는 사람 말인데, 그 자가 자기 성을 알려줬니?"

"아니요," 내가 대답했다.

"그 사람에 대해서 다시 한 번 묘사를 좀 해 줄래?"

작은 빈터 가장자리에 서 있던 앨리샤가 정글 속을 뚫어져라 쳐다보았다. "여기가 안전한 거 맞나요?" 그녀가 물었다.

"응, 매우 안전해," 행크 박사가 대답했다 "일부러 여기다가 자리를 잡은 거야. 왜냐면, 언덕 아래쪽에 마코 앵무새 무리가 둥지를 틀었더라고. 올라오는 길에 그 새들이 우는 소리 들었지, 그치? 누구든, 접근을 하면 그 새들이 울음소리를 낼 거야." 박사는 눈을 가늘게 뜨고 멀리 있는 나무를 쳐다보았다. "그런데, 지금 가만 생각해 보니까, 저 새들은 뭐든 보면 울어 대잖아. 그러니 어쩌면 완벽한 보초병의 역할은 못할 것도 같다. 어쨌든, 아까 하던 바비라는 사람 이야기를 마저 해 보자. 나는 그런 사람을 만난 기억이 없거든."

"그러면 그 사람이 그 배터리에 관한 아이디어를 어떻게 알아낸 거죠?" 아바가 물었다. "그 연구에 관해서 다른 어느 누구한테라도 말씀하신 적이 있나요?"

처음에 행크 박사는 고개를 가로저었다. 잠시 후 그는 덮개가 있는 쪽을 올려다보며 손가락으로 턱을 톡톡 두드렸다. "흠, 글쎄다. 한번은 말이야⋯. 내가 전기뱀장어에 관련한 아이디어가 획기적이다 싶어서 좀 들떠 있었거든. 몇 개월 전인데, 비공개 학회에 참석차 아스펜에 간 적이 있는데, 몇 백 명 정도로 참석자의 수도 그리 많지 않았고⋯"

"몇 백 명이라고요?" 아바가 물었다.

"응, 그랬어. 그 정도면 붐비지도 않고 적절한 인원이지. 대부분 첨단 기술 분야의 리더들이었고, 억만장자 자산가들이나 정부를 대표한 인사들도 있었고, 나 같은 발명가들도 있었지. 심지어 음악가들도 있었어."

무슨 이유에선지, 박사는 나를 쳐다보았다. "보통은, 나는 그런데는 별로 참석을 안 하는 편인데, 그런데, 잭, 그 사람, 카드를 다루는 손 기술이 대단하더라 이런 것도 있었는데….”

“박사님,”내가 평소보다 큰 목소리로 말했다. “학회요. 거기 사람들에게 전기뱀장어에 대한 이야기를 하셨어요?”

“응, 그래. 잠재적으로 모든 적용 가능한 것들에 관해서 논의를 했었지―배터리, 테이저 건, 에너지 저장―아주 상세하게 말이야.”

“그렇게까지 해 놓고 비밀이 새 나갔다고 놀라시는 건가요?”앨리샤가 물었다.

“당연하지! 아스펜 학회에서 다뤄지는 모든 내용들은 비밀에 붙여지거든. 억만장자들 중 한 사람이 내내 마스크와 헬멧을 쓰고 이리저리 걸어 다녀. 그를 미노타우로스(고대 그리스 신화에서 사람의 몸에 소의 머리를 한 괴물*)처럼 보이게 만드는 거야. 그러면 아무도 한마디도 하지 않지. 아무것도 아스펜 밖으로는 빠져나가지 않는 거지.”

“아니면, 그럴 거라는 박사님의 생각이시겠죠.”아바가 지적을 했다.

“그래, 그럴 수도 있어. 연구실로 돌아왔을 때, 왠지 내가 관찰을 당하고 있었다는 느낌이 있었어. 그때 나도 나를 지켜보는 사람들을 인지했어.”행크 박사가 잠시 생각을 했다.

“이 바비라는 사람 말이야. 흠, 내가 확실하지가 않네. 만약 그 자가 아스펜의 학회에 있었다면 얘기가 어떻게 되는 거지? 누군가 내게 전화를 몇 번 해서 그 배터리 기획안을 사겠다는 제안을 하기도 했었어. 사실은 아주 여러 번이었어. 아주 귀찮게 굴더라고."

"혹시 거절하셨어요?" 내가 물었다.

"그럼, 아주 단호하게 거절했지."

"돈은 얼마나 주겠다고 제시하던가요?" 내가 물었다.

"그래서 그 사람이 돈을 안 내고 그냥 훔치기로 작정했나 보네요, 그렇죠?" 앨리샤가 말했다.

"음, 그럴 수도 있겠네."

"박사님," 아바가 말을 시작했다. "저희가 궁금했던 것은요⋯."

"그 사람이 찾고 있다는 그 드라이브를 갖고 계세요?" 앨리샤가 아바의 말을 끊고 먼저 물었다.

지긋한 미소를 보이며 행크 박사는 허리춤에 차고 있는 패니 백을 톡톡 두드렸다. "물론 있지," 박사가 말했다. "무사하게 잘 갖고 있지." 박사님은 아바와 매트에게 시선을 돌렸다. "너희들 알지? 내가 말이야, 가끔은 그 안에 저장되는 아이디어보다 그 드라이브 자체가 더욱 혁신적인 발명품인 것 같다고 했잖아. 그건 복사가 불가능해. 아주 안전하지. 그리고 정글 한가운데로 그걸 지니고 다니지 않을 때는, 그것의 위치를 1미터 지점까지 추적할 수가 있어."

아바가 뭔가를 더 질문을 하려는데 이번에는 페드로가 끼어들었다. "그걸 추적을 왜 해요? 누가 훔쳐갈 때를 대비해서인가요?"

"그래, 분명히 그런 경우도 포함되지." 행크 박사가 답을 했다. "그렇지만 실제 내가 그런 기능을 고안했던 것은 그 드라이브를 연구실 내에서 잃어버렸을 경우를 대비해서야. 나는 언제나 물건을 제자리에 잘 안 두거든. 아, 그러고 보니 생각이 났는데, 잭, 매트, 아바, 너희 중 누구라도 내가 제일 좋아하는 이어폰, 그걸 연구실에서 봤니? 붉은색이 나는 거 말이야. 이번 여행 짐에 챙겨오려 했는데 그렇지만…."

"잠깐만요," 아바가 목소리에 힘을 주어 말을 했다. "박사님, 이어폰 얘기는 나중에 하셔도 될 것 같아요. 저희들이 여기 정글까지 왜 오게 됐는지 말씀드렸잖아요. 그런데 박사님께서는 여기서 뭘 하고 계신지 아직 설명을 안 해주셨어요."

"그래, 나야 물론 전기뱀장어 때문에 여기에 왔지. 저 애들이 이미 얘기를 해줬겠지만, 뱀장어에 관해서 할 말이 아주 많지. 그렇지만, 내가 여기에 아마존으로 들어온 것은 아주 다른 이유가 있어서야. 내 짐작에 너희들이 여기까지 왔다는 얘기는 온라인 지도를 찾았다는 의미인데, 맞지?"

나는 팔꿈치로 아바를 툭 쳤다. "아바가 찾아냈어요."

"그나저나 인공위성은 어떻게 연결하고 계신 건데요?" 매트가 물었다.

행크 박사는 작은 나무 뒤로 가서 활을 하나 가져왔다. 그러고는 활을 쏘는 포즈만 취한 채 있지도 않는 화살을 나무 지붕 위로 쏘아 올리는 시늉을 했다. "옛날 방식인데, 좀 업데이트를 시켰지." 행크 박사가 말했다. "화살대에 라디오 송신기를 감아 놓은 화살을 이용하는 거야. 나무 지붕 위로 그 화살들을 쏘아 올리면 인공위성과 교신을 할 수 있게 되는 거지."

박사는 활을 매트에게 건넸다. 형은 제대로 받지 못해 떨어뜨렸다.

"민 선생님 말씀이 박사님께서 양궁을 시작하셨다고 하셨는데…." 내가 민 선생님 이야기를 꺼냈다.

행크 박사가 자세를 고쳐 똑바로 서셨다. "민 선생님과 이야기를 나누었니? 너희들이 여기 온 걸 알고 계신 거니? 내 생각에 그분이 나한테 화가 나 있었는데…."

"박사님, 솔직히 말씀드리면, 저희들 모두 화가 났어요." 매트가 말했다.

나는 형이 그 얘기를 그렇게 먼저 꺼낼 거라고는 예상치 못했다.

행크 박사는 말이 없었다. 아바는 무거워진 분위기를 전환하려 방금 전의 기술 얘기로 돌아가려 했다. "그러니까 지도

**238**

상에 나타난 그 붉은 점들 하나하나에 나무 지붕 위에 있는 화살들이 신호를 보내고 있다는 말인가요?" 아바가 물었다.

"그래 바로 그거야." 행크 박사가 말했다. "그렇다면, 거기에 표시된 위치들의 특징이 뭘 것 같니?"

내가 손을 번쩍 들었다. 뭐가 어떻다고? 이건 나의 습관일 뿐인걸. 그리고 행크 박사는 나를 가리켰다. "뱀장어요?"

"맞았어!" 행크 박사가 말했다. "그렇지만, 아니야. 내가 그 지역에 붉은 표시를 한 건 다른 이유가 있어서야."

"벌목꾼들이 나무를 베려고 계획한 장소들인가요?" 페드로가 물었다.

"정답! 바로 그거야!" 행크 박사가 말했다. 박사는 우리 형제들을 바라보며 얘기했다. "앨리샤랑 페드로와 함께 처음에 정글에 다녀간 이후로 불법 벌목꾼들이 무슨 일을 벌이려는 건지 알게 됐는데, 관련 당국이나 정부, 심지어 환경단체들까지도 모두 하는 말들이 자기네들은 힘이 없다는 거야. 나무는 잘려 나가지 않은 상태야. 그런데 대체 이 벌목꾼들이 누구 밑에서 일을 하는지 알 수가 없어. 설령 내가 알아낸다고 해도, 당국에서는 아직 구체적인 범죄가 일어난 것도 아니라 그들을 고발할 수도 없는 상태야."

"왜 못 해요?" 앨리샤가 물었다.

"그건 온당치 못 해. 잭, 그건 말이야, 마치 네가 내 계정을 이용해서 다음번에 보낼 장난 메일에 대해 미리 벌을 주겠다는 심사로 네 용돈을 주지 않고 내가 갖고 있는 거랑 같은 상황이야."

"저는, 그때 이후로는 한 통도 안 보내고…."

"그렇지만 너와 나, 우리 두 사람 모두 잘 알고 있잖아. 네가 또 내 계정으로 엉뚱한 이메일을 보낼 거라는 걸."

그건 맞는 말씀이다. "알겠어요…."

"그걸 뻔히 알아도 내가 너를 벌을 줄 수는 없잖니, 안 그래?"

"그렇군요." 앨리샤가 대답을 했다. "계속 말씀해 보세요."

"잠깐만요." 내가 끼어들었다. "그럼 제가 문제가 되는 건가요, 아닌 건가요?"

"아니, 아직은 아니지." 행크 박사가 말을 이어갔다. "여기 벌목꾼들도 아니야. 아직은 문제가 되지는 않아. 구체적으로 범죄를 저지르기 전까지는 아니야. 내가 이 벌목꾼들을 따라다니며 그들의 위치랑 활동을 추적하고 있거든. 내가 만든 인공위성이 이 지역 위로 날아갈 때, 여기 화살들이 전송하는 전파를 수신해서 매번 돌아올 때마다 구체적인 장소들에 대한 사진을 찍고, 그래서 일단 불법 벌목을 한다는 증거가 보이면, 그 사진들을 정부나 열대 우림 보호 단체들에 보내는 거야. 누구든 우리말에 귀를 기울여 줄 수 있는 사람들에게 말이야."

아바는 그 작은 야영지 주변을 서성거렸다. "그렇다면, 그들이 일단 나무를 베어 버리고 나면, 그 모든 단체들이 즉시 알게 되겠네요."

"그러면 당국도 우림이 지나치게 파괴되기 전에 그들을 중단시킬 수가 있겠네요." 매트가 말을 보탰다.

"바로 그거지." 행크 박사가 말했다.

"멋진 아이디어네요." 아바가 말했다. "그렇지만, 잠깐만요… 여기 화살들이 있는 건 알겠는데요, 그런데 그 벌목꾼들은 나무를 베고 싶은 장소의 위치를 어떤 식으로 찾아다니는 거죠?"

"한동안은 그 사람들이 송신기를 사용하려 했는데 그런데 그 시스템에는 아무도 생각지 못한 취약점이 있었어."

"뭐가 문제였는데요?" 매트가 물었다.

"Electrophorus electricus magnus!" 행크 박사가 단언하듯 말했다.

페드로가 포르투갈어로 반응을 보였다. 그건 브라질 식의 "네, 뭐라고요?"라는 말처럼 들렸다.

"거대 전기뱀장어야," 매트가 설명을 했다. "그렇지만 그게 어떻게…"

멀리서 새들이 울어대는 소리가 들려왔다. 나는 바짝 긴장이 되었다. "박사님, 여기가 안전하다는 그 말씀…"

"아니야, 그건 단지 말이 그렇다는 거야." 박사님이 형에게 시선을 집중하며 말을 이어갔다. "벌목꾼들이 나무 위에 송신기를 두었는데, 그게 말이야 충분히 높은 위치에 두질 않은 거야. 전기뱀장어들이 먹이에 전기 충격을 가할 때 발생하는 강력한 전기장이 송신기를 교란시켜서 신호를 변환시키거든."

페드로와 앨리샤가 정글 쪽을 유심히 살피기 시작했다. 새들의 울음소리가 다시 잦아들었다. 페드로가 나를 향해 고개를 돌리고는 어깨를 으쓱거렸다. 박사의 말이 맞았다. 새들은 뭐든 보이면 울어 댔다. 어쩌면 저 새들도 짖는 원숭이 떼 소리에 짜증이 나서 울어 댔을 수도 있다. 나는 천재들에게 다시 주의를 기울였고 박사는 계속해서 전기장에 관한 이야기를 했다. 그게 과학적 개념이라는 것은 나도 알고 있었다. 우리 형, 매트는 아마 그런 개념을 이미 열 살 나이에 통달했겠지. 그렇지만 내 머리 속에는 축구하는 사람들로 붐비는 필드에서 가끔 발생하는 작은 전기 충격을 받고 정신이 번쩍 드는 사람들만 상상될 뿐이었다. 실제 그런 스포츠가 있다면 엄청날 것 같다. 어떤 선수가 속임수 플레이로 여러 명의 선수를 따돌리고는 골대까지 뻥 뚫려 있는 것을 확인하고는 골대를 향해 슛을 날리는데… 그때 감전이 되면서 잔디 밖으

243

로 약 1미터는 떨어져 나가는 장면을 상상해 볼 수도 있을 것이다. 그 스포츠를 더 재미나게 하고 싶다면, 아마존 강에 사는 그 시커멓고 끈끈한 수달을 몇 마리 투입하는 것이다. 그 녀석들을 골키퍼로 세우면 더 재미나겠지.

"잭, 왜 자꾸 실실 웃는 거니?"

"네? 아무것도 아니에요. 계속 말씀하세요."

"그러니까 내 말은 그 뱀장어들이 그들 송신기 시스템 작동을 막는 데 아주 효과적이란 말이지." 행크 박사가 말했다.

"마치 뱀장어가 이 정글을 지키는 파수꾼인 셈이네요." 앨리샤가 한마디 보탰다.

"그래, 그렇지만, 벌목꾼을 막지는 못했어. 송신기가 제대로 작동을 못하니 그들은 예전 방식인 지도에 의존해서 그 장소들을 추적하고 있거든."

매트가 손등으로 내 어깨를 툭 쳤다. 아참, 나는 그 지도를 까맣게 잊고 있었다. 나는 얼른 지도를 꺼내서 행크 박사에게 건넸다. "이런 걸 말씀하시는 건가요?" 내가 물었다.

행크 박사는 지도의 우측 상단 귀퉁이에 새겨진 로고를 가리키며 그걸 앨리샤와 페드로에게 보여 주었다. "너희들 혹시 이 회사를 아니?"

"그건 슈퍼 플로어 (Super Floor)라는 회사인데요." 내가 말했다.

행크 박사가 손뼉을 쳤다. "아, 이제야, 마침내 알았어. 이 모든 일의 배후에 누가 있는지 알겠다. 너희들 모두 아주 대단한 일을 해낸 거야."

"그 사람들이 언제 나무를 베려고 하는지 혹시 알고 계신가요?"

행크 박사가 미처 대답을 하기 전에, 페드로가 홱 돌아서며 내 어깨 너머로 시선을 돌렸다. 그의 얼굴에 드러난 표정을 보고 나는 잔뜩 겁을 집어먹었다. 내 심장이 두방망이질 치기 시작했다. 세 번의 무거운 발걸음 소리가 잇따라 들리더니 검은 털이 숭덩숭덩 나 있는 손이 내 어깨를 움켜쥐었다. 나는 고개를 돌렸다.

로저가 씩씩거리며 뿜어 대는 입 냄새에 담배 냄새가 묻어났다. 알렉스가 행크 박사의 손에 있던 지도를 잡아챘다. 로저는 매트의 손에 들려 있던 활을 잡아 빼서 한쪽 끝을 휘어 버리고 진흙 속으로 던지고는 가운데를 발로 세게 짓이겨 두 동강을 내어 버렸다.

"이제, 저 기계를 없앴으니," 알렉스가 말했다. "이 지역 벌목은 당장에라도 시작할 수 있겠어."

# 13
# 다시
# 나타난
# 그들

 그 자리에는 우리 여섯 명 그리고 그 두 명의
남자들이 있었다. 그런데 세 명의 천재들, 한 명
의 유소년 축구 스타, 그의 십대 누나, 그리고 좀 말랐지만
잘 생기고 나비넥타이를 좋아하는 열세 살짜리 소년은 두 명
의 브라질 벌목꾼들과 맞서 싸울 태세조차 갖추지 못했다.
혹시 우리 중 어느 누구라도 그런 마음을 먹을까 싶었는지
로저는 재킷을 걷어 올려 허리춤에 채워진 권총을 드러내 보
였다. 행크 박사는 논리적으로 그들을 설득하려 했고, 앨리
샤는 그들과 포르투갈어로 언쟁을 벌이는가 싶었는데 이내
그들은 우리더러 조용히 하라고 말했다. 사실은 일방적으로
명령했다는 게 좀 더 정확할 것이다. 그들은 우리더러 모든

246

장비를 두고 우리가 왔던 방향으로 다시 걸어가라고 했다.

"새들이 우리에게 조심하라고 알린 거였는데," 앨리샤가 속삭였다. "아까 그걸 알아챘어야 했어."

행크 박사는 민망하다는 듯 어깨를 으쓱였다. "나는 그 울음소리가 가짜 경보라고 생각했지."

앨리샤가 뒤를 돌아보며 내게 뭔가 설명을 하려는데 알렉스가 말을 못 하게 막았다. "내가 조용히 하라고 했잖아!" 그가 으르렁거렸다.

밑동이 넓은 나무가 있는 지점에서 우리는 왼쪽으로 방향을 틀어 오던 길을 벗어나 행크 박사의 뒤를 따라갔다. 바닥면에 나타난 내리막길을 따라가니 평지가 나왔다. 흠뻑 젖어 있는 그 구역에 여기저기 흩어져 있는 키 큰 나무들은 거대한 검은 지하실의 나무 기둥 같아 보였다. 무성한 나무 지붕을 뚫고 몇 줄기 햇볕이 그 안으로 새어 들어왔다. 초록색 새순이 어두운 연못 밖으로 삐죽이 돋아 있었다. 연못에 일던 물결이 다시 잔잔해졌다. 로저는 지도를 확인하며 앞장섰다. 내 앞에서 가던 매트는 페드로가 나무 지붕을 가리키자 잠시 멈추었다. 멀리서 들려오고 있는 윙윙대는 거의 굉음에 가까운 소리가 빠른 속도로 점점 더 크게 들렸다.

"저거 헬리콥터 소리 아니야?" 매트가 말했다.

"맞아, 우리 친구들이 여기에 온 거야." 알렉스가 말했다.

로저는 보고 있던 지도를 접었다. 나무 지붕이 너무 두툼해서 정확히 볼 수는 없었지만, 헬리콥터의 날개가 돌아가면서 밀어낸 나뭇잎들 사이로 남자 두 명이 착륙 썰매 위로 몸을 내밀고 있는 게 보였다. 헬리콥터가 공중을 서성이는 사이 그 남자 두 명이 헬리콥터에서 뛰어내렸다. 바닥으로 떨어질 것처럼 보였던 그들은 반짝거리는 케이블에 매달려 엉겨 있는 가지들 사이로 서서히 아래로 내려왔다. 그들 중 한 명은 작고 마른 체구에 탈색을 한 곱슬머리를 하고 툭 튀어나온 앞이마를 갖고 있었다. 매트보다 열 살은 더 많아 보이는 그 남자는 우리를 내려다보며 미소를 지었다. 미소 속에 드러난 하얀 이는 말의 이빨처럼 보였다. 다른 한 남자가 누구인지 우리는 한눈에 알아볼 수 있었는데 그건 그가 눈에 익은 보라색 라크로스 반바지를 입고 있었기 때문만은 아니었다. 나와 함께 피라냐를 잡던 그 남자는 정글 바닥으로 내려오며 손을 흔들고 있었다. 그는 강철 케이블에 연결된 고리를 풀고는 진흙 바닥 위로 발을 구르며 내려앉았다.

아바가 신음에 가까운 소리를 냈다. "허, 이거 실화야?"

매트는 머리를 긁적거렸다. "박사님께서 헬리콥터를 부르셨나요?"

"너희들 이 사람을 아니?" 행크 박사가 물었다.

바비는 손을 내밀며 활짝 미소를 지어 보였다. "당신도 저를 알 텐데요, 위더스푼 박사님. 다시 만나다니 영광입니다."
그가 말했다. "아스펜에서 강연하는 것 들었었죠." 그는 우
리들 한 명씩을 보며 능글맞은 웃음을 보였다. "수완이 비상
한 애들을 두셨어요. 잭, 대체 어떻게 눈치를 챘지?"

"저희들이 브루클린에서 왔다는 걸 알고 계셨잖아요." 네
가 말했다. "그리고 저희들 이름도 물어보지도 않았잖아요."

"게다가 정말 형편없는 엉터리 선장이었어요. 억양도 너무
어색했어요." 아바가 말했다. "그 보트는 어떻게 손에 넣으
신 거죠?"

바비는 그와 함께 헬리콥터를 타고 온 동료를 향해 고갯짓
을 했다. "할 말은 너무 많은데 시간은 아주 부족해서, 일단
내 친구 조앙을 소개하지."

머리 탈색을 한 그 남자가 고개를 숙여 인사하고는 로저,
그리고 알렉스와 악수를 나누며 포르투갈어로 조용히 말을
주고받았다. 그는 축구 선수 같은 탄탄한 몸에 완벽한 눈썹
을 갖고 있었다. 눈썹에 젤을 발라둔 게 분명했다.

"너희들이 나를 행크 박사가 있는 곳으로 안내해 줄 거라
고 딱 기대하고 있었는데 말이야, 허." 바비가 말을 이어갔
다. "하는 수 없이 조앙에게 무전을 보냈지. 다행히 그가 이
미 로저와 알렉스를 데리러 오기로 예정이 잡혀 있었고, 그
참에 나를 데리러 와 준 거야."

바비가 어깨를 으쓱하고는 다시 능글맞은 웃음을 지었다. "자, 이제 우리를 좀 봐 봐. 너, 나를 아주 간단히 버리고 갔지—두 번이나, 너희들을 이동시키라고 내가 고용했던 리무진 택시 기사까지 세어 보면, 맞지—그런데 네가 나를 이렇게 위더스푼 박사 앞으로 안내해줄 줄이야."

그가 던진 말들은 내 복부에 날아든 강력한 한 방의 펀치 같았다. 행크 박사의 얼굴을 똑바로 쳐다볼 수가 없었다. 우리는 박사를 돕기 위해서 여기까지 왔던 거였는데. 그런데 우리가 모든 걸 망쳐 놓고 말았다.

"뭘 원하는 거죠?" 행크 박사가 물었다.

"오, 알고 있을 줄 알았는데요." 바비가 대답했다. "당신이 그때 나에게 그 아이디어를 팔았더라면, 여기까지 와서 이 난리를 겪을 필요도 없었잖아요."

조앙이 로저의 어깨를 가볍게 두드렸다. 그는 내게 비키라고 손을 내젖고는 통나무 위에 쌓인 젖은 나뭇잎을 걷어냈다. 그는 임시변통으로 만든 벤치 위에 앉아서 백팩을 열더니 작은 노트북을 꺼냈다. "오케이," 그가 말했다. "자, 나는 준비가 다 됐는데."

"준비라니요, 무슨 말이죠?" 앨리샤가 물었다.

"드라이브를 건네받을 준비가 됐다는 얘기지." 조앙이 말했다.

바비가 손을 내밀었다. "자, 순순히 넘겨주시는 게 좋을 겁니다. 행크 박사님, 안 그러면 여기 있는 친구들이 강제로 빼앗아 가는 수가 있습니다."

"순순히, 그게 좋겠네요." 행크 박사가 말했다. 그는 허리춤에 차고 있던 패니 팩을 앞쪽으로 돌려서 안에 들어 있던 내용물들을 뒤지기 시작했다.

"그들에게 내주지 마세요." 아바가 설득을 했다.

앨리샤가 박사 앞으로 가서 섰다. "저희가 거래해 볼게요."

"거래 같은 건 없어." 바비가 끼어들었다. "기회는 이미 지나갔어."

박사는 이미 데오도런트 크기의 네모난 금속 재질의 장치인 드라이브를 꺼내 들고 있었다. 바비가 박사의 손에서 그걸 낚아채 갔다. "흠, 바로 이건가요?"

"뚜껑을 찰칵 누르면 열려요." 행크 박사가 설명했다. "그걸 붙잡고 노트북 측면의 USB 단자에 갖다 대면 자기에 의해 부착됩니다."

"기발하네요." 바비가 말했다.

그는 잔뜩 눈썹을 치켜뜨고, 드라이브의 뚜껑을 열고는 조앙에게 건네주었다. 조앙은 그 기기를 간단히 살펴보더니 손을 뻗어 바비의 나리에 찌르듯이 갖다 댔다. 그 즉시 바비가 펄쩍 뛰어오르며 만화에 나오는 감전 당한 캐릭터처럼 몸을 떨었다. 그는 고통스럽게 울부짖고 양팔을 휘저으며 주변을 펄쩍펄쩍 뛰어다니기 시작했다.

조앙은 아주 태연한 표정으로 행크 박사에게 시선을 돌렸다. "테이저 총인가? 아주 머리를 잘 쓰시네. 이걸 그대로 넣었으면 내 컴퓨터가 아주 박살났겠어, 맞죠?"

행크 박사가 어깨를 으쓱했다. "아마도?"

알렉스가 잽싸게 손을 뻗어 행크 박사의 허리춤에 걸린 패니 팩을 잡아채서는 조앙에게 건네주었다. "이번에는," 조앙이 말했다. "이 물건을 여기 아이들한테 사용해 볼까 하는데. 그걸 원치 않는다면, 제대로 알려주시든지. 여기 작은 물건들 중 어떤 게 드라이브지?" 그는 지퍼가 열린 패니 팩을 내밀었다.

행크 박사는 나의 엄지손가락보다 살짝 큰 장치를 가리켰다. 조앙이 조심스럽게 뚜껑을 열자 컴퓨터에 끼울 수 있도록 고안된 금속 재질의 네모난 커넥터가 드러났다.

조앙은 포르투갈어로 무슨 말인가를 하고는 드라이브를 컴퓨터의 USB 단자 안으로 밀어 넣었다.

아직도 몸을 떨고 있는 바비는 주먹을 꼭 쥐고 깊게 숨을 들이마셨다. 우리를 향해 움직이는 그의 목덜미에 핏줄이 툭툭 불거지고 있는 게 보였다.

매트, 아바, 그리고 나, 우리 셋은 모두 뒤로 물러섰다.

"바비, 진정해, 진정하라고." 조앙이 쳐다보지도 않고 말했다. "그냥 작은 전기 충격일 뿐이잖아."

"배터리 설계도를 찾는 게 먼저야." 바비가 중얼거렸다.

"그 배터리와 관련해서 알아 둬야 하는 게 있어요." 행크 박사가 입을 열었다.

"허, 그게 이제 내 거란 말이지." 바비가 말했다. 그는 조앙에게 시선을 돌렸다. "그게 애초 우리의 계약이었지, 맞지?"

컴퓨터 화면에서 나오는 푸르스름한 빛이 조앙의 얼굴에 비쳤다. "물론이지, 배터리는 당신 거지." 그가 중얼거렸다.

"잠깐만요," 아바가 말했다. "그러면 그 드라이브는 왜 원하는 거죠?"

조앙은 손을 올려 허공에다 원을 그렸다. "나무들," 그가 말했다. 그는 가늘게 눈을 뜨고 나무 지붕을 가리켰다. "내가 이해하기로는, 이 드라이브가 있으면 당신의 위성도 통제할 수 있을 것 같은데. 제 말이 맞나요, 박사님?"

"아닌가?"

나는 고개를 저었다. 행크 박사가 거짓말을 했던 탓인지, 조앙은 전혀 박사의 말을 믿으려 들지를 않았다. "당신들이 우리 작업하는 사진들을 찍어 대고, 우리가 이 아름다운 나무를 밀어내지 못하게 막는 걸 그냥 두고 볼 수는 없지." 조앙이 말했다. "자, 암호를 대시지, 어서"

아바가 박사의 셔츠를 잡아당겼다. "알려주지 마세요."

"그 애 말은 듣지 마시고," 조앙이 말했다. "그냥 나무 몇 그루만 베어 버리는 일인데 왜들 그렇게 나서고 그러실까? 세상에는 그보다 더 걱정할 일들이 차고 넘치는데."

"이거 그냥 나무 몇 그루의 문제가 아니잖아요!" 앨리샤가 소리를 질렀다. "나무는 아주 소중한 자원이란 말이에요."

"자, 어서 암호를 대야 우리 모두 각자 자기 삶으로 돌아가잖아요."

"그렇지, 나는 배터리 설계도만 얻으면 되고." 바비도 한마디 했다.

조앙은 시선을 주지도 안은 채 바비를 향해 손가락을 튕겼다. "그래, 그래, 당신은 당신 배터리 설계도나 받아 가면 되고. 그 말은 내가 이미 했잖아."

"저희가 협조를 안 하면 어떻게 되는 거죠?" 내가 물었다.

머리를 탈색한 그 사기꾼 같은 남자가 매섭게 쏘아보았다. "이 근처에 작은 강이 흐르는데 말이야. 너희들이 입을 열 때까지 여기 있는 로저와 알렉스가 너희들을 그 강에서 피라냐들과 함께 수영을 즐기게 만들어 줄 거야."

"박사님, 알려주면 안 돼요." 아바가 말했다. "저 사람들이 이기도록 도울 수는 없잖아요."

"그렇다고 저 사람들이 너희들을 해치게 내버려 둘 수는 없어." 행크 박사가 말했다. "이건 이기고 지는 그런 문제가 아니야. 이건 우리를 안전하게 지키는 문제야."

그러고는 박사는 짤막한 말을 중얼거렸다.

아바는 박사를 향해 몸을 돌렸다. "박사님, 진짜에요? 그게 박사님 암호 맞아요? 과학이 지배한다고요? 암호의 안전성에 대해서는 제가 말씀드렸잖아요. 행크 박사님, 그렇게 단순한 걸 쓰시면 안 된다고요."

"자, 전부 대문자입니다." 행크 박사가 어깨를 한번 으쓱해 보이고는 말을 이어갔다. "그리고 끝에는 느낌표가 있어요."

"그리고, 그건 맞는 말이야." 매트가 말했다. 페드로와 앨리샤는 매트를 빤히 쳐다보았다. "과학이 지배를 한다, 그게 뭐야?"

행크 박사가 활짝 웃어 보였다. 뭐지? 이런 순간에 천재들은 이렇게 멍청해질 수밖에 없는 건가? 맞다. 그들은 언제나 그랬다.

조앙은 고개도 들지 않고 말을 했다. "자, 열렸네." 그가 눈을 가늘게 뜨고 마우스를 누르고 그의 집게손가락이 컴퓨터 화면 위를 바쁘게 오갔다. "이거네. 바로 이거야. 그 설계도가 다 여기 있네. 아주 흥미로운 것들도 있네." 그가 행크 박사를 올려다보며 말했다.

"배터리는? 거기 있는 거 맞아?" 바비가 물었다.

"좀, 참을성을 길러." 조앙이 응수했다. 그는 한쪽 집게손가락을 바비를 향해 들어 보이고 다른쪽 집게손가락으로 컴퓨터 화면을 따라갔다. 마우스를 누르고 화면을 따라 내려가다 마치 그의 귀에만 들리는 드럼의 박자를 따라 리듬을 타는 듯 고개를 끄덕거렸다. "자, 당신 말이야," 조앙이 계속 말을 이어갔다. "우리 보스는 우리가 이 정글의 나무를 베고 있다는 걸 절대로 사람들이 알도록 내버려 두지 않을 거야. 사람들이 그렇게 믿어 버리면 우리 사업은 치명적이거든."

"그렇지만… 지금 아저씨들이 하고 있는 일이 나무를 베는 일이잖아요." 아바가 말했다.

"그건 네 생각일 뿐이야. 만약 위성에서 찍은 사진이 없다면, 그걸 어떻게 증명하지? 증거가 없잖아." 조앙이 응수했다.

"대체 여러분의 보스가 누군데요?" 내가 물었다.

조앙은 내 말을 무시해 버렸다. 그는 자판만 두드리다가 뒤로 물러앉아 팔짱을 끼었다. "자, 이제 저 위성은 내가 통제한다. 그러니까 사진 따위는 없는 거야. 증거가 없다면, 범죄도 없는 법이지." 그는 활짝 웃으며 노트북 뚜껑을 닫아 버렸다. "이틀 후면, 하늘에 헬리콥터들이 쫙 떠서 숲에서 나무들을 다 뽑아 버릴 거고, 그러면 우리는 어마어마한 돈을 벌게 되겠지."

"당신들은 당신들의 땅을 저버린 배신자예요." 앨리샤가 말했다.

"지구를 저버리는 행위지." 행크 박사가 덧붙였다.

"당신들은 범죄자야!" 페드로가 소리쳤다.

"아마. 그래도 돈 많은 범죄자가 되겠지!" 조앙이 말했다.

바비가 노트북을 가리켰다. "잠깐만, 다시 한 번 켜서 배터리 설계도 좀 보여줄 수 있어?"

"그럼, 이제 내 패니 백은 돌려주겠어요?" 박사가 물었다.

조앙은 패니 팩 안에든 내용물들을 손가락으로 훑어보고는 지퍼를 닫고 박사에게 돌려주었다. "자, 여기 있어요." 그가 말했다.

바비가 노트북을 향해 손을 뻗었다. "배터리, 배터리 좀 보자니까. 한번 그냥…."

"참으라고!" 조앙이 외쳤다. "내가 말했잖아, 제발 좀."

"자꾸 기다리라고만 하네. 나도 지쳤다고." 바비가 말했다. "설계도 좀 보자니까. 우리가 계약을 했잖아."

로저와 알렉스가 성큼 걸어와 조앙과 로저 사이에 섰다.

헬리콥터가 다가오고 있었다.

"어이, 친구. 안타깝게도, 우리 계약이 조금 바뀌었어." 조앙이 말했다. "우리 보스가 이 배터리도 원하신다네. 설계도도 우리가 가져가야겠어."

바비가 조앙의 노트북을 향해 달려들자 로저와 알렉스가

바비를 막아섰다. 바비가 멈칫 하더니 한 발을 번쩍 들어 올려 보이고는 관절 꺾는 소리를 내며 고개를 몇 번을 돌렸다. "그런 일은 일어날 수 없지. 내가 이래 뵈도 검은 띠야. 여러 가지 무술을 익힌 유단자란 말이야. 그래서 내가⋯."

안타깝게도 바비는 미처 말을 끝맺지도 못했다.

로저의 오른쪽 주먹이 번뜩이며 골든 랜스 헤드 뱀의 머리마냥 잽싸게 바비의 이마로 날아들었다. 로저는 끈 떨어진 꼭두각시 인형처럼 바닥으로 맥없이 나가자빠졌다.

조앙은 움찔했다. "이런, 잘 막아낼 줄 알았더니만."

알렉스가 소리 내어 웃더니 포르투갈어로 로저를 불렀다. 로저가 바비에게 다가와 그의 부츠를 벗기기 시작했다.

"그의 신발을 벗기려고요?" 매트가 물었다.

"너희 모두의 신발을 벗길 거야." 로저가 대답했다. "걱정 마. 여기 이 두 꼬마들은 아주 훌륭한 가이드니까. 너희들은 살아서 돌아갈 수 있을 거야. 그렇지만 이렇게 해야 우리도 일을 끝낼 수 있는 충분한 시간을 벌지."

"농담하시는 거죠?" 내가 물었다.

로저가 알렉스를 툭툭 치자, 알렉스는 다시 한 번 우리에게 총을 보여 주었다.

아, 그 사람들은 농담을 하고 있는 것이 아니었다.

알렉스가 내 운동화를 쳐다보았다. "얘, 너는 이 정글에서

왜 농구화를 신고 있는 거니?"

나는 운동화 끈을 풀었다. 행크 박사와 천재 형제들 그리고 앨리샤도 모두 신발을 벗었다. 페드로가 끈을 풀기 시작하자 조앙이 그를 막아섰다. "아냐, 아냐. 오, 그 왼쪽 발! 우리가 보호해 줘야지. 너는 신발 신고 있어라."

아바가 항의했다. "장난해요? 그건 공평하지 않잖아요!"

"너희들은 브라질 축구의 미래를 짊어질 신동은 아니잖아." 조앙이 말했다.

우리가 신발을 벗어서 한데 모으는 사이 멀리서 들려오던 헬리콥터 엔진 소리가 점점 리드믹한 소리로 바뀌었다. 커다란 안전 장비가 매달린 세 가닥의 강철 케이블이 나무 지붕 사이로 바닥으로 내려왔다. 조앙이 먼저 안전 장비를 채우고 다음은 알렉스 그리고 로저가 차례로 장비를 착용했고 그들은 각자 우리들이 벗어 놓은 신발을 두어 개씩 챙겨 들었다. 조앙은 행크 박사를 향해 한껏 조롱 섞인 미소를 날리며 양손을 맞잡고는 거짓으로 감사하다는 손동작을 해 보였다. "고맙습니다." 그가 입모양으로 말했다.

알렉스는 손에 쥔 무전기에 대고 큰 소리로 말을 했다. 조앙은 우리의 신발 끈만 남겨둔 채 손을 흔들며 장비를 타고 올라갔고, 우리들은 우림 한가운데서 오도 가도 못하는 신세가 되고 말았다.

# 14
# 위성, 쉐릴에 거는 마지막 희망

그런데 이게 참 이상하다. 나도 안다. 그렇지만, 행크 박사가 만들어 놓은 야영지로 돌아가는 사이, 나는 뜬금없이 이럴 때 민 선생님이 '짠' 하고 나타난다면 어떨까라는 엉뚱한 생각이 떠올랐다. 브루클린에서 민 선생님은 우리가 선생님을 필요할 때를 알아채는 무슨 생체 센서를 달고 있는 것만 같았다. 나의 생각이 좀 어두운 방향으로 굴러 가려는 딱 그런 순간이면, 어떻게 아셨는지 안부나 전하려고 왔다며 우리 아파트에 갑자기 들르곤 했다. 혹은, 우리 중 누구라도 아플 때면 따끈한 수프를 싸 들고 찾아오기도 했다. 정글은 너웠고, 나는 그리 배가 고프지도 않았는데, 뜬금없이 왜 수프 생각이 났는지 이해가 안 갔다. 그러나 터덜터덜 계속 앞만 보고 걸어가다 보니, 민 선생님의 수프가 너무 그리워졌다.

걸음을 옮길 때마다 발가락 사이로 진흙이 쭉쭉 밀려 올라왔다. 가는 뿌리나 나뭇가지들을 밟으면 갑작스런 통증이 발에 전달되었다. 그렇지만 형은 한마디 불평을 하지 않았고, 아바는 소리도 안 내고 앞으로 걸어갈 뿐이었다. 그래서 나도 입을 꾹 다물었다. 페드로는 자꾸 자신의 신발을 아바와 나에게 내주려 했지만 아바는 받지 않았고 그래서 나도 받을 수가 없었다.

우리들 무리에는 이제 또 다른 멤버가 생겼다. 내심 그를 두고 갔으면 싶었지만, 바비는 바닥을 끌다시피 하며 우리 뒤를 따라왔다. 오는 내내 계속 혼잣말로 저주를 퍼붓고 욕을 해대고 뒤처질까 봐 안절부절하며 따라왔다. 한편, 행크 박사만 혼자서 어찌나 유쾌하시던지 괜스레 짜증이 날 정도였다. 아마도 3주나 정글 속에서 혼자 있다가 드디어 친구들을 만나니 좋아서 그랬나 보다. 아니면, 박사님 말마따나 맨땅을 딛는 기분이 정말 좋아서였을지도 모르겠다. 이유야 어찌됐든, 우리는 즐거울 이유가 전혀 없는 상황이었다. 정글에 발이 묶였을 뿐 아니라 우리는 완전히 실패했고, 행크 박사의 계획도 망치고 말았다. 우림은 우리에게 행운의 장소가 아니었다. 게다가 누군가 배터리 설계도를 가져가서 부를 거

머쥐게 생겼다.

박사의 야영지로 돌아와서 매트가 로프를 풀어 우리들의 백팩을 내렸고, 행크 박사는 덤불 속에 두었던 취사도구를 끄집어냈다. "요건 내가 아껴두었지." 박사가 알루미늄 포일로 포장된 봉지 하나를 들어 보이며 말했다. "동결건조 프렌치 양파수프야. 잭, 이거 네가 제일 좋아하는 거지, 맞지?"

아니요. 그건 매트가 좋아하는 거였다. 게다가 앞서 내가 먹고 싶었던 건 그런 수프가 아니었다. 그곳에는 민 선생님은 당연히 없었다. 그래도 박사가 우리를 위해서 수프를 챙겨 두었다. 나는 미소를 지으며 감사한 마음을 전했다.

"여기서 나갈 방법을 찾아야겠어요." 아바가 말했다.

"자, 일단, 배부터 채우자." 행크 박사가 말했다. "그러고 나서 우리가 처한 곤경에서 빠져나갈 방법을 생각해 보자."

"이건 단순한 곤경이 아니에요." 아바가 말했다. "재난 상황이잖아요."

"저도 아바랑 같은 생각이에요." 앨리샤가 말했다.

매트는 주변에 나뒹구는 통나무 몇 개를 빈터에 끌어다가 벤치를 만들었다.

페드로는 수프 맛을 낼 만한 식물이나 허브를 찾겠다고 정글로 들어갔다. 바비는 무릎을 세워 가슴에 붙인 채 매트가 가져다 놓은 통나무에 앉아서 매서운 눈초리로 얼굴 가득 사나운 기세를 뿜어 대고 있었다.

앨리샤는 페드로와 힘을 합쳐 우리를 다시 도시의 생활로 반드시 돌아갈 수 있게 해 주겠다고 확신했다. "아마 몇 번은 긁히고, 멍도 들고, 운이 나쁜 최악의 경우, 한쪽 다리가, 어쩌면 양쪽 다리가 다 부러질 수도 있겠지만," 그녀가 말을 이어갔다. "그래도, 우리는 살아 나갈 거야. 문제없어. 우리에게 가장 큰 문제는 저 범죄자들을 막아야 한다는 거야."

"함정을 파거나 뭐 그런 걸 설치할 수는 없을까?" 매트가 제안을 했다.

"불가능해." 행크 박사가 말했다. "조앙이 하는 말 들었잖아. 며칠 후면, 이 장소가 벌목꾼들로 넘쳐나겠지. 지금 여기 현장에서 우리가 그들을 막을 방법은 없어."

"그 세 명도 막지 못해 놓고, 무슨…." 바비가 투덜거렸다.

"도움도 못 주고 방해만 하셨잖아요." 앨리샤가 단호하게 그의 말을 끊었다.

"제발, 싸움은 안 돼." 행크 박사가 말했다. "이 문제를 해결하려면, 우리가 한 팀이 되어야 해. 나는 운동에 비유하고 그런 거 별로 안 좋아하지만, 이번 경우에는 좀 필요할 것 같아. 바비, 당신, 우리랑 한 팀인 거 맞나요?"

"나는 수영 선수도 하고 골프 선수도 했어요." 바비가 말했다. "모두 나 자신과의 싸움이었죠. 팀으로 움직인 적은 없었어요."

행크 박사가 깊은 한숨을 몰아쉬었다. "알겠어요. 자, 다시 한 번 설명을 하죠. 그자들이 우림을 파괴시키는 걸 막아 보고 싶기는 한가요?"

"솔직히 말하면, 나는 정글이나 우림 이런 거는 별로 관심이 없어요." 바비는 소맷부리를 끌어 올리고는 붉게 부풀어 오른 손등을 긁어 댔다. "그리고 정글도 나를 반기지 않는 게 분명해 보이고. 그렇지만, 맞아요. 그들을 막고 싶어요. 그자들이 내 설계도를 가져갔으니까."

"내 설계도죠." 행크 박사가 그의 말을 바로잡았다. "그래도 우리가 힘을 합칠 수는 있죠. 어떤 선택지가 있는지 한번 논의해 봅시다."

행크 박사가 수프를 만드는 동안 페드로는 자신이 따 온 한 줌의 허브를 넣었고, 그 사이 우리는 벌목꾼들을 막을 만한 몇 가지 다른 방도에 관해 이야기를 나누었다. 참 유감스럽게도, 우리 모두의 몸에서는 심하게 냄새가 나고 있었다. 수프가 다 만들어지자 우리들은 각자의 접이식 플라스틱 그릇을 꺼냈다. 바비의 그릇은 따로 없어서 박사는 자신의 그릇을 내주었고, 박사는 냄비에 그대로 담아서 먹겠다고 했다. 박사는 수프를 나눠 주었고, 몇 분 동안 우리는 말없이 수프만 홀짝홀짝 마셨다. 매트가 후루룩 소리를 내며 먹자,

**265**

박사님은 눈살만 찌푸릴 뿐 달리 말은 하지 않았다.

놀랍게도, 그 천재들과 앨리샤 그리고 바비까지 합세해서 여러 가지 안들을 제안했지만, 그 누구도 내 형제들의 인공위성에 관해서는 언급하지 않았다. "쉐릴은 어떻게 되는 거지?" 내가 물었다.

"쉐릴이 누구니?" 행크 박사가 물었다.

내가 설명을 했다.

박사의 입에서 작은 수프 입자가 튀어나왔다. "잠깐. 뭐라고? 너희 둘이서 큐브 위성을 쏘아 올렸단 말이야?"

매트가 얼굴을 붉혔다.

"그 아이디어를 내신 분은 박사님이셨잖아요." 아바가 행크 박사의 기억을 상기시켰다. "그때, 저희들이 하와이에서 돌아오고 나서요, 생각나세요?"

"어렴풋이 생각이 나기는 하는데. 그런데 너희 둘이서 그걸 만들었다고? 야아, 정말 놀랍다! 굉장해! 너희들이 그걸… 그러니까, 그 쉐릴을 궤도에 쏘아 올렸다고?"

"음, 박사님께서 로켓에다 위성을 올릴 수 있는 두 자리를 이미 확보해 두신 상태였고, 그런데 박사님의 예비 큐브 위성이 실패를 했고, 잭이 몇몇 사람들에게 이메일을 보냈고, 그래서 대신 저희들의 위성을 발사 회사로 보냈어요."

행크 박사가 나를 노려보았다. 나는 멋쩍어서 어깨를 으쓱했다. "뭐가…?"

"오케이," 박사가 고개를 끄덕이며 계속 말을 이어갔다. "이제 이해했어. 그런데 진짜," 다시 천재 형제들에게 시선을 고정시키며 말했다. "나, 정말 깜짝 놀랐다. 너희들 놀라워!"

"진짜 대박이라니까요." 내가 끼어들었다. "형이랑 아바가 그걸 어떻게 만들었는지는 나중에 다 말씀드릴 거예요." 내가 형제들을 가리켰다. "형이랑 아바가 만든 위성에 접속을 할 수 있으면, 이 지역의 사진 촬영을 할 수 있을까요? 행크 박사님의 위성이 하기로 했던 그런 작업을 쉐릴에게 하도록 프로그램 할 수는 없나요?"

"컴퓨터가 없으면 프로그램 같은 작업은 할 수 없잖아." 바비가 말했다. 모든 것을 다 알고 있는 듯한 말투로 불쑥불쑥 끼어드는 그가 매우 신경쓰였다.

"컴퓨터는 형이 갖고 있거든요." 내가 한마디 했다.

"그런데 여기 와이파이가 안 되잖아." 매트가 말했다. "위성에 접속을 하려면 큰 안테나가 있어야 해."

세 명의 천재들은 말이 없었다. 평소라면 걱정이 되는 상황이겠지만, 그 침묵은 그들만의 특별한 유형의 침묵이었다. 이럴 때 그들의 얼굴은 무표정하고 두뇌는 너무 빨리 회전을 해서 몸은 마치 마비가 된 듯 보인다.

형이 표정을 찡그리며 가늘게 뜬 눈으로 아바를 쳐다보자, 아바는 행크 박사를 쳐다보았다. 박사는 아바의 시선에 대한 반응으로 어깨를 한번 으쓱였다. "화살이 안테나 역할을 할 수 있을 것 같은데."

"코드화를 시켜서 쉐릴의 프로그램을 다시 만들 수 있을 것 같아요."

"그래서 만약 노트북을 안테나에 연결시키면⋯."

"저 노트북 이름이 따로 있니?" 페드로가 끼어들었다.

"아바가 물건들에 이름을 붙여 두는데, 저 노트북은 이름이 없어." 내가 설명을 했다.

"로날도라고 부르면 되겠네." 페드로가 말했다.

앨리샤가 나를 향해 고개를 돌렸다. "유명한 축구 선수 이름이야."

"좋아," 매트가 말했다. "그럼, 우리가 로날도를 화살에, 음, 화살 이름은⋯."

"펫트." 행크 박사가 제안을 했다. "어릴 때 펫트라는 이름의 친구가 있었거든. 아주 재주가 많은 애였어. 자, 그럼, 로날도를 펫트에 연결하고, 펫트는 쉐릴에게 명령을 보내고."

"그러면 쉐릴이 촬영을 하는 거죠." 아바가 행크 박사의 말을 마무리지었다.

매트는 아랫입술을 잘근잘근 깨물고 있었다. "어쨌든 펫트를 나무 위로 올려야 하는데, 그래야지 쉐릴이 정확히 잘 보일 텐데."

"내가 벳시를 가져왔어." 아바가 매트에게 알려주었다.

"벳시가 누구니?" 앨리샤가 물었다. "쉐릴의 친구니?"

그 천재들은 앨리샤의 질문을 제대로 듣지도 못했다. "벳시를 사용하려면 거기 위로 올라갈 사람이 있어야 하잖아." 매트가 말했다.

"위에 어디?" 앨리샤가 물었다.

"나무 지붕 위로." 행크 박사가 말했다.

"잠깐만," 페드로가 말했다. "지금 대체 무슨 이야기들을 하고 있는 건지 우리한테도 설명을 좀 해 주실래요?"

행크 박사는 바닥에서 막대기 하나를 집어 들고는 땅에 무릎을 대고 빈터 가운데에 그림을 그리기 시작했다. 그는 긴 곡선을 먼저 그렸다. "자, 여기를 지구라고 생각해 보자." 다음으로 그는 지구의 표면에 구불구불한 반원을 그리고 그 안에 작은 x를 그려 넣었다. "여기가 우림이야. 그리고 우리가 여기, 숲 바닥에 있는 거야."

바비가 불쑥 끼어들었다. "내가 있는 곳은 어디인데요?"

행크 박사는 그가 농담을 한다고 생각했다. 내가 몸을 숙여 박사가 우림이라고 하신 가운데의 아무 장소나 짚으면서 가리켰다. "여기요, 이쯤에 있다고요." 내가 말했다.

"오, 좋아, 좋아." 바비가 말했다. "위더스푼 박사님, 계속 해 보세요."

우리들의 멘토, 행크 박사는 바비가 방금 전 마치 클링곤 (미국 영화 〈스타 트랙〉에 나오는 호전적인 외계인*)의 언어를 사용 하기라도 한 것처럼 그를 쳐다보았다. 행크 박사는 이 사이 로 숨을 크게 한 번 내쉬고는 우림의 지붕 높은 곳에 작은 네 모를 그리고 거기에 지구 표면 위로 화살이 날아가는 길을 표시하며 하던 말을 계속 이어갔다. "우주로 위성을 쏘아 올 리면, 그건 대략 90분마다 지구를 한 바퀴씩 돌거든."

"그러니까 위성이 90분에 한 번씩 우리 머리 위를 지나간 다는 말인가요?" 내가 물었다.

"와, 그것 참 빠르군요." 바비가 한마디했다.

"그래요," 행크 박사가 말했다. "빠르긴 하죠. 그렇지만, 정 확히 90분마다 우리 머리 위를 지나가는 건 아니에요."

매트가 고개를 끄덕였다. "여기 궤도들 중 한곳에 진입한 위성이 우리 머리 위의 같은 지점으로 돌아오는 데 며칠은 걸려요. 왜냐면, 지구의 자전 속도는 위성의 속도와 똑같지 않고, 그리고 쉐릴의 궤도도 약간 기울어져 있거든요."

앨리샤는 위쪽을 가리켰다. "그럼 쉐릴이 정확히 언제 다 시 돌아오는 건데?"

매트도 아바도 잠시 답이 없었다. "그게 좋은 질문이기는 한데," 나의 형이 대답을 했다. 형은 자신의 노트북을 꺼내서 자판을 두드렸다. "지금은, 온라인 접속은 당연히 안 되고 있고, 그렇지만 위성의 진로에 대한 이전 데이터들을 찾아보면, 위성이 언제 우리 머리 위로 지나갈지 계산을 할 수 있을 것 같아."

"그래," 바비가 말했다. "그건 네가 맡으면 되겠네."

아바도 질세라 한마디 거들고 나섰다. "쉐릴과 교신이 되면, 인터넷 접속도 가능할 텐데."

"오, 그럼 유튜브도 확인할 수 있는 거야?" 그 질문이 속사포처럼 내 입에서 발사되었다. 내 입단속을 하는 요정이 잠을 자고 있는 게 틀림없었다. 아바가 냉큼 나를 쏘아보았다. "뭐? 농담이라고, 농담!"

"아니, 아무것도 확인할 수 없어." 아바가 말했다. "그렇지만, 사람들에게 사태의 심각성을 알릴 수는 있겠지."

"내가 정부와 우림 보존 기구들에 연락이 닿는 사람들을 많이 알아." 행크 박사가 말했다. "그들에게 이메일을 보내서 벌목꾼들의 계획에 대한 위험을 알릴 수 있을 것 같아."

"그때 쉐릴에 사진을 촬영하도록 프로그램을 하고 그리고 그 사진들을 온라인상에 올린다면," 아바가 계속해서 말을 했다. "사람들이 이 우림에서 벌어지고 있는 일에 대한 증거를 볼 수 있게 되겠네요."

"그렇게 되면, 정부가 나서서 그들의 벌목을 막겠네요." 앨리샤가 말했다. "상당히 가능성 있는 얘기네요. 잘 될 수 있을 것도 같아요."

"그래도 일부 나무들은 잘려 나가겠네요." 아바가 말했다.

"그래도 더 많은 나무를 보호할 수 있잖아." 페드로가 한마디 거들었다.

매트가 휘파람을 불었다. "좋은 소식과 나쁜 소식, 둘 다 있어요." 그가 말했다. "쉐릴은 벌목이 시작되는 토요일 오후, 여기 상공을 지나가도록 설정했고요."

"그럼 오늘이 목요일인가?" 행크 박사가 물었다. "솔직히 잘 모르겠어. 얼마 전부터 날짜 개념이 흐려졌어."

"네." 앨리샤가 대답을 했다. "오늘이 목요일이니까, 벌목꾼들이 숲을 너무 많이 파괴하기 전에 그들을 잡을 수도 있을 것 같아요."

나는 형을 지켜보았다. "나쁜 소식은 뭔데?" 내가 물었다.

"음, 만약 모두에게 이 사태의 심각성을 알리고 싶다면, 그 이전에 쉐릴의 프로그램 작업을 다시 해야 해."

"그래서…."

"그 이전에 쉐릴이 여기 상공을 지나가는 유일한 시간은─형은 자판 위의 버튼을 몇 번을 더 두드렸다─지금부터 4시간 후야. 그러니까 오늘 오후 1시가 조금 지난 시각이야."

"그러면 그 컴퓨터를 4시간 안에 저기 나무 지붕 위로 올려놓아야 하는 거잖아. 그래?" 내가 물었다.

"맞아." 행크 박사가 손뼉을 치고는 양손을 맞잡고 흔들었다.

"오케이, 그러면 자, 이제 일에 착수하자!"

아바가 위로 올라갈 수 있는 장비를 들어 보였다. "벳시를 사용할 수 있도록 준비할게요."

"그럼, 나는 쉐릴의 프로그램을 다시 만들도록 데이터 처리 작업을 시작할게요." 형이 말했다.

"나는 안테나 작업에 집중할게." 행크 박사가 말했다.

"그럼, 페드로랑 저는 적당한 큰 나무를 물색해 볼 수 있을 것 같은데요." 앨리샤가 제안을 했다.

"그럼 너무 좋지." 행크 박사가 말했다. "저기 나무 지붕 위를 넘어서는 그런 높이면 아주 완벽할 거야."

"그럼, 난 뭘 하면 될까요?" 바비가 물었다.

"당신도 적당한 나무를 찾아보면 어떨까요?" 행크 박사가 제안을 했다. "앨리샤, 너희 둘은 남쪽으로 가서 찾아보고. 바비, 당신은 북쪽으로 가 보면 좋겠어요."

바비는 손뼉을 맞부딪혔다. "알겠어요," 그가 말했다. "북쪽이 어디죠?"

행크 박사가 한 방향을 가리켰고 바비는 그리로 걸어갔다.

이제 앨리샤와 페드로에게는 적당한 나무를 찾는 임무가

주어졌다. 천재들은 각자의 맡은 일을 하느라 분주했다. 바비도 나무를 찾겠다고 나섰다. 나는 쉐릴의 프로그램 작업을 다시 하는 능력도 없었고 안테나를 고칠 줄도 몰랐다. 그러나 나도 어쨌든 도움이 되는 뭔가를 해야만 했다. 나는 높이 있는 나무 지붕을 올려다보았다. "제가 올라간다면 땅에서부터 얼마나 높이 올라가는 거죠?"

모두가 하던 일을 멈추고 나를 빤히 쳐다보았다.

행크 박사가 먼저 운을 떼었다. "굳이 네가 그렇게까지 할 필요는 없는데."

"저는 올라가기에는 너무 무게가 많이 나가요." 매트가 말했다. 그러면서 한쪽 눈썹을 치켜들며 한마디를 더 했다. "안 그래, 아바?"

"오빠 같은 사람이 매달리면 벳시가 과열돼서 바로 타 버릴 거야." 아바가 말했다. "행크 박사님도 마찬가지예요."

"괜찮다니까," 내가 말했다. "내가 올라간다고."

앨리샤가 내 어깨 위에 손을 얹었다. "너희 형제들이 그러는데 네가 아주 용감하대."

그들이 그런 말을 했다고? 웬일로 내 칭찬을 다 하다니, 철 들었네! 그렇지만 가끔은 좀 아리송해서 확신할 수가 없는 때가 있기는 하다. 용감한 것과 멍청함 사이에 경계가 모호할 때가 있는데, 나는 너무 자주 그 경계를 오간단 말이지.

**275**

# 15
# 나무
# 타기의
# 신

우리는 정오가 되기 불과 몇 분 전에 모든 준
비를 마쳤다. 시간을 잘 재면서 작업을 하라
고 앨리샤가 자신의 손목시계를 내게 빌려주었다. 천재들은
작업에 쓸 노트북을 포함한 모든 주요한 장비를 백  팩에 넣
고 준비를 마쳤고, 그리고 우리 모두는 작은 오솔길을 따라
내려갔다. 바비는 잔뜩 화가 나서 행크 박사가 자신이 찾은
나무 대신 앨리샤와 페드로가 찾은 판야 나무를 선택했다고
투덜거렸다. 바비는 걸어가는 내내 자신의 아버지 얘기를 했
는데 뉴잉글랜드에서 두 번째로 큰 자동차 영업소를 운영하
신단다. 그의 아버지는 바비도 업종을 바꿔 자동차 비즈니스
를 하길 원했지만 거절했다고 한다. 대신 바비는 자신의 회

**276**

사를 몇 개 운영했는데, 그중에는 크위크 케일(Kwik Kale)이라는 채식주의자를 위한 패스트푸드 식당도 있었고 남성 전용 네일 샵, 남성살롱도 있었는데 하나같이 망해서 문을 닫았다고 한다.

나는 계속되는 바비의 수다를 듣다가 어느 순간 내 앞에 당면한 과업을 떠올렸는데, 생각만으로도 손이 부들부들 떨렸다. 나무 지붕 위로 올라가려면 나에게는 마음의 중심을 잡아줄 수 있는 영감이 필요했다. 이 우림을 좀 더 나의 내면 깊은 단계로 연결시킬 필요가 있었다. 나는 이 정글의 일부가 되어야 했다. 바비의 말을 중간에 끊고 내가 질문을 하나 던졌다. "포르투갈어로 나무늘보가 뭐야?"

"프레기사—아(Preguiça)," 앨리샤가 끝 모음을 길게 늘이면서 대답해 줬다.

"갑자기 왜?" 페드로가 물었다.

"그냥." 나는 거짓말을 했다.

나무늘보는 영감을 자극할 만한 훌륭한 선택은 아닌 것 같았다. 나무늘보처럼 게으름을 피울 수 있는 상황이 아니었으니까. 게다가 나무늘보의 털 안쪽에 사는 그 딱정벌레들을 떠올리니 소름이 확 끼쳤다. 일주일에 한 번씩 소변을 보는 늘보랑 달리 나는 좀 더 규칙적으로 배변 활동도 잘 하는 편이니까. 어쨌든 이래저래 나무늘보와 나랑은 별로 닮지 않

**277**

았다. 그래도 나무늘보는 나의 영적인 동물이다. 자, 나는 더이상 잭이 아니었다. 나는 정글에 서식하는 한 마리 나무늘보였다.

매트는 토요일 한 시가 되기 전까지 우리가 쉐릴과 교신을 할 수 있는 기회는 단 한 번뿐이라고 내게 주지시켰다. 그 기회를 놓친다면 우리는 또 한 주를 기다려야 하고 그러면 모든 게 너무 늦어 버리고 말 거라 했다. 두 번 세 번 반복할 필요가 없었지만, 매트는 반복해서 말했다.

모든 세부 사항들에 대한 얘기를 마치고 나서 우리는 다시 한번 검토했다. 아마 그 검토를 한 열다섯 번쯤은 했다 싶은 생각이 들었을 때, 내가 입을 열었다. "여러분이 저를 믿지 못 한다는 생각이 들기 시작하네요."

누구도 답하지 않았다. 허! 그들은 거짓말은 못 하나 보다.

발이 몹시 아파왔지만, 형의 발은 더 심각해 보였다. 걸으면서 발가락이 스무 번쯤은 차였나 보다. 우리가 거대한 나무 아래에 다다랐을 때, 나는 나무 지붕 위의 푸르른 그늘 사이를 올려다보았다. 내가 정말 저 위로 올라간단 말인가?

나를 지켜보고 있는 행크 박사의 시선을 발견했다. 박사의 한쪽 입꼬리가 살짝 올라가고 있었다. 한 팔로 어깨를 감싸는 남자들 방식의 포옹일 수도 있겠지만, 박사에게 다가가 포옹해 볼까 하는 생각을 했다. 그러나 나는 포옹하는 대신 그저 고개를 끄덕였다. 아바는 무표정한 표정으로 진지하기만 했다. 조용히 나에게 행운을 빌어 주었다. 형은 나와 주먹을 맞대고는 한쪽 눈을 찡긋하며 윙크했다. "잭, 너는 할 수 있어." 형이 말했다.

그러나 이제 잭은 사라지고 없었다. 내 안에는 나무늘보만이 있었다. 숲에 사는 나무늘보들의 수호신이시여, 저에게는 이제 더 이상 감상에 젖을 시간이 없습니다.

나무는 말도 안 되게 높았다. 밑동의 둘레는 3미터는 족히 되어 보였다. 넓게 퍼져 있는 나무의 하단은 위로 올라갈수록 폭이 좁아져 있었다. 나무 지붕 위 어딘가에 숨어 있던 원숭이 한 마리가 우리를 내려다보며 소리를 질러 댔다. 가지에서 뻗어 나온 야구방망이보다 더 굵은 나무 덩굴들이 머리 위에 보였다. 덩굴 중 하나를 덥석 잡았다.

"내 생각에는 벳시를 사용하는 편이 더 좋을 것 같은데." 페드로가 목소리를 낮추며 말했다. 그는 우리들 위쪽에 있는 나무 지붕에서 두꺼운 나뭇가지 하나를 가리켰다. "저거 보여?"

나는 눈을 가늘게 떴다. "응, 보여."

"그 지점을 겨냥해 볼까?"

아바가 도와줘서 나는 아기용 그네 의자 같이 보이는 벳시의 장비를 착용하고 허리에 버클을 채웠다. 그 장비는 축구

공만한 크기의 와이어 뭉치와 강력한 전기 모터 그리고 손목에 장착하는 놀라운 성능의 초강력 석궁으로 구성되어 만들었다. 아바가 가르쳐 주는 대로 와이어 뭉치의 얇은 선 한 개를 금속 화살에 연결하고 그걸 소형 석궁에다 끼워 넣었다. 내가 제대로 하는지 아바가 나를 지켜보고 있었다. 나는 그 금속 화살을 다시 빼서 장비에 장착했다.

"다 된 거 같아?" 내가 물었다.

"이제 내 차례야." 아바가 말했다.

나는 손을 들어 올리고 한쪽 눈을 감고 목표를 겨냥해서 발사했다. 화살이 가느다란 와이어를 따라 나무 꼭대기까지 올라갔다. 그리고는 시야에서 완전히 사라져 버렸다. 이후 딱 두 번의 시도 이후―아니 네 번 이었나―명중을 시켰다. 화살이 나뭇가지에 박혔다.

"시험을 해 봐." 아바가 제안을 했다.

나는 온 힘을 다해서 잡아당겨 보았다.

"좋아, 이걸 좀 더 느슨하게 하려면 지금 땅에 있을 때 해야 해. 30미터 높이에서는 조절할 수 없으니까." 아바가 말했다.

가끔씩 아바는 좀 지나치게 딱 부러진다.

"그렇지만, 느슨해지지 않을 거야." 행크 박사가 한마디 거들었다. "그렇지, 아바?"

아바는 대답을 망설였다. "오, 당연하죠. 맞아요. 물론 느슨해지지 않을 거예요."

벳시를 등반 모드로 전환하는 스위치를 눌렀다. 사전에 미리 한번 시험 사용해 봤다면 좋았을걸 하는 생각을 내가 했을까? 당연히 해 봤다.

특히 처음 벳시를 조작했을 때, 거의 손가락이 부러질 뻔했다. 그리고 마지막으로 내가 봤던 시험에서는 아바가 박사 연구실의 주조에 빠져 첨벙대는 모습이었다. 그렇지만 그 이후 벳시를 시험해 볼 만한 시간적 여유가 없었다. 모터가 소리를 내며 와이어 뭉치가 돌아가자, 벳시가 마치 배고픈 거인이 후루룩 소리를 내며 세상에서 가장 긴 국수 가락을 빨아 당기듯이 와이어를 당기며 감아올렸다. 와이어가 팽팽해졌다. 안전 장비가 내 허리를 휙 하고 조여들었다. 그리고 나의 몸은 땅을 벗어나 위로 올라갔다. 처음 한 10미터까지는 세상에서 제일 신나는 트램펄린(쇠틀에 넓은 그물망이 스프링으로 연결되어 있어서 그 위에 올라가 점프를 할 수 있는 운동구*)에서 펄쩍 뛰어오른 것처럼 재미있었다. 곧이어 내 몸은 나무 지붕의 아랫부분에 닿았다. 작은 나뭇가지들이 양팔에 부딪혔고, 나뭇잎들이 얼굴을 찰싹찰싹 때렸다. 원숭이들과 마코앵무새들이 소리를 질러 대서 나는 나뭇가지에서 팔뚝 길이 만큼 떨어진 위치에서 갑자기 멈추었다. 그 바람에 몸이 위쪽으로 들썩였고 나는 양손으로 줄을 잡으며 옆으로 빠져서 앉는 것 같은 자세가 되었다. 화살이 나뭇가지에서 빠지는 것은 불가능했다. 그래서 나는 와이어를 풀고 그 화살은 나무에 박힌 채로 그냥 두었다.

나무늘보에게는 아직도 두 발의 화살이 더 남아 있었다.

다리를 벌리고 나뭇가지 사이를 건너는 것은 거대한 말 등에 올라타고 있는 것과 같았다. 조심스럽게 아래를 내려다보지 않은 채, 다시 나무 몸통으로 미끄러져 내려갔다. 그때 나는 밑을 내려다보았다. 바닥은 정말, 너무너무 멀리 있었다. 어디선가 나타난 또 한 마리의 원숭이가 나를 보고 앙칼지게 울어 댔다. 원숭이와 나와의 거리는 고작 3미터밖에 떨어져 있지 않았다. 그녀석이 커다란 입을 쫙 벌리고는 고약하고 추잡한 이빨을 드러냈다. 보통, 나는 혼잣말을 하지 않는다. 아니, 어쨌든 많이 하지는 않는다. 그러나 나는 격려의 말이 필요했다. 가르릉거리는 원숭이는 도움이 되지 않았다. "자, 어서 잭," 나는 소리 내어 말했다. "잭, 너는 나무늘보야. 너는 나무에서 사는 늘보야. 너는 나무에서 잠을 자는 늘보야. 너는 할 수 있어."

물론 나는 지상에서 30미터나 떨어진 곳에 있었다. 그러나 나의 천재 형제들, 행크 박사, 나의 가족인 그들, 그들의 운명은 내 손에 달려 있었다. 나는 서둘러서 또 다른 화살을 와이어에 연결하고 손목의 장비를 올려서 다음 목표 지점을 겨냥했다. 이번 발사는 좀 더 까다로웠다. 왜냐면 판야 나무 꼭대기에 닿으려면 내 머리 위에 있는 나뭇가지의 틈 사이로 쏘아 올려야 했기 때문이다. 조심스럽게 나는 눈을 가늘게 뜨고 목표를 겨냥해서 발사를 했다.

화살이 판야 나무 꼭대기를 향해서 날아가서는 나뭇가지 사이로 모습을 감추었다. 와이어는 매달려 있었다. 내가 스위치를 켜자 뱃시가 나를 재빨리 나무 지붕 사이로 끌어올렸다. 판야 나무들은 그 숲의 어떤 나무들보다 더 높이 치솟아 있었다. 판야 나무들은 마치 도심에 흩어져 있는 2미터 장신의 농구 선수마냥 줄기가 죽죽 뻗쳐 있고 주변에서도 눈에 띄었다. 나무 지붕 위에서 아래를 내려다보니 내가 그 장신의 농구선수가 된 느낌이 들었다.

그때 내 어깨가 나무줄기에 가서 부딪혔다.

화살이 숲속으로 사라져 버렸다. 나는 계속해서 와이어를 원래대로 고정시켜 놓은 상태여서 뱃시의 스위치를 안전 모드로 맞추었다. 이건 아바가 설명을 해 주었던 건데, 와이어 뭉치는 내가 충분히 올라갈 만큼 넉넉하게 감겨 있지만, 만약 내가 떨어지면, 뱃시는 잠금 상태로 바뀌어서 내가 똑바로 바닥으로 추락하는 것을 막아 준다고 했다.

그 거대한 나무의 줄기는 끝도 없이 뻗어 있는 것 같았고 끝에 가서는 다섯 갈래의 가지로 나누어졌는데 그건 마치 누군가 하늘을 향해 손가락까지 쫙 펴서 양팔을 활짝 벌리고 있는 모습이었다. 나는 그 가지 중 한곳에 자리를 잡고 양쪽 발은 겹친 채 등을 기대었다.

아래쪽 나무껍질은 썩어 있었다. 손바닥으로 껍질을 눌러 보았다. 그 부분은 부드러웠지만, 주변의 줄기들은 단단했다. 대부분 판야 나무들의 나뭇잎들이 거의 떨어진 상태여서 시야가 탁 트여서 주변 정글이 한눈에 들어왔다. 하늘에는 구름이 흘러가고 있었지만, 내 발아래로 보이는 나무 꼭대기에는 엷은 안개 층이 깔려 있었다. 두툼한 나무 지붕을 보니 그곳은 마치 한번도 깎인 적이 없는 잔디가 깔려 있고 울툭불툭 언덕이 솟아 있어 바닥면이 고르지 않은 거대한 구릉 같다는 생각이 들었다. 앨리샤가 빌려준 시계를 확인했다. 위성 쉐릴이 상공을 지나간다고 한 시각까지는 15분이 남아 있었다.

그러나 내가 자리 잡은 곳이 완벽한 곳이 아니었다. 조금만 더 높은 곳에 안테나 펫트를 제대로 설치한다면 위성보다 또렷하게 교신할 수 있을 것 같았다. 나는 깊이 숨을 들이마신 후 좀더 높이 올라갔다. 내 머리 위의 가지들은 예상보다 부드러웠고 축축했다. 손가락이 미끄러웠다. 힘을 주어 움켜쥐려 했지만 손가락은 미끄러졌고 다음 순간 내 손은 허공을 붙잡고 있었다. 내 맨발이 바로 밑에 있는 나뭇가지에 내려 앉았다. 나는 그 자리에서 잠시 균형을 잡아보려 애썼다.

그때 가지가 쩍 갈라졌다. 내 두 발은 매끄러운 나무줄기를 타고 미끄러졌고 나는 그대로 숲 바닥을 향해 추락했다.

# 16
# 우림의
# 나무지붕

 오랜 인류의 역사 속에서 바지 뒤춤을 잡고 끌어올려 바지가 엉덩이에 끼게 하는 일은 엄청나게 많이 발생해 왔다. 그리스 신화의 영웅, 아킬레우스가 자신의 창을 빌려간 친구들의 바지춤을 잡아채서 이렇게 만들기도 했고, 대통령들이 부통령에게 이렇게 한 적도 있다. 그러나 드디어 벳시가 안전 모드로 전환이 되었을 때, 그와 동시에 와이어 풀림도 차단되면서 내 바지춤이 위로 번쩍 끌어올려졌다. 그 순간의 고통은 역사에 기록될 만큼 끔찍한 것이었다. 속옷이 끼이는 괴롭힘을 당해 본 적이 있기는 하다. 나를 괴롭혔던 그 녀석은 나와 잠깐 한방을 썼던 수염이 살짝 나 있던 열두 살짜리였다. 그때 내가 여덟 살이었나?

그러나 지금의 고통과는 비교도 안 되는 것이었다.

나는 천천히 코로 숨을 쉬면서 마치 조종 장치 앞에서 우주선의 상태를 확인하는 선장마냥 내 몸 상태를 하나씩 확인해 갔다. 일단 뇌는 이상이 없는 것 같았다. 손가락도 잘 움직였다. 발가락은 쓰라렸고 발도 쑤셨다. 엉덩이 쪽은 마치 건설 현장의 노동자 두 명이 대형 망치를 휘둘러 대는 것 같은 고통이 느껴졌다. 앞쪽에서 느껴지는 통증은 두말할 필요도 없었다. 그렇지만 나는 살아 있었다. 걸음을 걷는 데도 문제는 없을 것 같았다. 백팩은 여전히 내 어깨에 걸려 있었다. 그건 노트북을 포함한 나머지 다른 장비들은 안전하다는 의미였다.

나무 지붕은 몇 미터 발아래에 있었다. 이제 나의 목표 지점은 저 꼭대기 높은 곳이다. 그때 벳시에서 삐 하는 소리가 들렸다. "아바!" 내가 아래를 향해 소리쳤다. "왜 이 기기에서 소리가 나는 거지?"

만약 아바가 대답을 한다 해도, 들리지가 않았을 거다. 빽빽하고 무성한 나무 지붕은 카페인에 취해 열광하는 동물원 동물들이 주최하는 록 콘서트를 방불케 했다. 나는 손목에 채워진 앨리샤의 시계를 확인하고는 몹시 당황스러웠다. 이제 남은 시간은 12분밖에 없었다. 나는 빨리 나무 꼭대기로 다시 올라가야만 했다. 벳시의 스위치를 다시 등반 모드로

설정했다. 벳시에서 나는 삐 소리가 좀 더 느리고 부드럽게 들렸다. 그게 과연 좋은 신호인가? 아니면 나쁜 신호인가?

"배터리 문제면 안 되는데," 나는 혼잣말을 했다.

나를 끌어올리는 벳시의 속도가 너무 느려서 통증이 그대로 느껴졌다. 나는 내내 배터리, 배터리를 반복적으로 중얼거렸다. 아무리 배터리를 외치며 타령을 해도 죽어가는 배터리를 살릴 수는 없는 노릇이었다.

내가 작업을 해야 하는 화살이 가지에 박힌 지점까지 3미터를 남겨 두고 벳시의 배터리가 죽고 말았다. 모터 돌아가는 소리도 들리지 않았고 나는 붙잡을 것도 하나 없는 공중에 그대로 대롱대롱 매달리는 신세가 되고 말았다. 나는 어떻게 해서든 위로 올라가기 위해 와이어를 붙잡았다. 나는 줄을 타고 올라가는 데는 재주가 있었다. 한번은 학교 체육 수업 시간에 20명의 학생 중 내가 7등을 차지하기도 했다. 아닌가, 17등이었나? 어쨌든 중요한 건, 그 와이어가 너무 얇아서 제대로 손에 쥘 수도 없다는 점이다. 내 몸은 조금도 움직이질 않았다.

목표 나무의 밑동은 약 4미터 가량 떨어져 있었고 밑동 줄기 여기저기 부러진 가지들이 보였다. 만약 그 나무 가까이로 갈 수만 있다면 부러진 가지들을 계단 삼아 목표 지점까지 올라갈 수도 있을 것 같은 한 줄기 희망이 느껴졌다. 그래서 나는 다리를 앞뒤로 흔들어서 추진력을 만들었다. 내 머릿속에서 째깍째깍 시간이 흐르는 소리가 들리기 시작했다. 드디어 나는 손을 내뻗어 가지가 부러져 나간 나무 밑동 하나를 붙잡았다. 쪼개진 나무 조각이 엄지손가락을 파고들었다. 순간 움찔했지만 나는 참고 몸의 흔들림을 멈추면서 오른쪽 발을 다른 부러진 가지 위로 내딛었다. 그리고 적당한 자리를 찾아 왼쪽 발도 마저 옮겨 딛고는 위로 올라가기 시작했다. 이번에는 좀체 부러질 것 같지 않은 튼튼한 가지 위에 좀 더 낮은 자세로 앉았다. 쉐릴과 교신을 하기에는 그리 이상적인 위치는 아니었지만 그런대로 만족했다. 무엇보다 더 이상 높은 곳으로 올라가는 위험은 감수하고 싶지 않았다. 위쪽의 가지들은 너무 약해 보였고 시간도 거의 없었다. 심장 박동이 다시 빨라지기 시작했다. 손까지 떨려왔다. 나는 어깨에 걸려 있던 백팩을 앞쪽으로 끌어당기고는 제일 큰 수납 공간의 지퍼를 열었다. 자, 나무늘보, 주파수를 맞춰 봐, 나는 천천히 숨을 내쉬며 내 자신에게 말을 걸었다.

네 내면 깊은 곳의 나무늘보를 깨워 일으켜.

자, 긴장을 풀고 침착하게.

나는 시계를 다시 확인했다. 남아 있는 시간은 7분이었다. 안테나를 설치하는 것이 내가 먼저 해야 할 일이었다. 행크 박사가 다 조정을 해 두었기에 연결만 하면 되는 거였다. 나는 나뭇가지를 따라 조심스럽게 안테나를 내려놓았다. 페드로가 안테나를 묶으라고 자신의 백팩의 끈들을 떼 주었었다. 그래서 그 끈들을 이용해서 안테나의 가까운 반쪽을 묶는 데 사용했다. 그런 후 행크 박사의 지침을 따라 안테나의 위쪽 부분을 하늘을 향해 구부렸다.

다음으로 형의 노트북을 꺼냈다. 손은 여전히 떨리고 있었다. 형이 이 컴퓨터를 얼마나 아끼는지 혹은 이 물건이 얼마나 쉽게 내 손에서 미끄러져 바닥으로 곤두박질 칠 수 있는지에 대한 생각은 가급적 떠올리지 않으려 애썼다.

남은 시간은 4분이었다.

노트북을 백팩 위에 올려 그 앞쪽이 내 가슴에 딱 닿도록 위치시켰다. 개조된 화살의 바닥 쪽에서 빠져나와 있는 작은 선의 끝을 잡아 컴퓨터에 연결했다. 나무 꼭대기로 산들바람 한 줄기가 불어왔다. 나뭇가지들이 바람을 타고 물결치듯 흔들리며 맑은 하늘이 드러났다. 그 장소는 내가 상상했던 것보다 훨씬 근사했다.

3분을 남겨 놓고 나는 노트북을 켰다. 이후 60초의 시간은 백만 년의 시간처럼 느껴졌다. 노트북 화면이 켜졌다. 매트의 암호를 입력시켰다—형은 내가 나무에서 내려오는 대로 바로 암호를 바꾸겠다고 미리 경고를 했다—컴퓨터가 부팅이 되자 나는 깊은 안도의 숨을 내쉬었다. 다행히도 형은 이 과정을 쉽게 프로그램해 두었다. 일단 형이 만든 프로그램을 작동시키고 나서 내가 할 일은 화면 하단 우측 구석에 있는 커다란 '연결' 버튼만 누르면 되는 거였다. 나머지는 형이 만든 프로그램이 다 알아서 하는 거였다.

그래서 나는 버튼을 눌렀다. 솔직히, 나는 정말 하라는 대로 했다. 그런데 매트가 아끼는 그 컴퓨터는 갑자기 슬쩍 어깃장을 부리며 오작동을 했다. 앨리샤의 시계는 이제 남은 시간이 2분밖에 없다고 알리고 있었다. 터치스크린이 먹통이 됐다. 나는 손가락을 이리저리 움직이며 키보드의 모든 자판은 다 두들겨 보았지만 컴퓨터 스크린에는 아무런 변화도 없었다. 스크린에 나타난 그 작은 커서가 우측으로 조금만 움직이면 작동이 될 것도 같은데 짜증나게도 꼼짝도 않고 있었다. 나는 진짜 모든 방법을 다 시도해 봤다. 텔레파시, 노래, 구걸. 아바라면 컴퓨터를 다시 켜 보라고 제안했을 거다. 행크 박사라면 좀 인내심을 가지라고 조언했겠지. 페드로는 뭐라고 했을까? 아마도 그는 노트북을 뻥 차버릴지도 모르겠다. 당연히 왼발을 쓰겠지.

나는 그야말로 필사적으로 아무 버튼이나 막 누르기 시작했다. 탭 버튼을 누르자 뭔가 작동을 했다. 얇은 직사각형이 초록색 '연결' 버튼 주변에 나타났다. 엔터 버튼을 누르자 매트의 노트북이 드디어 협조해 주기 시작했다. "예스!"

그 나무의 다른 쪽에 앉아 있던 앵무새 두 마리가 꽥꽥 목청을 높여 내 외침에 반응을 보였다. 나의 이 천재적 한 방을 칭찬이라도 하는 건가? 아마 그럴 수도 있겠지만, 아니라면 앵무새들이 내게 입을 다물고 조용히 하라는 거겠지.

매트가 만들어 놓은 프로그램이 작동하는 동안, 나는 행크 박사의 이메일 계정으로 들어가서 박사가 작성해 둔 메시지들을 보냈다.

스크린 가운데에 파란색 바퀴가 나타났고, 그리고 두꺼운 초록색 막대가 시계 방향으로 움직이면서 위쪽에서부터 화면을 채워나갔다. 먼저 4분의 1정도를, 이어서 반을 채워나갔다. 그 막대는 천천히 그러나 일정한 속도로 진행했다. 위성의 새로운 명령이 전송되었고, 컴퓨터는 그 새로운 명령어를 실행시키고 있었다.

쉐릴은 신호를 받아들였고, 이건 기적이나 마법이 아니었다. 이건 진짜 천재인 나의 형제, 매트와 아바가 만들어낸 결과물인 순수 과학인 것이다. 그때 내가 올린 동영상의 유투브 조회 수가 1천6백만 명을 넘어섰는지 확인해 보고 싶은 강한 유혹을 내가 느꼈을까? 물론 그랬다. 그러나 나는 참았다. 컴퓨터의 프로그램과 이메일 서버에서 위성과 교신하는 사이 나는 웹브라우저를 열었다.

노트북이 위성과 교신할 수 있는 시간은 길어야 고작 몇 분이었다. 그 시간이 다 지나면 위성, 쉐릴은 지평선을 지나 계속 괘도를 돌 테고 안테나와 로날도는 접속이 끊길 것이다.

지적인 능력에서는 나는 천재 형제들을 따라잡을 수가 없다. 그러다 보니 나는 틈만 나면 그들이 아직 알지 못하는 한 방을 찾아서 추가적인 책들을 읽거나 조사해서 단단히 잘 써먹기도 한다. 나무 위에서 작업을 하며 나는 그 목재 회사의 이름, Super Andar를 인용부호를 넣어서 검색창에 입력하고 서치 버튼을 클릭했다. 접속이 되는 속도가 정말 너무 느렸다. 딱 30초 정도를 남겨 두고 그 회사의 사이트로 접속이 되었다. 특별히 흥미로운 게 눈에 띄지 않아서 나는 스크롤을 아래로 내리다 보니 몇 줄의 작은 사진들이 나타났다. 각 사진은 그 회사의 대표들에 대한 얼굴이었다. 탈색한 머리를 가진 벌 받아 마땅한 그 작자의 얼굴이 세 번째 줄에 있었다. 그러나 나를 놀랍게 만든 것은 그 사진이 아니었다. 맨 위의 한 줄에는 그녀의 사진밖에 없었는데, 그 회사 대표의 얼굴이었다. 그건 조앙이 언급했던 적이 있는, 또 우리가 이미 만난 적이 있는 바로 그 사람의 얼굴이었다. 그는 우리들이 마나우스에 도착했던 바로 그때부터 줄곧 우리를 도와줬던 사람이다. 이 높은 나무 꼭대기 위에서 나는 길고도 굴곡진 턱 끝에 사마귀를 달고 있는 한 여자의 사진을 빤히 들여다보았다.

# 17
# 물속에
# 나타난
# 검은 그림자

 일단 나는 장비들을 다 챙기고 나서 와이어를 풀어서 나뭇가지 주변에 다섯 번을 감고 다시 그 끝을 당겨 화살 끝에 말아 올렸다. 벳시의 배터리가 거의 죽었나 했는데, 여전히 줄을 풀어 내릴 수는 있었다. 문제는 '내가 얼마나 빨리 바닥으로 내려갈 수 있는가'였다. 그에 대한 대답은? 당연히 빛의 속도로 내려갈 일은 없는데, 그런데 꼭 그럴 것 같은 느낌이 들었다. 나무 지붕을 지나 아래로 내려가는 사이 나뭇잎과 나뭇가지들이 마구 내 얼굴을 때렸다. 일단 정글의 바닥이 시야에 들어오자 밑에서 간절하게 나를 바라보고 있는 그들 한 사람 한 사람의 얼굴도 분간이 되었다. 또 다른 문제가 있다는 사실도 떠올랐다.

294

어떻게 멈추지?

제발 배터리가 조금은 남아 있길 바라며 나는 미친 듯이 버튼들을 누르고 레버들을 마구 당기기 시작했다. 아바가 큰 소리로 외쳤다. 와이어가 풀리는 소리가 났다. 바닥까지 약 1미터 50센티 정도 남은 지점에서 줄이 딱 멈춰 서 버렸다. 그날 벳시가 두 번째로 나의 바지 뒤춤을 잡아채 올려 바지가 엉덩이에 끼게 하는 일이 발생했다.

이번은 첫 번째보다 좀 더 고통스러웠다.

내 입에서 신음 소리가 터져 나왔다. 매트와 행크 박사가 나를 안전 장비에서 빼내 주었다.

행크 박사는 몸을 숙이고는 눈을 가늘게 뜨게 나의 눈을 들여다보고는 다친 데가 없는지 내게 물었다. "아뇨, 없어요. 괜찮을 것 같아요." 내가 답했다.

"너 정말 용감하게 잘했다. 잭," 행크 박사가 말했다. 박사는 고개를 몇 번 내저었다. "너, 그런데 계속해서…."

"제대로 작동을 했니?" 매트가 박사님의 말을 끊고 질문을 했다.

"잠깐, 박사님, 뭔가 말씀을 하려고 하셨죠?" 내가 말했다.

"됐어, 그건 신경 쓰지 마." 아바가 말했다. "너, 시간 안에 목표 지점에 도달했니?"

나는 그들에게 엄지손가락 두 개를 번쩍 들어 올려 보였다. 페드로가 와 하고 함성을 질렀다. 행크 박사는 불끈 쥔 주먹을 흔들어 보이며 매트의 등을 가볍게 두드렸다. 나중에 박사에게 그런 칭찬 방식은 좀 바꾸면 어떨지 요청해 봐야겠다.

"다 제대로 작동됐어?" 앨리샤가 물었다.

"그런 것 같아." 내가 말했다. "모든 게 다 계획한 대로 진행되기는 했어. 대부분, 어쨌든."

"대부분이라고?" 행크 박사가 다그치듯 물었다.

그들에게 내가 떨어졌던 얘기까지 구구절절 다 할 필요는 없었다. "이메일도 보냈고요, 프로그램도 전송시켰어요," 내가 말했다. "그리고 뭐 좀 다른 것도 발견했어요."

내가 그들에게 도나 마리아가 슈퍼 플로어(Super Floor)라는 회사의 책임자라는 말을 꺼내자, 매트와 아바는 놀라움을 금치 못했다. 행크 박사는 몹시 화를 냈다. 앨리샤와 페드로는 마나우스의 유명 인사인 도나 마리아가 우림을 파괴하려는 계획을 세우고 있다는 사실에 경악했다. 그리고 바비는 진흙 속에 드러난 자신의 발가락만 물끄러미 쳐다보고 있을 뿐이었다.

앨리샤가 바비를 지목했다. "당신은 알고 있었죠, 아닌가요? 당신은 처음부터 그 여자가 슈퍼 플로어랑 관련이 있다는 걸 알고 있었죠?"

바비가 어깨를 으쓱였다.

"어떻게 감히 우리에게 거짓말을 할 수 있었죠?" 페드로가 물었다.

"나는 절대 거짓말 안 했어." 바비가 말했다. "오케이, 그래, 그건 사실이 아닐 수도 있어. 그래. 난 거짓말을 했어."

"그것도 아주 여러 번 했죠." 내가 말을 보탰다.

"좋아, 그렇다 치자." 바비가 시인을 했다. "그렇지만 도나 마리아에 대해서는 거짓말 안 했어. 너희들이 물어보지 않았으니 말을 안 한 것뿐이야."

"그럼, 그 여자와 어떻게 동업 관계가 된 거죠?" 아바가 어깨 너머로 질문을 던졌다. "아저씨를 보내서 박사님의 연구실에 침입하게 한 사람도 그 여자인가요?"

"아냐, 그건 다 나 혼자 한 일이야." 바비가 말했다. "연구실 안으로 들어가는 방법을 알아내기 위해 5일 동안 그 동네에서 잠복했어." 그가 행크 박사를 힐끗 쳐다보았다. "그런데 말이야, 그 대형 쓰레기통은 아주 잘 만들었던데."

"그래서 그 여자는 언제 만난 거죠?" 내가 물었다.

"너희들이 내가 고용한 리무진 운전기사를 버려두고 갔을 때, 그 여자가 나한테 연락을 해왔어." 바비가 설명했다. "그 여자는 내가 너희들과 행크 박사를 찾는 사실을 알고 나서는, 배도 알아봐 주고 다 준비시켜 줘서 박사님을 찾는 너희

다섯 명을 따라갈 수 있었어. 그리고 너희들이 나를 버리고 갔을 때, 다음 날 가까스로 조앙에게서 연락을 취했고, 그래서 헬리콥터로 나를 데리러 왔던 거지."

"그 여자에게 돈은 얼마나 받은 건데요?" 페드로가 물었다.

"그 여자가 나한테 돈을 줄 필요는 없었어." 바비가 시인을 했다. "우리들의 관심사는 아주 균형 있게 잘 맞아떨어졌거든. 우리 두 사람 다 위더스푼 박사를 찾고 싶어 했지. 그 여자는 자신들이 진행하는 벌목 작업을 방해하는 행크 박사를 막고 싶어 했고, 나는 행크 박사가 고안한 배터리 설계도가 필요했던 거였고."

"그런데 그 여자도 그 설계도를 원했던 게 분명하네요." 내가 한마디 거들고 나섰다.

"그래, 맞아. 나는 그건 미처 생각지 못했어." 그가 말했다.

"그나저나 이제 저희는 뭘 어떻게 하죠?" 내가 물었다.

매트도 아바도 대답이 없었다. 우리들은 모두 행크 박사의 입만 쳐다보았지만, 박사는 몇 초간 침묵을 지키다가 입을 뗐다. "위성에서 촬영한 사진들이 주요 당국자들의 손에 제대로 전달되도록 하고, 또 한 가지는 내 드라이브를 되돌려받는 거야."

우리 중 어느 누구도 반응을 보이지 않았다. 내 입으로는 그걸 직접 말하고 싶지는 않았다. 고맙게도 매트가 먼저 입을 열었다. "행크 박사님, 죄송해요. 그렇지만 또 다시 3일을 정글 속을 걸어가는 건 도저히 할 수 없을 것 같아요. 신발도 없고요. 구조를 요청해야 할 거 같아요."

"잭, 네가 저기 나무 지붕 위에 올라가 있을 때, 그때 구조 요청을 했어야 했는데." 아바가 지적했다.

"걱정들 마," 행크 박사가 말했다. "내가 이미 했다. 아니면 잭이 했다고도 할 수 있고. 잭, 네가 그 이메일들을 보낼 때 이미 구조 요청이 전달된 거야. 여기서 몇 시간만 가면 가장 가까운 강이 나타나거든. 우리를 태우고 갈 배가 곧 준비가 될 거야."

우리가 야영지에서 가방을 챙겨서 걷기 시작한 지 채 두 시간이 지나지 않아서 우리는 작은 강가에 도착했다. 거기에는 폰 훔볼트 호가 뱃머리를 상류로 향한 채 강 한가운데에 자리를 잡고 있었다.

"바비 아저씨의 배가 저기서 뭘 하고 있는 거죠?" 내가 물었다.

"바비의 배라고?" 행크 박사가 말했다. "저건 내 배야!"

"박사님 배라고요?" 매트가 물었다.

"아, 저것도 내가 거짓말을 했네." 바비가 말했다.

"저 배를 내가 아마존 지형에 맞게 디자인 한 거야." 행크 박사가 말했다.

"네, 그런데 그걸 제 친구들이 훔친 거죠." 바비가 말했다.

행크 박사가 어깨를 으쓱였다. "그랬나요? 저는 그것도 모르고 있었어요. 제가 정글에 들어가서 정신없이 바쁘게 지내느라 그랬죠."

페드로가 폰 훔볼트 호를 가리켰다. "그런데 저 배가 어떻게 여기까지 와 있는 거죠? 저희가 배를 두고 온 곳은 여기서 수마일 떨어진 곳인데요."

"맞아요, 완전히 다른 쪽에 있는 강둑에 두고 왔었는데요." 앨리샤도 한마디 거들었다.

"잭, 네가 몇 시간 전에 보냈던 이메일 중에 한 통은 폰 훔볼트 호로 전송됐어." 행크 박사가 설명을 이어갔다. "폰 훔볼트 호가 우리를 데리러 올 수 있도록 내가 이곳 좌표를 보냈거든. 그런데 이렇게 빨리 와 있을 줄은 몰랐는걸."

매트가 머리를 가로저었다. "이 배가 그 위대한 과학자 알렉산더 폰 훔볼트의 이름을 따서 지은 걸 보면 처음부터 딱 알아챘어야 했는데…."

"스스로 전기뱀장어에 감전이 됐던 사람이지." 나도 한마디 아는 척했다.

"오, 맞아, 잭, 오오, 대단한데!"

"그나저나 폰 훔볼트 호가 어떻게 항로를 찾는 거죠?" 아바가 물었다. "제 말은, 수면 위에 장애물 같은 걸 찾아내는 레이저 스캐너를 장착해 두신 거 같은데요."

"그에 더해서 훔볼트 호가 인공위성의 영향권 안에 제대로 들어오면 GPS가 작동을 하지." 매트가 한마디를 보탰다.

"그렇군요, 그런데 수면 아래에 있는 위험 요소들은 어떻게 하셨죠?" 아바가 잠시의 틈도 주지 않고 계속 질문 공세를 펼쳤다.

"그 지점에서 바로 잭이 나를 도운 거지."

매트가 나를 가리켰다. "잭이 도왔다고요?"

내가 그 순간에 평소처럼 나비넥타이를 매고 있었다면, 우쭐해서 그러나 무심한 척 넥타이를 한번쯤 매만졌을 것이다.

"음, 그게 잭이 직접적으로 도운 건 아니야." 행크 박사가 말했다. "그렇지만, 잭, 네가 말해준 전기뱀장어에 대한 제안 덕분에 내가 아주 흥미롭고도 중요한 새로운 발견을 하게 된 거야. 전기뱀장어는 갑자가 먹이를 기절시키지는 않거든. 그 녀석들은 장애물인지 물고기인지 식별하기 위해서 전기장을 이용하거든. 그래서 내가 바로 전기뱀장어들의 그 기술을 좀 베긴 새로운 항법 시스템을 배에 적용시켰지. 그래서 폼 훔볼트 호는 수면 위든 수면 아래든 모든 종류의 장애물을 감지하고 그래서 피할 수도 있어."

나의 형제들은 최면에라도 걸린 듯한 표정들을 짓고 있었다. 그렇지만 나의 관심은 이내 다른 주제로 건너뛰었다. 지금 우리가 있는 지점에서 배는 약 15미터 떨어진 곳에 떠 있었다. 저 강물 속에는 피라냐 떼들이 우글거리고 있을 것이다. "대단한 기술이네요, 그렇지만 저기 배가 있는 곳까지는 어떻게 가죠?" 내가 물었다.

"오!" 행크 박사가 분명한 어조로 말했다. "이게 내가 가장 좋아하는 부분이야!"

박사의 백팩에는 허리에 채워지는 지지 벨트가 달려 있었다. 박사는 주머니 한 곳에서 스터비 안테나가 달린 소형 무선기를 꺼냈다. 박사는 페드로와 앨리샤가 빤히 쳐다보는 걸 눈치챈 모양이다. "지금 너희들이 무슨 생각을 하는지 알고 있단다. 그렇지만 이건 단거리용이야. 이걸로는 장거리까지 구조 요청을 할 수는 없었단다."

"그러면 그건 뭐에 쓰는 건데요?" 앨리샤가 물었다.

행크 박사는 빠르게 연속해서 눈썹을 세 번 치켜떴다. "이건 리모컨이야." 박사님이 말했다. 행크 박사가 라디오 측면에 있는 버튼을 누르자 배의 선실 지붕 위에서 두 개의 계기판이 모습을 드러냈다.

숨겨진 칸막이 안에서 짤막한 알루미늄 축이 올라오더니 그 끝에 강철 케이블이 달린 기중기가 펴졌다. 기중기는 지붕에 있는 커다란 플라스틱 케이스를 들어 올려 폰 훔볼트호 난간 밖으로 이동을 시켜 수면으로 내렸다.

그 케이스는 물에 닿기 직전에 펼쳐졌다. 그것은 빠른 속도로 팽창해서 바비와 낚시를 하러 갔다 실패했던 구명정보다 약간 더 큰 크기로 변신하더니 물살을 가르며 행크 박사가 있는 곳을 향해 움직였다.

"지금 조종하고 계신 건가요?" 아바가 물었다.

"아니야, 저 배는 무선기의 신호에 따라 움직이고 있어." 행크 박사가 설명했다. "이 리모콘까지 곧바로 올 거야."

그러나 폰 훔볼트 호는 행크 박사가 있는 앞까지 당도하지 못했다. 바비가 황금색의 강물 속에 무릎이 닿는 깊이까지 들어가서 배를 잡고 흔들어 전기 모터를 꺼 버렸다.

"지금 뭘하고 있는 겁니까?" 행크 박사가 물었다.

앨리샤가 배를 향해 움직이자 바비가 한 손을 들어 올리며 말했다. "멈춰, 거기 서!"

"왜 그러세요?" 아바가 물었다.

바비는 천천히 더 깊은 쪽으로 뒷걸음질했다.

"바비 씨, 지금 뭐하는 거죠?" 행크 박사가 말했다.

"나는 마나우스로 돌아갈 겁니다." 바바가 말했다. "그렇지만 당신들은 아니야."

"그게 무슨 말이죠?" 행크 박사가 물었다.

"무슨 말이냐고요? 천재라며? 빨리 못 알아들으시네. 천재가 아닌가? 나는 지금 이 작은 배를 조종해서 여기를 빠져나가 당신이 만든 저 근사한 배에 올라타고 마나우스로 돌아갈 거란 말입니다. 그래서 그 욕심 많은 할망구에게서 드라이브를 훔쳐낼 겁니다."

"그분을 욕심쟁이라고 하셨나요?" 아바가 그의 말을 가로챘다. "당신은 그럼 도둑이에요."

행크 박사는 양손을 들고는 물길을 헤치며 저벅저벅 걸어 나갔다. "바비 씨, 잠시만요, 이 문제를 좀 더 면밀히 이야기를 좀 해 봅시다."

바비는 좀 더 뒤로 물러섰다. 강물은 거의 그의 허리춤에 차올랐다.

"만약 저희가 돈을 지불한다면 어떨까요?" 내가 물었다.

매트가 내 말을 바로잡았다. "아니, 우리는 그럴 능력이 없잖아. 기억나지?"

"알아," 내가 말했다. "돈은 행크 박사님께서 지불하실 수 있어."

"내가 할 수 있다고?"

"이건 말도 안 돼요." 앨리샤가 말했다. "당장 배를 이리로 가져 오세요."

나의 형, 매트의 두 눈이 튀어나올 듯 커졌다. 형은 바비가 서 있는 근처의 물을 유심히 지켜보고 있었다. 물속에서 무언가가 움직이고 있었다. 뭔가 아주 커다랗고 시커먼 녀석이

었다. 페드로도 그걸 보았다. 그것은 카이만(아메리카산 악어*)

이라고 하기에는 지나치게 컸고 보토라고 하기에는 너무 색

이 어두웠다.

　"잠깐." 행크 박사가 외쳤다. "잠깐, 잭의 말이 맞아요. 내

가 당신한테 돈을 지불할 수 있어요. 얼마면 되겠습니까?"

　"돈을 주겠다고요? 나는 돈을 원하는 게 아니란 말입니

다!" 바비가 말했다. "돈은 나도 있어요. 내가 원하는 것은

그저 작은 명성일 뿐이에요, 아시잖아요? 나는 언젠가 말이

죠, 공항을 유유히 걸어 나가다 가판대에 꽂힌 신문과 잡지,

여기저기 나 있는 나, 나… 바로 나의 얼굴 사진들을 무심한

듯 힐끔 보면서 지나가고 싶단 말입니다. 각이 잘 잡히고 내

몸에 딱 맞아 떨어지는 잘 손질된 정장을 걸치고 보라색 넥

타이를 매면 무심한 듯 보이지만 아주 품격 있으면서도 성공

한 사람처럼 보일 거란 말이죠."

　앨리샤가 그의 말을 끊고 끼어들었다. "그런데 지금 이 상

황이랑 그게 대체 무슨 상관있죠?"

　"그 배터리 설계도만 손에 쥔다면 나는 단숨에 21세기 최

고의 발명가 반열에 오르게 될 테니까! 나는 운송업에 혁명

을 불러올 거야. 그러면 이번에는 우리 아버지도 나의 재능

을 인정할 수밖에 없으시겠지."

　"당신이 그 설계도를 훔쳐간 거라고 모두에게 알릴 거예

요." 아바가 말했다. "아무도 당신 말을 믿지 않을 거예요."

시커먼 형체는 바비 뒤에서 원을 그리며 돌고 있었다.

"허, 그러세요? 공주님, 하나만 알고 둘은 모르나 보군. 그러면 내가 가만히 안 있지. 너를 수십 년간 법정에 묶어 둘거야. 그 사이에 나는 돈을 긁어모으고 있겠지."

아바가 이를 앙다물며 톡 쏘아 붙였다. "공주라고 부르지 마세요."

"너를 뭐라고 부르든지 그건 내 맘이야." 바비가 말했다. "네가 가까스로 이 정글에서 살아남아서 마나우스로 돌아간 다 해도, 나는 이미 떠나고 없을 테고 어딘가에서 배터리를 상용화시키고 있을 거야."

바비는 보트를 밀고 나가기 시작했다. 검은 형상이 그의 왼쪽 수면 위로 올라왔다가 헤엄을 쳐서 보트 바닥으로 내려 갔다. 바비는 아직 그 형상을 보지 못한 것 같다. 그리고 그에게 경고를 해 주는 게 옳았다는 생각이 든다. 그렇지만 그는 우리를 버려두고 갈 참이었다. 게다가 매트 말로는 이 종이 그렇게 치명적이지는 않다고 했었다. 고통스럽기는 하겠지만, 죽을 정도는 아니라고 했다. "잠깐만요!" 내가 외쳤다.

바비가 잠시 멈추었다. "뭐야? 이미 끝났어. 너희들은 이 게임에서 진 거야."

"분명히 저희들이 거래를 좀 할 수 있을 것 같은데요, 그 배

터리는 사실 제 아이디어였어요. 그러니 저도 한마디 할 자격이 있다고 봐요. 저희가 5퍼센트를 떼어 주면 어떻겠어요?"

행크 박사가 눈썹을 치켜떴다. "잭, 네가 낸 아이디어라고?"

앨리샤가 손가락을 흔들었다. "아니, 아니, 아니야. 5퍼센트는 너무 높아." 그녀가 말했다. "3퍼센트."

바비가 냉소적인 미소를 싱긋 지어 보였다. "너희들의 몫은 0퍼센트야." 그는 우리 머리 너머로 주변의 우림을 둘러보았다. "너희들이 어찌어찌 여기를 벗어난다고 해도, 한번 둘러 봐." 그가 양손을 배의 난간에 대고 오를 준비를 하며 말했다. "이게 너희들 앞에 펼쳐진 현실이라고. 나는 내 갈 길을 가겠어."

내 옆에 있던 페드로가 돌 하나를 집더니 바비에게서 1미터쯤 떨어진 강물 속으로 던졌다. 그 즉시 그 시커먼 형체가 바비를 향해 쏜살같이 달려들었다. 그 거대한 몸체의 전기뱀장어는 바비의 왼쪽 다리를 휘감으며 9백 볼트의 전기충격을 가했다. 바비 몸의 근육 하나하나가 즉각적으로 수축이 되었고 그는 이를 앙다물었다. 몇 초간은 '저러다가 그가 곧 폭발해 버리고 말겠구나'라는 생각이 들 정도였다. 다음 순간 작은 배의 난간을 잡던 그의 손에 힘이 풀리면서 그의 얼굴이 먼저 물속으로 처박혔다.

# 18
# 아마존의
# 범법자들

우리가 훔볼트 호를 타고 마나우스로 돌아오는 데는 이틀밖에 걸리지 않았다. 행크 박사가 우리가 잠을 자는 밤사이 훔볼트 호가 운항을 하도록 설정해 둔 덕분에 가능한 일이었다. 음식도 처음 그 배를 타고 정글로 들어갔을 때보다는 훨씬 먹을 만했다. 선창에는 우리가 알지 못했던 냉장고가 있었는데 그 안에는 냉동 과일과 야채들이 가득 들어 있었다. 그래도 우리가 가장 놀랐고 열광했던 것은 숨겨진 객실에 달린 태양열로 가동되는 샤워 시설이었다. 우리 모두가 비슷하게 했던 생각은 원숭이의 오물을 뒤집어썼던 매드를 좀 씻게 해야 된다는 것이었다. 어쨌든 우리 모두는 제대로 빡빡 씻어야 했고, 바비도 마찬가지였다. 그렇다고 바비가 그런 호사를 온전히 누리게 내버려 두지는 않았다. 사실 우리들 각자의 속마음은 그를 그냥 강둑에 버려두고 싶었지만, 그러면 그를 죽게 하는 거나 마찬가지였으므로 그럴 수는 없었다. 그래서 우리는 그를 배 안의 작은 침상에다 감옥처럼 가두어 두었다.

토요일 이른 저녁 시간쯤이 될 무렵, 멀리서 마나우스가 시야에 들어왔고 그때 행크 박사가 그의 노트북 앞으로 우리들을 불러 모았다. 드디어 인터넷에 접속됐고 인공위성, 쉐릴이 애초 우리의 계획대로 작업을 완수했다는 사실을 알았을 때 우리는 그야말로 무슨 말을 해야 할지 몰랐다. 쉐릴이 제대로 다시 프로그래밍이 되었던 것이다. 우리가 기대했던 대로 쉐릴은 행크 박사가 지도에 표시한 모든 장소를 사진으로 촬영했다. 그렇지만 그건 동시에 슈퍼 플로어(Super Floor)가 벌목 작업을 시작했다는 의미이기도 하다. 몇몇 사진에서는 온통 푸른색이었던 정글의 일부 지역들의 나무들이 잘려 나가 있는 장면이 담겨 있었다.

"정말, 도저히 믿을 수가 없네요." 앨리샤가 말했다.

행크 박사는 위성이 찍은 사진들을 보여 주는 창을 닫았다. "그래, 정말이지, 차마 눈뜨고 보기 힘든 장면들이구나." 박사가 말했다. "그래도 이제 우리 손에 증거가 있잖니. 지금쯤이면, 당국에서도 경각심을 느꼈을 테고, 곧 나서서 더 이상의 파괴를 막을 수 있겠지. 그렇지만 그건 단지 이번 작업만 중단시키게 될 거야. 만약 우리가 열대 우림 어디에선가 발생하는 또 다른 벌목 사태를 막으려면, 도나 마리아 자체를 막아야 해."

"뱀을 죽이려면 머리를 잘라야 하는 법이죠." 페드로가 말했다. 그는 웃음을 짓기 전에 나의 반응을 먼저 살폈다. "아니, 아니 그런 게 아니야. 너는 내 말을 잘못 이해했구나. 진짜 그 여자의 머리를 잘라야 한다는 말은 아니야."

"이 엄청난 음모 뒤에 도사리고 있는 자가 바로 그 여자라는 사실을 모두에게 알려야겠어요." 앨리샤가 말했다.

"그럼, 도나 마리아가 어디 있는지 찾는 게 먼저네." 아바는 앨리샤와 페드로를 일깨워 주었다.

"자신의 공장에 있지 않을까?" 내가 의견을 냈다.

"나에게 좀 더 괜찮은 생각이 있는데 말이야." 행크 박사가 말했다. 박사는 드라이브의 위치 파악을 위해 만든 추적 프로그램을 작동시켰다. 도시를 상세하게 보여주는 지도가 스크린에 나타났는데 마나우스의 중심지로 보이는 지점에 초록색 점이 깜박였다.

"조앙이 그 드라이브를 자기네 사장한테 가져가겠다고 했잖아. 그러니 드라이브의 위치를 찾는다면 도나 마리아가 있는 곳도 알 수 있겠지."

매트는 깜박거리는 초록색 점을 가리켰다. "저 점에는 뭐가 있죠?"

"아마, 도나 마리아 소유의 또 다른 공장인가요?" 페드로가 추측을 해 보았다. "아니면, 사무실 건물인가요?"

행크 박사가 그 지점을 클로즈업했다.

"저기는 사무실 건물이 아닌데." 내가 말했다. 그 도로의 이름이 눈에 익었다. 우리가 마나우스에 도착한 첫날 저 지역을 차를 타고 지나갔다. "저기는 오페라 하우스네." 내 손등을 쳤던 도나 마리아에 대한 기억이 번뜩 떠올랐다. 그 여자가 앉아 있던 사무실의 책상, 근사한 명함들, 그리고 티켓. "그 여자는 오페라 하우스에서 열리는 개막 공연에 갈 거예요."

아바는 행크 박사에게서 노트북을 받아서 글자를 입력했다. "개막 공연은 오늘 밤이야." 아바가 말했다. 아바는 입술을 잔뜩 오므린 채 다른 페이지를 검색했다. "도나 마리아의 트위터에 따르면, 그녀가 그리로 가는 것 같아요. 다른 몇몇 사람들도 태그해 두었네요. 그중 한 사람이 시장인 것 같아요. 조아킴도 참석하는가 봐요."

"그 사람들도 다 이 사건에 연루되어 있다고 생각해?" 내가 물었다.

"아니면, 그냥 오페라를 무지 좋아하거나." 페드로가 말했다.

"근데 이 사람들이 다 주변에 있으면 도나 마리아에게서 박사님의 드라이브를 어떻게 다시 빼내올 수 있지?" 매트가 물었다.

세 명의 천재들은 내가 무슨 답이라도 내놓길 바라며 나만 멀뚱히 쳐다보았다. 왜 항상 이럴 때만 나를 바라볼까? 글쎄. 나는 우리들 중에서 나무에 오르거나, 창문에서 뛰어내리거나 급할 때는 아무 버튼이나 막 눌러 대는 단지 그런 역할만 하는 사람은 아니다. 행크 박사는 세계적으로 저명한 발명가이자 과학자이다. 아바는 뭐든 만들어 낼 수 있고 비행기를 타고 오는 동안에도 새로운 언어를 습득할 수 있는 능력을 갖고 있다. 매트의 곱슬머리 속에 들어 있는 뇌에는 대부분의 교과서보다 더 많은 과학적 지식이 담겨 있다.

그들 세 사람 모두는 대단한 두뇌의 소유자들이다.

그러나 나는 아이디어를 짜고 계획을 세우는 일에 능하다.

안에 갇혀 있던 바비가 선실의 문을 두드려댔다. 내가 그에게 저녁을 가져다주기로 했는데 완전히 새까맣게 잊고 있었다. 바비는 좀 더 기다려도 될 듯했다. 나는 뒷짐을 진 채 도시를 물끄러미 바라다보았다. "그 드라이브를 어떤 식으로 돌려받을지는 나도 확실치는 않아." 내가 말했다. "그렇지만 한 가지는 알고 있지."

"그게 뭐니?" 행크 박사가 물었다.

"우리가 입을 턱시도가 필요해요."

우리가 폰 훔볼트 호를 정박시키고 있는 곳에서부터 아마존 극장까지는 택시로 얼마 안 되는 거리였다. 바비와 작별을 고하는 순간은 섭섭하거나 뭐 그렇지는 않았다. 우리들은 택시를 타고 가며 이제 우리들의 삶에서 벗어나 부두에서 걸어가는 바비를 지켜보았고, 바비는 택시를 타고 멀어져 가는 우리를 보며 매우 행복해 보였다. 우리는 앨리샤가 알고 있는 오페라 하우스 근처의 상류층들의 의상을 취급하는 상점을 향해 갔다. 도중에 페드로와 아바 그리고 매트는 프로젝터를 구해 보라고 도로 끝에 있는 전자제품 가게에 내려 주었고, 목적지에 이르자 앨리샤가 박사와 나를 상점으로 안내했다. 앨리샤는 우리의 상황─턱시도가 왜 필요한지─을 포르투갈어로 설명을 했다.

5분만에 맵시 나는 양복을 잘 차려입은 남자들에게 둘러싸였고, 그들은 우리들의 어깨와 허리에 줄자를 갖다 댔다. 나는 애써 태연한 척했다. 여러분도 잘 알다시피, 나의 생활은 원래 이렇게 럭셔리했으니까!! 그때 그중 대머리를 가진 한 남자가 내 배 가까이에 바짝 다가섰을 때, 나는 완전히 키득키득거렸다. 그중에서도 가장 마음에 들었던 것은? 그 상점에는 양말도 있었다. 정글에서 푹 절은 내 발이 춤이라도 추고 싶을 만큼 깨끗하고 뽀송뽀송하고 멋진 양말들 말이다.

같은 구역에 있는 스포츠용품점에서 새로운 농구화도 마련하고 행크 박사와 나는 서둘러서 형제들이 백만 불짜리 발을 가진 소년과 함께 우리를 기다리는 유명한 오페라 극장 건너편 주차장으로 갔다.

행크 박사는 나의 나비넥타이를 매만져 주었다. "너, 아주 근사해 보인다." 박사가 말했다.

박사의 타이는 살짝 비뚤게 매졌지만 나는 아무 말도 하지 않았다. 나는 가르마가 잘 타졌는지 내 머리를 살폈다.

"잭, 머리는 멀쩡하니까 신경 좀 그만 쓰고." 아바가 말했다. "그런데 나는 왜 극장에 가면 안 되는지 아직 이해가 안 가는데."

"내가 얘기했잖아." 내가 말했다. "아이 한 명, 그리고 어른 한 명이 딱 좋아. 애들 둘이서만 그런 행사에 간다는 건 좀 그렇잖아. 그럼 의심을 살 거라고. 게다가 형이랑 아바는 지금 아주 중요한 임무를 맡았잖아. 할 일이 뭔지는 알고 있지?"

"아주 잘 알고 있지." 매트가 말했다.

"우리 일은 우리가 알아서 잘 할게." 아바가 한마디 보탰다. "너는 준비된 거니?"

"우리는 준비가 끝났다." 행크 박사가 말했다.

"그럼 이제 작전회의나 뭐 그런 거라도 해야 하는 건가요?" 페드로가 물었다.

과학자들은 작전회의를 하지 않는다. 아니, 대개의 경우가 그렇다는 의미다. 행크 박사가 한 팔을 뻗어 내 등을 감싸고 다른 팔로는 아바의 어깨를 감쌌다. 매트와 브라질 친구 두 명도 모두 어깨를 맞대고 모였다. "이제는 뭘 하지?" 행크 박사가 물었다. "너희들 축구팀이 뭘 하는지 알지?"

"우리가 만약 한 팀이라면," 페드로가 말했다 "아마 세상에서 가장 이상한 팀일 거예요."

"세상에서라고? 우리는 그보다 더 대단한데." 행크 박사가 말했다. "자, 여기 우주에서 가장 이상한 팀이 나가신다! 아니 우리 태양계라고 해 두자."

우리의 작전회의는 그렇게 끝났고 우리 여섯 명은 나무 그늘을 벗어나 맞은편 오페라 하우스를 향해 길을 건너갔다. 희미한 분홍색과 흰색으로 칠해진 건물이 오페라 하우스 건물인가 보다. 넓은 돌계단이 도로에서 입구까지 이어져 있었다. 왕궁 같은 기둥과 돌로 만든 아치형 구조물이 드러났고 우리가 서 있는 곳에서는 잘 안 보였지만 그곳의 돔형 지붕은 3만6천 개의 유색 타일을 브라질 국기와 닮은 모양으로 붙여 만들었다고 책에서 읽었던 기억이 났다.

"와아." 매트가 탄성을 질렀다.

"과연 멋지구나." 행크 박사도 감탄했다.

오페라는 이미 시작이 됐고, 몇 분 후면 1막이 끝날 것 같았다. 2막이 시작되기 전까지 약 30분 남짓의 휴식 시간이 있었다. 앨리샤 말로는 휴식 시간이면 많은 오페라 애호가들이 밖으로 나와 담배를 피우거나 그날 저녁에 열리는 중요한 축구 경기의 점수를 확인한다고 한다.

바로 그때가 우리가 극장 안으로 몰래 숨어들어 갈 기회라고 했다.

"그런데 그런 건 어떻게 그렇게 잘 알아?" 아바가 물었다.

"그야 내가 가끔씩 몰래 들어가니까 알지." 앨리샤가 인정을 했다.

행크 박사와 나는 정문 출입구로 다가갔고 앨리샤는 몇 걸음 뒤에서 따라왔다. 초대형 오페라 극장으로 통하는 출입문이 흔들리면서 열리자 수십 명의 관객들이 한꺼번에 쏟아져 나와 담배를 피우고 스마트폰을 들여다보았다. 약 10미터 가량 되는 기둥 뒤에 서서 그 무리들이 좀 흩어지기를 기다렸다. 여기저기 피어오르는 담배 연기에 기침이 나려는 걸 간신히 참았다. 턱시도를 말끔하게 차려 입은 중학생답게 나는 이미 한참을 그렇게 서 있었다.

앨리샤는 우리 뒤에 서서 오페라 관객들의 동태를 살폈다.

"뭘 찾고 있는 거야?" 내가 물었다.

긴 은발의 곱슬머리를 한 남자가 스마트폰을 쳐다보며 소리를 질렀다. 그는 턱시도를 입고 있는 또 다른 남자에게 스마트폰의 화면을 보여 주었다. 두 번째 남자는 고개를 젖히고는 하늘을 향해 소리를 질렀다. "나는 열렬한 축구팬을 찾고 있는 중이야." 앨리샤가 설명을 했다. "저기 저 남자 두 명이 아주 딱이네."

앨리샤가 그 두 명의 남자들을 향해 걸어갔다. 처음에 그들은 긴 은발 머리 남자의 스마트폰에서 눈을 떼지 않았다. 앨리샤는 그들 각자에게 명함 같은 걸 건넸다. 두 명의 남자는 마치 아이같이 천진난만한 미소를 지었다. 앨리샤가 손가락 두 개를 들어 보이자 그 둘은 턱시도 주머니에 손을 넣더니 각자 티켓을 꺼냈다. 앨리샤는 티켓을 받아 들었고 머리를 숙여 감사를 표하고는 도로 아래쪽을 가리켰다. 두 명의 남자는 부지런히 달려 내려갔고 앨리샤는 티켓을 들고는 오페라 하우스 쪽으로 다시 걸어왔다.

"어떻게 된 거야?" 내가 물었다.

"오늘 밤 흥미로운 경기가 있거든." 앨리샤가 말했다. "진정한 축구 팬이라면 이 시간에 오페라 하우스에 있고 싶어 하지 않을 거야. 그들에게 페드로의 친필 사인을 담은 사진을 주면서 그 경기를 보려면 어디로 가야 할지 알려줬어." 앨리샤는 우리에게 작은 종이 두 장을 내밀었다. "자, 이제 티켓이 생겼네."

입구에서 안내원이 나를 잠시 노려보았지만 그냥 들여보

내 주었다. 내부에서는 옅은 노랑 빛의 조명이 샹들리에에서 흘러나오고 있었다. 공간의 외벽에 돌로 만든 곡선의 발코니를 여러 개의 기둥이 떠받치고 있었다. 잘 닦인 대리석 바닥은 내 모습이 비칠 만큼 반짝거렸다. 아바의 말이 맞았다. 바닥에 비친 내 머리 스타일은 멋져 보였다.

"잭, 스타 흉내는 그 정도면 충분히 한 것 같은데." 행크 박사가 내 턱시도 팔꿈치를 당기면서 말했다. 그 공간을 가로질러 걸어가는 사이 행크 박사가 머리 위를 가리켰는데, 거기에는 천장 전체에 걸쳐서 신들과 천사들이 그려져 있었다. "저 천장화를 그리기 위해서 유럽에서부터 화가를 모셔 왔다고 해." 박사가 말했다. 그러고는 관람객들을 둘러보았다. "도나 마리아는 안 보이는데."

행크 박사는 추적 프로그램을 로딩 시켜둔 스마트폰을 사용하라고 미리 나에게 주었다. 나는 주머니에 넣어 두었던 그 스마트폰을 꺼내서 앱을 열었다.

안내원이 다가와서 포르투갈어로 말을 건넸다. 우리 두 사람 다 그의 말을 알아듣지 못하는 걸 알고서는 내가 들고 있는 스마트폰을 두드리고 손가락을 내저었다. 나는 다시 주머니에 넣었다.

"도나 마리아가 아직도 여기에 있기를 바라야죠, 뭐." 내가 행크 박사에게 말했다.

극장 건물은 전체가 4층 높이였다. 강의 풍경이 그려진 거대한 커튼이 정면의 무대를 가리고 있었다. 무대 앞쪽 바닥에는 수백 개의 좌석들이 공간을 차지했고 다른 좌석들은 내부가 둘러싸인 작은 개인 부스들에 배치되었다. 행크 박사와 나는 중앙 통로로 걸어가는 사이 1층 바닥의 좌석들을 살펴보고 2층으로 고개를 돌렸다. 무대 근처에 있는 부스의 난간을 붙잡고 있는 주름진 손이 눈에 들어왔다. 그때 도나 마리아가 고개를 빼고 관객들을 지켜보았다. 사우사드(Sausade) 식당의 주인이자 요리사인 조아킴도 그녀의 좌측에 앉아 있었다. 그들 뒤로는 조앙이 팔짱을 낀 채 벽에 기대어 앉아 있었다. 마나우스의 시장이라는 사람도 도나 마리아의 우측에 서서 다른 두 명의 남자들과 이야기를 나누고 있었다.

나는 중앙 통로를 계속 걸어 내려갔다. 나를 막는 사람은 아무도 없었다. 양손을 나무 무대 위에 올리고, 나는 무대 위로 펄쩍 뛰어올랐다. 그때까지도 나를 제지하는 사람은 없었다.

나는 방향을 돌려 엄청나게 큰 대형 커튼을 등지고 점점 늘어 가는 관객들을 정면으로 바라보며 섰다. 나의 심장 박동 수가 초 단위로 점점 더 빨라지고 있었다. 마치 누군가 나의 심장을 밟기라도 한 듯한 느낌이었다. 공연장 뒤쪽의 가장 높은 발코니에서 불빛이 번쩍였다. 제발 그것이 나의 형제들과 페드로가 계획대로 일이 진행되고 있음을 알리는 신호이길 바랐다.

행크 박사도 무대 위로 올라와서 나와 함께 섰다. 나는 공연장 위쪽 발코니에 있는 도나 마리아를 올려다보았다. 그녀는 별다른 움직임을 보이지는 않았지만 나를 지켜보는 그녀의 눈빛은 마치 먹잇감을 앞에 둔 매의 그것과 같았다. 나는 마른 침을 꼴깍 삼켰다.

"신사 숙녀 여러분." 나의 목소리가 갈라졌다. 나는 기침을 하고 목을 가다듬고 다시 말을 이어갔다. "신사 숙녀 여러분!" 나는 소리쳤다. 관객들의 초점이 무대 위로 쏠리면서 여기저기서 들리던 잡담소리가 잦아들었다. "2막을 시작하기에 앞서서, 제가 여러분들께 알려드릴 중요한 사안이 있습니다. 여기 관객들 중에 범죄자가 있습니다. 거짓말쟁이에 절도범입니다."

몇몇 사람들의 입에서 탄식 소리가 흘러나왔다.

"내 말이 맞지? 통역이 없어도 통한다니까." 행크 박사가 속삭였다. "미안, 계속 얘기해. 너 지금 아주 잘하고 있거든."

휴식을 위해 나갔던 사람들이 들어오면서 비어 있던 좌석들이 빠른 속도로 채워졌다. 세 명의 안내원들이 부리나케 중앙 통로로 걸어 내려왔다. 나는 양손을 내뻗으며 외쳤다. "잠깐만요!"

안내원 한 명이 점점 가까이 다가왔다.

도나 마리아가 있는 위쪽 발코니에서 조아킴이 난간에 기대서 목을 쑥 빼고 내려다보면서 포르투갈어로 소리를 질렀다. 그러자 다가오던 안내원이 자리에서 멈추었다. 그는 나를 향해 손을 흔들고는 나를 가리키며 무슨 말인가를 했다. 관객 속에 있던 몇몇 사람들이 나를 쳐다보더니 고개를 끄덕여 동의를 한다는 표시를 했다. 나는 기다렸다.

조아킴은 양손을 동그랗게 모아 입에 갖다 댔다. "사람들에게 일단 들어 보라고 말했어." 그가 말했다. "그러니 계속해 봐. 말해 봐!"

그래서 나는 하던 말을 이어갔다. 이후로도 내 목소리는 몇 번은 더 갈라졌고 사실 조금 횡설수설하기도 했다. 미리 말하기 연습을 좀 해 두거나 아니면 최소한 할 말을 적어두었어야 했다. 그래도 나는 어쨌든 도나 마리아에 대한 사실을 간신히 알렸고 그 소중한 우림에 그녀가 무슨 짓을 하고 있었는지도 폭로했다. 어느 시점에 맨 앞줄에 있던 한 남자가 손을 들었다. 그는 자리에서 일어났다. "혹시, 이거 지금, 오페라의 한 장면인가요?" 그가 물었다.

"아니요, 이건 현실이에요." 내가 말했다. "슈퍼 안다(Super Andar) 또는 슈퍼 플로어(Super Floor)라는 회사의… 그 사람들은 우림의 거대 지역에서 불법적으로 벌목을 저지르고 있습니다. 그리고 바로 저기 앉아 있는 저 여자 분이 그 모든 일을 조종하고 있는 총책임자입니다."

내가 그녀가 앉아 있는 자리를 손으로 가리켰다. 옆에 있던 시장은 부리나케 자리에서 일어났다.

드디어 도나 마리아가 자리에서 벌떡 일어섰다. "대체 무슨 소리야? 아무런 증거도 없잖아!" 그녀가 소리를 질렀다. "이건 모두 거짓말입니다. 다 새빨간 거짓말, 모두 꾸며낸 이야기란 말입니다. 제발 누가 좀 저 정신 나간 사람들을 무대에서 끌어내리세요. 그래야 우리가 오페라를 즐길 수 있지 않겠어요?"

"오오, 증거야 당연히 있습니다." 행크 박사가 말했다.

공연장 뒤편에 있던 나의 형제들과 두 명의 브라질 친구들이 프로젝터에 스위치를 켜자 무대 위의 커튼에 다양한 조명이 비춰졌고 행크 박사와 나는 무대 끝으로 자리를 옮겼다.

쉐릴이 촬영한 사진들의 슬라이드 쇼가 우리 뒤쪽의 배경막 위로 펼쳐지는 동안 행크 박사는 내레이션을 시작했다. "자, 여기는 바로 2년 전 정글의 사진입니다." 행크 박사는 초록색 우림이 한 줄로 베어져 나간 사진을 가리키며 말했다. "그리고, 여기는," 박사는 다음에 드러난 사진을 가리켰다. "슈퍼 안다(Super Andar)가 불법 벌목을 저지르고 나서의 모습입니다."

관객석에 앉아 있던 몇몇 사람들이 깊은 한숨 소리를 뱉어

냈다. 다른 사람들은 도나 마리아가 있는 발코니를 향해 소리를 질러댔다. 그 늙은 여자 옆에 있던 시장은 멀찍이 자리를 옮겨 앉아 있었고, 조아킴은 그녀를 향해 질문 공세를 퍼붓고 있었다. 그러나 도나 마리아는 아랑곳 않고 행크 박사와 나에게 시선을 고정시킨 채 꿈쩍도 않았다. 행크 박사가 말을 맺었다. 그리고 비록 연설 준비는 미리 못 했지만, 나는 적어도 이럴 때 어떻게 마무리를 하는지 정도는 알고 있었다. 나는 주머니 속에서 수첩을 꺼내서 마지막으로 그녀의 이름을 다시 한 번 확인했다. "도나 마리아 아파레시다 올리베이로스 도스 산토스씨," 내가 알렸다. "당신은 아마존의 열대 우림과 평원을 파괴한 죄악을 저지른 책임이 있습니다. 한마디로 당신은 절도죄를 저질렀어요. 지금 저는 당신과 당신이 고용한 벌목꾼들에게 요구합니다. 당신들은 절대 두 번 다시 우림으로 들어가서는 안 됩니다. 그리고 우림에서 얻은 것은 그대로 돌려줘야 합니다."

오페라 극장 전체가 찬물을 끼얹은 듯 조용해졌다.

벽에 기대서 있던 조앙은 스리슬쩍 부스의 출구 쪽으로 다가가고 있었다. 조아킴이 감동을 받은 듯 양손을 가슴에 갖다 대더니 이내 박수를 치기 시작했다. 몇몇 다른 사람들도 그를 따라 박수를 쳤다. 사실 나는 영화에서처럼 그 박수갈채가 번져 나가길 바랐다. 그렇게 박수를 받는 게 박사님의 드라이브를 돌려받는 데 어떤 도움이 되는지는 알 수 없었지만, 그래도 근사한 턱시도를 빼입고 무대 위에 올라서 멋진 옷을 잘 차려입은 7백 명의 사람들의 환호를 받는다는 것은 아주 마음에 들었다.

안타깝게도 도나 마리아가 끼어드는 바람에 그 짜릿한 순간을 그리 오래 즐기지 못했다.

도나 마리아는 다른 관객들에게 항변을 하며 나를 가리키고는 자신의 양손을 모아 가슴에 갖다 댔다.

그녀는 자신을 믿어달라고 읍소하고 있었다. 그러나 별로 효과는 없어 보였다. 그녀는 발코니 난간 쪽으로 이동을 하며 지팡이를 치켜들고 외쳤다. "멘티로소(Mentiroso)! 인트르종(intrujão)!"

안내원 한 명이 무대 끝으로 급히 다가왔다. "그녀가 너를 보고 거짓말쟁이에 침입자라고 하고 있어." 그가 설명했다.

나는 도나 마리아가 다시 한 번 나를 향해 그 사진들이 모두 가짜라고 소리질러 주고 더 나아가 나를 체포하라고 말해주길 기대했다. 그러나 그녀는 뒤로 돌더니 몸을 수그리고는 로켓 장치가 부착된 신발을 이용해서 조앙이 열고 서 있는 개인전용 부스의 출입문을 빠른 속도로 빠져나갔다.

이건 우리가 애초에 계획했던 상황이 아니었다. 이쯤 되면 도나 마리아가 자백을 하고 어쩌면 참회의 눈물이라도 흘릴

줄 알았다. "이제 뭘 어떻게 하죠?" 내가 물었다.

"쫓아가야겠지." 행크 박사가 말했다.

박사와 나는 카펫이 깔린 바닥 위로 뛰어내렸고, 안내원이 길을 비켜주자 중앙 통로를 내달렸다. 우리는 총알처럼 로비로 뛰어나갔고 도나 마리아는 구불구불한 대리석 층계의 마지막 남은 계단을 내려오고 있었다. 조앙이 그녀 옆에 있었다.

행크 박사와 나는 가장 가까운 출입문을 막아섰고 매트와 아바, 앨리샤 그리고 페드로는 공연장의 다른 쪽 계단을 타고 달려 내려갔다. 2층에 있는 발코니 난간에 조아킴과 시장이 모습을 드러냈다.

"저희 드라이브는 돌려주세요." 내가 말했다.

발코니 쪽에서 조아킴이 아래를 향해 소리쳤다. "발명품은 돌려주고 가세요!"

그의 옆에 서 있던 시장이 박수를 쳤다. 호기심에 가득 찬 오페라 관객들이 삼삼오오 로비로 나오기 시작했다. 도나 마리아는 발코니를 향해 지팡이를 쳐들고 말했다. "당신들이 지금 저 애들을 지지하고 있는 거야? 당신들이 저 미국인들을 지지한다고?"

"우리는 옳은 일을 지지할 뿐입니다." 시장이 응수했다.

"우리의 소중한 우림을 베어 버리는 사람은 그 누구라도 브라질 국민의 자격을 얻을 수 없습니다."

오페라 관람객들이 환호성을 질렀다.

나의 형제들과 브라질 친구들이 어느새 우리 옆에 와 서 있었다. 조앙이 나를 노려보았다. 나는 매트의 등 뒤로 자리를 옮겨 섰다.

"자, 이제 저희들의 드라이브를 주세요." 아바가 말했다.

스팽글 장식이 달린 긴 드레스를 입은 한 여성이 한마디 거들었다. "어서 주인에게 물건을 돌려주세요!"

도나 마리아가 계단 끝에서 내려왔다. "아주 작은 장치 하나를 갖고 참 성가시게도 구네." 그녀가 자신의 가방에서 드라이브를 꺼내 자신의 휘어진 코앞에 가져가서는 이리저리 돌리며 말했다. "아주 근사한 기술이 담겨 있던데. 조앙도 나도 아주 깊은 인상을 받았지. 그런데 복사가 불가능하게 만들어 두셨더군. 지금 당신들이 여기에 와 있는 걸 보니 이 장치가 위치 추적도 할 수 있는 모양이지?"

"평방미터 단위까지도 추적 가능합니다." 행크 박사가 말했다.

로비에는 사오십 명 남짓 되는 관객들이 나와 있었다. 스무 명 가량 되는 사람들이 발코니 쪽에도 흩어져 있었다.

도나 마리아는 그 작은 장치를 다시 한 번 쳐다보았다. "위성은 우리가 통제하고 있는데 그 사진들은 대체 어떻게 찍은 거죠?"

"저희는 또 다른 위성을 갖고 있어요." 아바가 대답했다.

도나 마리아가 행크 박사에게 고개를 돌렸다. "당신이 인공위성을 두 대나 갖고 있단 말인가요?"

"아니요," 내가 말했다. "두 번째 위성은 저희 형제들이 설치한 거예요."

조앙은 양손을 맞잡고 들어 올리며 애원하듯 말했다. "오, 사장님, 저는 그건 알지 못…."

"조용히 하세요! 당신이 아주 똑똑한 사람인 줄 알았는데, 아닌가 보네. 당신이 지금 저 애들에게 당한 건가? 조앙. 난 당신한테 아주 실망했어. 그나저나, 너희들 말이야, 음, 아주 똑똑하더라. 내가 듣자 하니 여기 이 작은 통에 담긴 설계도가 수백만 달러, 혹은 그 이상의 가치가 나간다고 하던데."

"그건 어쨌든 당신의 아이디어가 아니잖아요." 내가 그녀에게 현실을 다시 상기시켰다.

"무슨 말씀? 당연히 내 거지." 도나 마리아가 말했다. "지금 내 손안에 있잖아. 그리고 이건 내가 가져 갈 거야." 그녀는 시장과 조아킴을 매서운 눈빛으로 올려다보았다. "어딘가에서 사람들이 나의 능력을 알아주겠지. 조앙, 일단 여기를 벗어납시다."

금발을 탈색한 그녀의 조수, 조앙이 우리 앞으로 다가오더니 멈추었다. 그는 다소 마른 몸집을 갖고 있었지만 그래도 나는 흠칫하고 놀랐다. 보통 우리들이 사람들에게 외모적으로 공포를 느끼게 만들 능력이 못되는 사람들이라 좀 겁이 났다. 그때 내 뒤에서 사람들의 소리가 들렸다.

몸집이 큰 관객 네 명이 출입문을 막아서고 있었다.

조앙이 포르투갈어로 소리치고는 반대편 출입구를 향해 쏜살같이 달려갔다. 도나 마리아도 몸을 수그리면서 신발의 동력을 이용해 출입문을 향해 움직이며 얼른 그 자리를 벗어났다. 조앙의 뒤를 따라가던 그 늙은 사기꾼의 속도가 느려지는가 싶더니 회전문에 다다르기 직전에 휘청거렸다. 방금 전 출입문을 막아섰던 네 명의 남자들이 이제는 다른 출구를 막으려 서둘러 움직였다. 허둥지둥 당황한 기색이 역력한 도나 마리아는 지팡이로 대리석 바닥을 몇 번을 퉁퉁 내리쳤다.

그러고는 배터리가 장착된 부츠의 굽을 바닥에 세 번을 쾅쾅쾅 구르고는 다시 몸을 수그리며 달려 나갈 자세를 취했다. 그러나 도나 마리아의 몸은 어느 방향으로도 움직이지 않았다. 그녀는 잔뜩 성을 내며 포르투갈어로 무슨 말인가를 웅얼거렸다.

그 모습을 지켜보던 앨리샤와 페드로가 웃기 시작했다.

"뭔데?" 내가 물었다. "뭐가 그렇게 웃기는데?"

"저 여자 말이 자기 부츠의 배터리가 맛이 갔대." 페드로가 말했다.

"자, 드라이브를 주세요." 아바가 손을 내밀며 말했다.

도나 마리아는 마지못한 표정을 지으며 가방에 손을 밀어 넣어서 눈에 익은 그 작은 기기를 꺼내더니 그걸 행크 박사의 머리 뒤 공중으로 툭 던져 버렸다. 우리의 발명가, 행크 박사는 공중에 날아가는 물건을 잡을 만큼 날쌘 분은 아니었다. 그러나 나의 형, 매트가 얼른 달려 나가 그 소중한 물건이 딱딱한 바닥 위로 떨어지기 직전에 잽싸게 낚아챘다.

"와, 형, 그걸 어떻게 잡았어?" 내가 물었다. "그보다 몇 십 배 더 큰 농구공도 못 잡으면서!"

매트가 한쪽 눈을 찡긋하며 윙크를 했다. "농구공 같은 건 별로 관심이 없어서," 그가 말했다. 부드럽게 그 드라이브를 톡톡 두드리며 한 마디를 덧붙였다. "나는 아이디어는 정말 관심이 많거든."

도나 마리아는 계속해서 포르투갈어로 투덜거렸다. "지금 저 여자는 어떤 식으로든 은퇴를 해서 무슨 섬인가로 갔어야 했다고 말하고 있는 거야." 아바가 말했다. "플로… 뭐라 그랬더라?"

"플로리다야?" 내가 물었다.

"아니야, 플로리아노폴리스(Florianopolis)라고 말하는 거야." 페드로가 설명했다. "아주 멋진 장소야. 브라질의 하와이 같은 곳이야."

주변에서 듣고 있던 관객들이 박수를 쳤다. 나는 고개를 숙여 인사했다.

　"우리가 지금 절을 하는 거야?" 매트가 말했다. "진짜?"

　페드로도 나와 같이 절을 했고, 이어서 행크 박사도 함께 했다. 결국 니의 형제들도 모두 동참해서 고개를 숙여 인사를 했다. 시장과 조아킴이 도나 마리아 곁으로 다가섰을 때 우리는 인사를 멈췄다.

　"원하는 게 뭐지?" 도나 마리아가 물었다. "지금 나를 나무 몇 그루 베어 냈다고 당장 체포라도 할 참인가?"

　"아니요, 오늘은 아닙니다." 시장이 답을 했다. "그게 정확히 언제일지는 모르겠습니다. 그렇지만 당신이 무슨 일을 저질렀는지 모두가 알게 되겠죠, 도나 마리아 씨. 당신이 아마존에 저지른 범죄에 대한 죗값을 분명히 치르게 될 겁니다."

　그 늙은 여자는 말이 없었다. 그는 우리에게 등을 보이고는 동력이 떨어진 부츠를 신은 채 휘청거리는 걸음으로 출구를 빠져나갔다. 그 부정직한 늙은 사업가가 배터리가 죽은 부츠를 질질 끌며 나가는 모습을 지켜보며 안타까운 마음은 조금도 느낄 필요가 없었다. 그 사람은 사기꾼에 거짓말쟁이니까. 그렇지만 혼자서 자리를 뜨는 그녀의 뒷모습을 지켜보며 내 마음 한 구석에 왠지 모르게 안됐다는 생각이 들었다.

　앨리샤가 내 어깨 위에 손을 얹었다. "저 여자를 위해서는 한 방울의 눈물도 아까워." 앨리샤가 말했다. "저 여자는 지금 당장은 좀 곤란한 상황에 처할지도 모르겠지. 그래도 여전히 어마어마한 부자라고."

내 마음 속에서 일던 동정심이 일순간에 싹 사라졌다.

관객들은 다시 공연을 보러 극장으로 들어갔고, 우리는 시장과 조아킴에게 우리의 이야기를 들어줘서 고맙다고 말했다. 행크 박사는 앨리샤와 페드로에게 따로 조용히 이야기하고는 손목시계를 확인하며 우리가 약속에 늦었다고 했다.

"약속이라니요?" 매트가 물었다. "무슨 말씀이시죠?"

"저희가 무슨 치과 예약이나 그런 걸 해 두었나요, 그런가요?" 내가 농담을 하며 물었다.

"사람들이 보통 그렇게 하잖아, 너도 알다시피," 아바가 언급했다. "그걸 치과 관광이라고도 부르잖아."

"잠깐, 진짜야? 우리가 지금 진짜 치과로 가는 거야?"

행크 박사는 웃기만 할 뿐 무슨 약속을 말하는지 설명은 해주지 않았다. 박사는 우리들을 데리고 서둘러 거리로 나왔다. 길모퉁이에 새 리무진 한 대가 대기하고 있었다. 아바가 계단 밑에서 멈추어 서서는 팔짱을 낀 채 고개를 저었다. "이제 리무진은 안 탈 거예요. 절대 안 타요."

"이번 리무진은 좀 더 좋아 보인다." 페드로가 말했다.

리무진에서 운전사가 내리더니 문을 열어 주었다. 행크 박사가 위험하지 않다며 형제들을 설득시키는 사이, 나는 뒷좌석에 올라타서 냉장고가 있는지 찾아보았다. 페드로와 앨리샤도 리무진에 올랐다. 시원하게 냉장된 구아라나 캔이 우리를 기다리고 있었다. 좌석의 시트는 짙은 가죽이었고 소파마냥 폭신폭신했다. 긴장을 풀고 등을 기댄 채 이상한 맛의 음료를 홀짝이다 보니, 남은 브라질 여행은 내내 리무진에서 보내면 좋겠다는 생각이 들었다. 다른 사람들은 관광을 갈 수도 있고 박물관이나 식당도 가겠지. 그 사이 나는 이 리무진에 남아서 이 기가 막히게 시원한 에어컨 바람을 쏘이면서 테이크아웃한 음식을 먹고 시원한 음료를 홀짝거리면서 보낼 생각이었다.

다음으로 리무진에 오른 사람은 매트였고 그리고 아바가 올라탔다. 나는 쿠션 좋은 뒷좌석에 자리를 잡고 앉아 있으면서 내 침실도 리무진처럼 다시 꾸며 볼까 궁리하고 있었다. 그때 행크 박사가 고개를 불쑥 들이밀었다. "잭," 그가 말했다. "여기 앞쪽으로 와서 나랑 함께 앉아 가지 않겠니? 내가 너에게 할 말도 좀 있는데."

형제들과 브라질 친구들이 모두 나를 지켜보았다. 나는 망설였다. 앞좌석으로 옮겨 앉는 건 좋지만 그래도 지금은 나 혼자 떨어져 앉는 건 별로 적당한 타이밍이 아니라는 느낌이 들었다. 그렇지만 매트는 내게 그렇게 하라고 했고 아바의 생각도 같았다. 비록 리무진의 공간이 넉넉해도 행크 박사와 운전사 사이에 끼어 앉아서 가자니 좀 어색했지만 나는 이내 적응을 했고 여러 가지 이야기를 나누었다.

다음 학기에 우리의 재정 상태와 관련된 문제도 이야기 했고 여자 친구들에 관한 이야기도 나누었다.

행크 박사는 우리의 재정 문제에 대해서는 해결책이 생길 것도 같다고 했다. 나는 갑자기 온몸에 생기가 도는 것 같았다. "정말 해결책이 있으세요?" 내가 물었다.

"그래, 그렇지만 먼저 내가 고백할 게 있단다, 잭." 박사가 말했다.

리무진은 구불구불한 도로를 지나 이제 확 트인 시골로 접어들어 비행기 이륙장처럼 보이는 곳을 향해 언덕길을 달려 내려가고 있었다.

"고백이라뇨? 무슨 잘못이라도 하셨나요?"

"그 배터리 아이디어 말이야…. 그게 사실은 제대로 작동이 되지는 않았어."

"무슨 말씀이세요?"

"내 말은 네가 냈던 전기뱀장어 아이디어 말이야. 그걸 바탕으로 내가 계속 배터리를 연구했잖아. 그게 아이디어는 참 좋아. 그런데 이미 우리가 쓰는 배터리보다 더 나을 게 없어."

한껏 부풀어 올랐던 나의 심장이 푹 꺼지는 것 같았다. "그러면 그 드라이브를 되돌려 받겠다고 왜 그렇게 법석을 떨었던 거죠?"

"흠, 일단은 그 여자가 내 위성의 암호를 빼내갔고," 행크 박사가 말했다. "다른 설계도가 있는데 그게 좀 가치가 나갈 수도 있거든. 예를 들면 테이저 건 같은 거 말이야. 그리고 그 전기뱀장어를 배터리에 적용시키는 게 완전히 효용가치가 없다는 말은 아니야. 아무렴. 내 생각에 이 거대 전기뱀장어가 에너지를 축적시키는 방법도 우리가 연구해 볼 것이 아주 무궁무진해. 그러니 여전히 적용해 볼 방법은 많는 의미지."

"그렇지만요?"

"그렇지만 한 가지 다른 원인도 있었지." 행크 박사가 자신의 패니 백을 뒤져서 악취제거기를 꺼내서 내게 건네주었다. "이것도, 네 아이디어 아니었니?"

보통 나는 영감이 팍팍 떠올랐던 그런 순간을 잘 기억하는 편이다. "글쎄요, 저는 잘 모르겠는데요," 내가 시인을 했다. "그랬나요?"

"물론이지," 행크 박사가 말했다. "네가 어느 날인가 그 진공 코 세척기를 만지작거리고 있다가 그런 말을 했었잖니, 가스… 같은 그런 거 배출할 때 사용하는 장치가 하나 있었으면 좋겠다고."

내가 빙그레 미소를 지었다. 내가 사용하는 방귀 같은 단어를 행크 박사는 직접 언급하는 걸 싫어한다. 어쨌든 그게 진짜 내가 냈던 아이디어였나? 나는 기억을 더듬으며 물론 내가 만든 상상 속의 인물이기는 하지만 나는 하모니카를 부는 요정에게 도움을 청했다. 그 순간의 기억이 번뜩 떠올랐다. "잠깐만요, 그때가 저희들이 부리토(옥수수 가루로 만든 또띠아에 고기·콩 등을 싼 음식*)를 막 먹고 난 직후였지요, 맞죠? 그때 제가 아주 큰 거 한 방을⋯."

"맞다, 그래, 딱 그때였어." 내가 그 단어를 말하기 전에 내 말을 끊으며 행크 박사가 말했다. "어쨌든 내 친구 중 한 사람이 그 장치에 아주 흥미를 갖고 있거든. 아마도 네가 그 사람을 기억할 수도 있어."

리무진은 서서히 속도를 줄이면서 금속 그물망 울타리 옆에 열린 출입문으로 들어섰다. 작은 비행기 이륙장이 우리들 앞에 그 모습을 드러냈다. 활주로에는 아주 근사해 보이는 개인 전용 비행기가 기다리고 있었다. 아름다우면서도 눈에 익은 개인 전용기였다. 램프가 비행기 출입문에서 바닥으로 연결되어 있었고, 한 남자가 쿠션이 있는 팔걸이의자에 앉은 채 바퀴를 굴리며 비행기에서부터 우리가 있는 쪽으로 다가오고 있었다.

"어? 행크 박사님, 저 분은 누구세요?" 내가 물었다. 내 좌석 뒤로 플렉시 유리판 칸막이가 열렸다. 모두가 앞만 쳐다보고 있었다.

"잭, 저분은 J. F. 클러터벅 씨란다." 행크 박사가 설명했다. "저분이 바로 냄새 안 나는 양말로 유명한 그 발명가란다."

"그런데 왜 저런 주행 의자를 타신 거죠?" 아바가 물었다.

"저분은 아주, 아주, 매우 게으르셔. 잭, 너도 알다시피 저분은 현재 악취와 관련한 사업을 하시잖아." 리무진이 완전히 멈췄다. "잭이 내게 영감을 주어서 그 악취 제거기를 만들어 내게 됐던 거야." 행크 박사가 설명했다. "그런데 나의 친구인 클러터벅 씨가 그 아이디어를 사는 데 관심을 보이고 있어."

앨리샤가 손바닥으로 내가 앉은 좌석을 쳤다. "천만 달러네요." 그녀가 흥분한 목소리로 소리쳤다. "잭은 그 이하로는 안 받을 거예요."

나는 절로 미소가 지어졌다. 백 만이건 이백 만이건 나는 마냥 좋았다.

# 19
# 엉망이 된
# 연구실
# 벗어나기

 그러니까 앨리샤가 말한 금액은 조금 지나친 야망이었고, 내가 예상했던 것도 과하기는 마찬가지였다. 클러터벅 씨는  금액의 백지 수표를 나에게 써 주려고 그곳에 왔던 것은 아니었다. 그렇지만 앨리샤는 그 억만 장자를 대상으로 그녀만의 협상 기술을 십분 발휘했고, 덕분에 클러터벅 씨가 악취제거기의 지적재산권에 대한 대가로 행크 박사와 나에게 상당한 금액을 주기로 합의했다. 우리들의 각종 공과금, 내년 아파트 월세 등을 해결할 만큼 충분한 금액이었다. 그리고 클러터벅 씨는 만약 자신의 기술자들이 그 기기를 마음에 들어 해서 제품으로 판매하게 된다면, 그 수익금도 우리 몫을 인정해 주겠다는 말도 덧붙였다.

그건 정말 너무 기쁜 소식이었다. 그러나 나쁜 소식은 그가 집으로 돌아가는 우리를 자신의 전용기에 태워주지 않았다는 사실이다. 그는 플로리아노폴리스(Florianopolis)—도나 마리아가 언급했던 바로 그 섬—으로 휴가를 가는 도중이었다고 한다. 행크 박사가 훔볼트 호에서 이메일을 보냈을 때, 그는 우연히도 남미로 가는 비행기에 있었고, 그래서 그는 연료 보충을 위해 마나우스에 들렀던 것이다. 우리의 협상이 끝났을 때, 나는 클러터벅 씨에게 혹시 우리도 그와 함께 섬으로 휴가를 따라갈 수 있는지 물어보았다.

안타깝게도 그는 그냥 웃기만 했다.

우리는 그 다음 며칠을 호텔에서 지내며 우림에서 지쳤던 몸을 다시 회복했다. 행크 박사 덕분에 훨씬 좋은 호텔에서 머물 수 있었고 페드로와 앨리샤와 함께 시내 관광도 했다. 페드로는 다니다가 사람들이 알아보고 셀카를 함께 찍자며 멈춰 세울까 봐서 줄곧 모자를 깊이 눌러쓰고 다녔다. 우리에게는 깜짝 손님이 한 명 더 있었다. 마나우스로 돌아온 다음 날 아침, 우리는 축 늘어져서 조식을 먹으러 계단을 내려가고 있었다. 그때 호텔 정문 출입구를 걸어 들어오는 민 선생님을 봤다. 행크 박사는 그 자리에서 얼어붙었다. 두 분이 실제 사귀는지 어쩐지는 알 수 없었지만, 아마도 두 분만의 시간을 갖고 싶으실 것 같았다. 그러나 우리는 따로 그런 시간을 내드리지는 않았다. 나는 형제들을 이끌고 그녀에게 달려가서 팔로 그녀를 얼싸안았다. 민 선생님은 처음에는 마치 동상처럼 뻣뻣하게 서 있었다. 우리 중 아무도 제대로 포옹하지 못 했다. 하여튼 평소와는 다른 태도를 보였다. 그러나 이내 예전처럼 부드러운 태도로 나를 안아주고 형제들도 급하게 포옹해 주었고 행크 박사도 어색한 분위기를 풀고 뭔가를 설명하려 했다. 우리는 그 두 분을 로비에 남겨 두고 호텔 식당으로 아침을 먹으러 갔다. 그렇게 며칠을 호텔에 머물면서 치즈 빵을 엄청나게 시켜다 먹고 양말도 하루 네 번씩 갈아 신었다. 그건 갈아 신을 충분한 양말이 있었으니 그랬던 거다. 그리고 브라질을 떠날 때가 되었을 때, 앨리샤와 페드로가 우리와의 헤어짐을 너무 힘들게 받아들이지 않도록 마음을 썼다. 게다가 박사가 그들에게 휴가 때 우리를 보러 뉴욕에 오도록 비행기 표를 사 주겠다고 했다. 진심이든 아니든, 우리 모두는 곧 다시 만나자고 약속했다.

나는 일단 뉴욕에 돌아가면 곧장 우리 아파트로 가서 방문을 걸어 잠그고 한 일주일쯤, 내리 비디오 게임을 하고 싶었다. 그러나 다른 사람들이 박박 우기는 바람에 우리는 도착 즉시 공항에서 바로 박사의 연구실로 향했다. 행크 박사와 민 선생님도 우리와 함께 있었다. 민 선생님이 훌륭한 청소 팀을 고용해서 치웠다고 했는데도 행크 박사는 그토록 아끼던 연구실의 모습이 어떨지 잔뜩 긴장했다. 뿐만 아니라 민 선생님은 바비와 거래를 해서 보상책을 마련하게 했다. 박사의 연구실을 파괴한 대가로 바비에게 연구실 청소 비용을 물리고 우리들의 교육을 위해 상당한 금액을 신탁 계정의 형태로 예치하도록 했다. 행크 박사도 그렇게 처리하고 그를 법적으로 고발하지 않는 쪽에 동의했다.

우리를 태운 차는 도로 끝에 우리를 내려 주었고 우리는 행크 박사를 따라 대형 쓰레기통이 있는 곳으로 갔다. 박사님이 버튼을 막 누르려는 참에 대형 쓰레기통의 뚜껑이 열렸다.

그곳에는 남자 한 명과 여자 한 명이 있었다.

우리 다섯 명은 거의 펄쩍 뛰다시피 뒷걸음질치며 물러섰다.

턱수염을 기른 남자는 크고 둥근 눈을 갖고 있었다. 그가 입은 하와이안 셔츠 주머니 밖으로 몇 자루의 펜이 삐져나와 있었다. 여성은 아주 창백한 피부를 가졌고 얄팍한 안경을 쓰고 뿌리 쪽이 검은색 머리가 있는 금발이었다. 그녀의 블라우스 뒤춤에 낡은 신문 한 장이 끼워져 있었다. 그녀는 뒤춤에 꽂힌 신문을 뽑고는 손을 내밀었다. "안녕하세요, 행크 박사님," 그녀가 말했다. "혹시 저를 기억하실는지 모르겠는데요, 저는 나사(Nasa)의 기술 사무국에서 근무하는 엘리스 크로웰입니다. 저희들이 전에 만난 적이 있지요. 여기 이분은 저의 동료, 마빈 밀러 씨입니다."

행크 박사는 쓰레기통 안쪽으로 다가가서 악수를 했다. "안녕하세요," 박사가 말했다. 박사가 그 말을 꺼냈을 때 그건 안부를 묻는 인사라기보다 질문에 가깝게 들렸다. "뭘 도와드릴까요?"

그 남자는 나를 쳐다보았고 그리고 미소를 지었다. 그의 눈은 왠지 친숙하게 느껴졌고 그의 턱수염도 그래 보였다. "앗, 비행기!" 내가 말했다.

"잭, 너 지금 무슨 말을 하고 있는 거야?" 아바가 물었다.

내가 손가락으로 그 남자를 가리키자 행크 박사가 내 손을 아래로 밀어냈다. 사람을 그렇게 손가락으로 가리키는 것은 무례한 행동이라고 말했다. "마나우스로 가는 비행기를 타셨죠, 아닌가요? 저한테 귀마개도 주셨잖아요!"

밀레가 고개를 끄덕였다. "그거 쓸 만했니?"

"네, 아주 유용했어요." 내가 말했다. 그때 우리가 나누었던 대화가 떠올랐다. "잘 이해가 안 되는데요, 그때는 말투에 강한 억양이 있으셨는데. 그래서 브라질분인 줄 알았어요."

"아니야, 난 브라질 사람이 아니야. 단지 나는 억양 흉내를 잘 낼 뿐이야." 그가 말했다.

"아일랜드 사람 억양 들어 볼래?"

"아니요, 제발 하지 마세요," 아바가 말했다. "거짓으로 억양 꾸미는 거 브라질에서 질리게 들었거든요."

"행크 박사님을 찾기가 보통 힘든 게 아니었습니다." 코웰이 쓰레기통 안쪽에서 나오면서 말했다. 매트가 그녀를 도와주기 위해 앞으로 걸어 나왔지만, 그녀는 매트의 손을 밀쳐냈다. "그리고 너희들을 따라다니는 것도 아주 어려웠단다."

아바가 살짝 고개를 돌렸다. "저희를 따라다니셨다고요?"

나는 그 여자를 보며 눈살을 약간 찡그렸다. 그날 아침 엉망이 되어 버린 연구실로 걸어 들어갔던 때가 마치 몇 년 전의 일처럼 느껴졌다. 그런데 가만 보니 그날 아침 그 여자를 본 기억이 났다. 그날 아침 연구실에서 달아나는 바비를 쫓아갔다 올 때, 그 두 사람이 맞은편 도로에 서 있었던 장면이 떠올랐다. 그들은 아이스바를 빨아먹고 있었다. 대체 그들은 얼마나 오랜 시간 우리들을 지켜보고 있었던 걸까?

밀러는 쓰레기통 안쪽에서 빠져나와서는 자신의 카키색 바지에 난 얼룩을 쳐다보며 멋쩍은 듯 어깨를 으쓱했다. "우리가 브라질에서도 한동안 너희들을 추적했거든. 그런데 도심에서 놓치고 말았지."

매트도 아바도 할 말을 잊은 표정이었다. 행크 박사는 우리들과 그 기묘한 두 사람 사이에 우두커니 서 계셨다. 그 둘은 위험한 사람들처럼은 보이지 않았다. 다만 이상할 따름이었다. 그렇지만 별로 신경이 쓰이지는 않았다. 왜냐면 행크 박사가 우리를 지켜주고 있으니 말이다.

"나사의 기술 사무국이라고 하셨나요?" 행크 박사가 말했다. "저는 들어본 적이 없는 것 같은데요."

"보통 저희는 나트(NOT)라고 하죠." 코웰이 말했다.

"일종의 비밀요원입니다." 밀레가 덧붙였다.

"그러니까 두 분이 나사 기술 사무국의 비밀요원들이란 말인가요?" 내가 물었다.

"응, 맞아." 그녀가 말했다. "그런 셈이지."

나는 터져 나오는 웃음을 애써 참았다. 나트, not… 뭐가 아니라는 말인지? 진지한 나의 천재 형제들이 그 농담을 알아들으려면 몇 분은 더 걸릴 것이다. 밀러와 코웰에게는 좀 더 시간이 필요할 것 같았다.

"스나트(SNOT)라고 해야 맞지 않나요?" 아바가 말했다.

"아니야, 우리는 나트(NOT)야." 밀러가 아바의 말을 고쳐주었다.

'맞다, 아니다.' 그렇게 몇 분은 더 말장난을 할 수 있을 것 같았는데, 그러나 행크 박사가 더는 못 참겠는지 한 마디를 했다. "스나트(SNOT)이든 나트(NOT)이든 간에, 당신들이 왜 재들을 따라다녔는지, 그리고 여기 연구실 입구 쓰레기통에서는 뭘 하고 있었는지 설명을 좀 해 주셨으면 합니다."

밀러는 답을 해 주라고 코웰을 쳐다보았다. "저희들은 여

러분들의 도움이 필요합니다." 코웰이 말했다. "나사(NASA)
가 여러분들의 도움을 원하고 있어요."

"무슨 도움이죠?" 아바가 물었다.

"여기서는 말씀을 드리기 곤란합니다." 코웰이 대답을 했
다. "이건 아주 민감한 정보인데나 또 여러분들이 이런 일종
의 비밀 파견단에 가입하는 일에 관심이 있는지도 알 수 없
어서요."

"비밀 파견단이라고요?" 매트가 물었다. "어디로 파견이
되는데요?"

"이 애들은 좀 휴식이 필요해요. 쉬어야 한단 말이죠." 민
선생님이 고집을 피웠다.

"어디든, 완전히 기막히게 특별한 그런 곳이 아니라면 별
의미 없겠죠." 아바가 말했다.

"하와이로 다시 갈 수도 있는 건가요?" 내가 물었다.

"여러분들이 어디로 가게 될지 지금 당장 말할 수는 없어
요." 밀러가 말했다. "아무튼 여기는 아닙니다."

"저기요, 미안하지만," 행크 박사가 말했다. "저 아이들과
저는 한동안은 함께 지낼 계획이거든요. 그리고 제가 여행을
간다면, 저 애들도 함께 가는 겁니다." 박사는 민 선생님을
힐끗 쳐다보았다. "여기, 제 친구도 함께 가죠."

밀러가 고개를 끄덕였다. "그건 사실 딱 좋은 상황입니다.

아시겠지만, 저희가 바라는 것은 저 아이들도 박사님과 함께 가는 겁니다. 이건 아주 평범하지 않은 임무입니다. 저희들은 한 사람, 한 사람, 아주 우수한 지능을 가진 그런 그룹이 필요합니다. 그리고 그 그룹은 한 가족인 척 연기를 하며 지낼 수 있어야 하거든요."

"그건 좀 문제가 되겠네요." 행크 박사가 말했다.

"안 되겠다는 말씀인가요?" 코웰이 물었다. "왜 안 된다는 거죠?"

행크 박사는 우리 한 사람씩과 차례로 눈을 맞췄다. "왜냐면 우리는 이미 가족이니까요."

그러고는 행크 박사는 손을 내뻗어 쓰레기통을 이동시키는 버튼을 눌렀고 좀 더 자세한 얘기를 들을 수 있게 그 과학자들을 연구실로 들어오게 했다. 나는 다른 사람들이 먼저 들어가도록 양보했다. 민 선생님은 궁금한 게 많아 보였다. 매트와 아바는 그들이 말하는 기묘한 임무가 무엇인지 나름의 가설을 세우고 있었다. 아바는 어디든 별로 다시 가고 싶은 눈치가 아니었다. 매트의 태도도 비슷할 것 같았다. 그의 대학 수업이 이제 곧 시작될 테고 아마 향후 몇 주간은 수업 준비를 하면서 보내고 싶어 할 것 같았다.

그러나 매트는 또 다른 모험에 완전히 신이 난 것 같았다. 나는 어떠하냐고? 글쎄다. 나는 좀 피곤했다. 한 마디로 진짜 지쳤다. 온몸이 욱신욱신 쑤시는 것 같았다. 발은 여전히 회복이 덜 된 상태였다. 피부 여기저기 부어올랐던 자국들도 거의 사라지지 않고 있었다. 그리고 치즈 빵을 지나치게 많이 먹었던 위장도 정상으로 돌아오려면 적어도 몇 주는 걸릴 것 같았다. 그러나 계단을 따라 연구실로 내려가면서 나는 이미 내 얼굴에 미소가 피어오르고 있음을 느꼈다. 나는 우리의 다음 모험지가 어디일지, 혹은 우리가 어떤 일을 하게 될지는 별로 관심이 없었다. 우리는 한 가족이다. 우리들은 이상하고 안 어울릴 것 같은 개인들의 조합이지만 그래도 우리는 가족이다. 나는 저 천재들이 가는 곳이라면 어디든 함께 갈 것이다.

# 정글에서 길을 잃다에 관한 12가지 궁금증

잭과 천재들 시리즈 1편, '지구의 끝, 남극에 가다'에서 소개된 남극은 아주 경이로운 장소다. 그리고 깊은 바다 밑 세계 또한 그에 못지않게 놀라운 장소고 바로 그런 이유로 2편, '깊고 어두운 바다 밑에서'에서 주인공들은 하와이로 모험을 떠났다. 3편, '정글에서 길을 잃다'의 배경인 아마존의 우림은 지구상에서 가장 아름다우면서도 과학적으로도 대단히 매력적인 장소 중 하나로 자리매김한 지역이다. 아마존 우림은 지구상에 알려진 종들의 25%를 품고 있으며 지구 표면에서 생성되는 광합성의 15%를 담당한다. 잭과 형제들이 전달하는 우림과 놀라운 생명체들에 관한 사실은 꾸며낸 이야기가 아니다. 이것은 실재하는 과학이므로 여러분들은 아마존과 천재 형제들이 사용하는 놀라운 첨단 기술 그리고 특이한 행동을 보이는 나무늘보의 행동에 관해서도 여전히 궁금증을 가질 것이다.

그래서 잭과 천재 형제들의 정글 여행에 관한 몇 가지 질문과 답변을 여기에 실었다.

## 1. 큐브 위성은 실제 존재하는가?

당연히 있다. 손에 쥘 수 있을 만큼 작은 크기로 영상 촬영, 라디오 시그널의 수신과 송출, 그리고 과학적 실험을 실행할 수 있는 기능이 있다. 2015년 '행성협회(The Planetary Society)'의 CEO, 빌(Bill)은 큐브 위성보다 약간 큰 크기의 '라이트 세일(Light Sail)'이라는 이름이 붙은 소형 우주비행체를 발사시켰고, 그 협회에서는 2018년 두 번째 모델의 발사를 계획하고 있다. 라이트 세일 위성은 솔라 세일(*Solar Sails)의 효율적 사용을 위해 고안됐다.

## 2. 솔라 세일이 뭐지?

아직까지 모르고 있었다면? 행성협회(The Planetary Society)에 가입하길! 잠시 설명을 좀 하겠다. 물 위에서는 바람 속의 공기 분자가 돛을 밀어 배가 물살을 헤치고 나가지만 우주에서 솔라 세일을 장착한 우주선은 태양에서 얻은 빛으로 우주 속을 뚫고 나간다. 빛은 우리가 '광자'라고 부르는 에너지 입자로 구성된다. 이 광자 입자들은 질량도 무게도 없지만 운동량을 갖고 있어서 솔라 세일에 부딪히면, 각 입자들이 우주선을 조금씩 앞으로 밀어내게 된다. 로켓과는 달리 솔라 세일은 연료가 바닥날 일이 없다. 언젠가는 솔라 세일이 우주선을 태양계 전체로 실어나를 날이 올 수도 있다.

### 3. 과연 어린이들도 큐브 위성을 만들 수 있을까?

답은 Yes다. 버지니아 주 알링턴의 세인트 토마스 모어 성당 학교의 초등학생들이 함께 고안하고 제작한 후, 나사(NASA)의 도움을 받아서 자신들의 큐브 위성을 발사시켰다. 물론 그 프로젝트에는 많은 수의 학생들이 함께했고 천재 형제들, 아바와 매트보다 더 많은 시간을 들여서 만들기는 했지만, 어쨌든 그들은 어린이들이 큐브 위성을 만들 수 있다는 것을 입증했다.

그들이 만든 위성 ATMSat-1호는 2016년 5월 궤도를 향해했다. 그리고 책 속에 나오는 위성, 쉐릴과 마찬가지로 ATMSat-1호도 우주 상공에서 지구의 사진을 촬영했고 그 이미지들을 지구로 전송했다.

### 4. 아마존 정글이 실제로 위기에 처해 있나?

브라질의 국립 우주 연구소(INPE)에서는 위성을 이용해서 삼림 파괴를 추적하고 벌목이나 채광, 그리고 다른 인간들의 활동이나 자연적으로 발생하는 우림지의 손실 과정을 촬영한다. 2016년 6월 말까지, 브라질 내의 아마존에서는 로드아일랜드 주의 세 배에 달하는 지역이 삼림 파괴로 사라졌다. 그러니 분명 위기의식을 가져야 한다.

실제로, 이 지구상의 모든 숲이 점차 사라지고 있다. 그것은 벌목 때문만은 아니다. 천연자원을 얻기 위한 채광, 새로운 도로 건설, 농업과 목축을 위한 땅의 경작, 물론 자연적인 변화를 포함한 이 모든 상황이 지구상에서 나무로 덮여 있던 지역들을 점차 축소시키는 데 일조하고 있다.

## 5. 이러한 결과가 기후 변화에 영향을 미치나?

상당한 영향을 미친다. 온실가스 배출이 공기를 이산화 탄소로 채우고 열기를 지구 표면 가까이에 가두어 지구 온난화를 일으킨다. 가솔린을 연료로 하는 자동차나 트럭보다 온실 가스 배출이 삼림 파괴에 더 많은 영향을 끼치고 있다. 우리는 자연적인 과정으로 삼림이 축소되는 것을 막을 수는 없다. 그러나 우리는 삼림 파괴와 맞서 싸우는 조직들을 지지함으로써 인간들이 나무로 덮인 지구의 풍경을 무분별하게 파괴하는 것을 막을 수도 있다.

## 6. 잭과 형제들이 한 것처럼 실제 과학자들이 인공위성을 사용해서 열대 우림 관찰을 하고 있나?

브라질의 국립우주연구소(INPE) 같은 정부 부처들 외에도 과학자나 개인 시민들도 열대 우림 문제에 관심을 기울이고 있다. 플래닛(Planet)이라는 백 개 이상의 소형 위성들을 운용하는 회사는 충분한 수의 우주선을 궤도에 올려서 최소한 하루 한 번 이상은 지구 곳곳의 이미지를 촬영할 수 있기를 희망하고 있다. 다른 무엇보다도 이 이미지들은 정부나 조직들이 아마존 우림 내에서 발생하는 불법 벌목이나 삼림파괴 작업을 발견하는 데 도움을 준다. 그 회사는 현재 사람들이 스캔할 수 있는 것보다 더 많은 이미지를 생성해 내고 있으며, 또한 대회를 개최해서 소프트웨어 개발자들이 지구 지형의 변화를 자동적으로 찾아내는 프로그램을 고안하도록 독려하고 있다. 아마도 아바와 매트가 이 대회에 출전할지도 모르겠다.

## 7. 잭은 위성 쉐릴을 이용해서 인터넷 서핑을 한다. 큐브 위성을 이용해서 인터넷 접속이 가능한가?

나는 이 지구상의 모든 사람들이 청정한 식수, 깨끗하고도 재생 가능한 전기 자원, 그리고 필터링 되지 않은 무제한적 정보, 이 세 가지에 대한 접근성을 누릴 수 있기를 바란다.

여기서 말하는 정보는 인터넷인데, 오늘날 세계 인구의 절반은 아직도 믿을 만한 초고속 인터넷에 접속을 못하고 있는 실정이다. 지구 어디에서든 정보에 접속하는 것은 아주 필수적인 일이다. 여러분이 세계 어디에 있건 책 속에서 잭이 했던 것처럼 인터넷 접속이 가능해야 한다. 다행스럽게도 많은 사람들이 그 일을 실현시키기 위한 작업을 하고 있으므로 인터넷 접속을 위해서 잭처럼 턱없이 높은 나무에 올라갈 필요는 없을 것이다. 예를 들어, 원웹(OneWeb)이라는 회사는 전 세계의 인터넷 접속을 가능하게 만들기 위해 2027년까지 9백 여 개의 인공위성 발사를 계획하고 있다.

## 8. 책 전반부에 등장하는 택시 운전사가 비행기를 만든 사람은 라이트 형제가 아니라 브라질의 아우베르투 산투스-두몽이라고 우긴다. 그는 어떤 인물일까?

부유한 커피 생산 가문의 아들로 태어난 산투스-두몽은 항공 역사에서 중요한 인물이다. 그는 처음으로 열기구와 소형비행선을 만들었다. 그는 파리에서 공부하며 생활했는데 자신의 아파트 밖의 가로등에 비행선을 정박시켜 놓고는 마치 자신의 개인 전용 택시처럼 그걸 타고 도심 상공을 날아다녔다고 한다. 그러나 비행기 형태의 항공기를 이용한 그의 최초의 비행은 공식적으로는 1906년이었다. 그건 1903년

라이트 형제가 역사적인 비행을 성공시켰던 때부터 몇 년이 지난 시점이었고, 그 이후 그들이 또 다른 비행을 성공적으로 완수한 시점도 1906년 이전이었다. 이것이 일반적인 해석이다. 그러나 부디 이를 두고 브라질 사람과 말싸움은 벌이지 말기를 조언한다.

## 9. 현실에도 벳시는 존재하는가?

책 속에 나오는 와이어, 벳시는 실질적으로 존재하는 동력로프 등반기(APA:Atlas Powered Ascender)라는 장비를 근거로 만든 것인데, 그 장비는 30초 만에 두 사람을 30층짜리 건물 높이까지 끌어올릴 수 있다. 매사추세츠 공과대학교의 젊은 이들에 의해 발명된 그 장비는 무게가 10킬로그램에 달하므로 실질적으로는 아바가 혼자서 그걸 둘러메고 정글로 들어가는 것은 쉽지 않은 일이다. 게다가 손목 장착용 석궁 같은 특성은 갖고 있지 않다. 그러나 책의 공동 저자인 그레그가 자신의 아파트 내에서 재미삼아 그런 장비를 만들었다는 한 남자와 인터뷰를 한 적이 있었다. 우리는 거기서 아이디어를 얻어서 책 속에서 아바가 만든 벳시에 그런 기능을 추가 시켰다.

## 10. 나무늘보는 왜 일주일에 한 번씩 바닥으로 내려와 볼일을 볼까?

가장 중요한 질문일 수도 있다. 과학자들도 이 문제에 대해서는 수년째 속 시원한 답을 못 내놓고 있다. 일부 과학자들은 그게 나무에 도움을 주기 때문이라고 추정하기도 하고 또 그런 행위를 통해 나무늘보가 서로 어울릴 수 있는 기회를 갖는 것이라는 의견도 있다. 가령, "어이, 친구, 이따가 세 시간 후에 숲 바닥으로 내려가는 거야, 알겠지? 그때 만나자." 이런 식으로 말이다.

최근에 위스콘신-매디슨 대학교의 한 포유류 생태학 팀은 개연성 있는 설명을 찾기 위해 두발가락 나무늘보 14마리를 연구했다. 그들이 발견한 것은 나무늘보들이 나무에서 바닥으로 내려와 배설물을 떨어뜨릴 때, 털 속에 살던 나방이 빠져나와 배설물에다 알을 낳는다는 것이다. 보통 이 시점에 여기저기 흩어져 있던 이전 배설물 속에 있던 나방들이 알을 깨고 나오고, 갓 태어난 나방들이 날아올라 나무늘보의 털 사이로 숨어든다. 이것이 나무늘보의 게으름과 무슨 관련이 있을까? 연구원들은 나방이 나무늘보의 털 속에 있는 원생생물의 성장을 촉진시키고 이 원생생물들이 나무 늘보의 느린 동작에 관여하는 영양소의 주요 원천이라는 사실을 발견했다. 이로써 이 원생생물들이 나무늘보의 좋은 간식거리라는 사실이 입증됐다.

물론 책 속에서 잭과 천재들이 마주쳤거나 공포에 떨었던 놀라운 생명체 중에는 나무늘보만 있는 것은 아니다. 보토스, 브라질산 큰귀 박쥐, 골든 랜스 헤드 바이퍼 뱀, 피라냐, 재규어, 카이만 도마뱀, 그리고 온갖 종류의 곤충들….그 모든 생명체에 대한 세부적인 사항을 적는다면 또 다른 책 한 권이 더 필요할 것 같다. 그래서 대신 아이디어를 하나 내겠다. 여러분이 직접 조사해 보고 확인해 보면 어떨까? 혹시 관심이 폭발해서 우림으로 여행을 갈 수도 있고, 또 어느 날 새로운 종을 여러분이 직접 발견할지 누가 알겠는가?

## 11. 여기서 잠깐. 그렇다면 나무늘보의 털 속에는 단지 딱정벌레뿐만이 아니라 나방도 산다는 것인가?

맞다. 게다가 박테리아, 곰팡이 그리고 다른 생명체들도 함께 기생한다. 다양한 생명체들이 나무늘보의 털 속에서 파티를 벌이는 격이다. 우리가 초대받지 않은 것은 매우 다행스러운 일이다.

## 12. 일렉트로포러스 일렉트리커스 매그너스는 실제 존재하는 생명체인가?

아니다. 그러나 일렉트로포러스 일렉트리커스 매그너스는 전기뱀장어를 부르는 학명이다. 그리고 전기뱀장어는 실제 아마존 강바닥과 다른 지역에 서식한다. 게다가 그것들은 진짜 전기뱀장어가 아니다. 그것들은 사실 나이프피쉬(knifefish) 종이다. 어쨌든 우리는 라피엣의 루이지애나 대학의 생물학자이자 전기뱀장어 전문가인 제임스 앨버트에게 자문을 구했는데 그는 세상 모든 생명체는 전기를 발생시킨다고 했다. 물론 인간을 포함해서 말이다. "전기뱀장어가 특별한 것은 그들이 스스로 전기를 조절한다는 것이다."라고 그가 말했다. 뱀장어들은 약한 전기장을 발산해서 진흙탕 속 먹이를 찾아내기도 하고 혹은 좀 더 강력한 자기장을 만들어서 호기심 많은 과학자들을 놀라게 하기도 한다. 2017년 후반, 밴더빌트 대학교의 신경학자 켄 카타니아는 한 실험에서 있었던 일을 다음과 같이 묘사했다. 그가 물속으로 손을 뻗었을 때 수조 속에 있던 약 30센티미터 가량의 전기뱀장어가 튀어 올라와 그의 팔에 전기 충격을 가했다. 그가 받았던 충격은 그렇게까지 고통스러운 것은 아니었지만, 좀 더 큰 뱀장어라면 경찰이 쏘는 테이저 총보다 더 강력한 충격을 전할 수 있다고 추정했다.

그러니 어린이 여러분, 전기뱀장어를 절대 손으로 만지지 말길!

# 열대 우림에서 빛의 투과
## STEAM 실험

열대 우림의 놀라운 특징 중 하나는 울창한 삼림과 성장만이 전부가 아니라는 점이다. 여러분은 강둑과 언덕 근처에서 잭과 친구들이 만났던 빽빽하게 얽혀 있는 식물들이나 덤불을 찾을 수도 있다. 그러나 깊은 열대 우림이나 나무 지붕 아래의 숲 바닥은 식물이 밀집되어 있지는 않다. 왜 그럴까? 여러분이 궁금해 한다면 다행이다. 그건 모두 빛과 관련되어 있다. 식물이 잘 자라려면 햇볕이 필요한데, 나무 지붕이 있는 곳은 두터운 나무 상층부가 서로 얽혀 있어서 그 지역에 비춰지는 대부분의 햇볕을 삼켜 버려 빛이 숲 바닥까지 통과하지 못하게 된다. 여러분이 그 차이점을 직접 볼 수 있는 실험을 소개하겠다.

### 필요한 재료

씨앗(나는 양배추 씨앗에 푹 빠졌지만, 어떤 씨앗도 다 상관없다.),

화분용 영양토, 작은 화분이나 종이 컵 2개, 테이블 1개, 램프 스탠드 1개, 책 3권('잭과 천재들' 시리즈면 아주 좋을 듯), 재활용 가능한 비닐봉지

## 단계

1. 각각의 화분이나 종이컵에 영양토를 담고 씨앗을 심는다.
2. 책 3권을 비닐봉지 안에 담아서 테이블 위에 둔다.
3. 책 위로 종이컵 하나를 올려서 스탠드 아래에 둔다. 책 더미가 씨앗이 빛 가까이로 가도록 책 더미를 이동킨다.
4. 스탠드에서 컵까지 15센티미터 떨어지게 한다.
5. 남은 컵 하나(화분)는 직접적으로 스탠드 불빛을 받지 않도록 테이블 아래에 둔다.
6. 스탠드에서 컵까지 150센티미터 정도 둔다.
7. 컵 안의 흙이 축축하되 질척하지는 않게 유지한다.
8. 이제 식물이 자라는 것을 지켜보라.

약 1~2주가 지나면 빛이 만들어 내는 차이점을 보게 될 것이다. 그리고 숲 바닥에서 빛을 빼앗긴 식물들이 생존을 위한 투쟁을 할 때, 열대 우림의 나무 지붕은 왜 울창해지는지 알게 될 것이다. 이 실험을 마치고 나면 테이블 밑에 있던 식물에 빛을 쏘여 준다. 식물은 빛을 받아 잘 자랄 것이다.

**옮긴이 남길영**

숙명여대 영문과 및 동 대학원을 졸업하였고, 유명 어학원 및 대기업 그리고 정부 기관의 영어 강사로 활동했습니다. 대학에서 강의도 하고 몇 권의 어학 교재도 집필했으며 현재는 전문 번역가의 길을 가고 있습니다. 옮긴 책으로는 《교황연대기》《내 이름은 버터》《남자의 고전》《캐릭터의 탄생》《토니 스피어스》 시리즈 등이 있습니다.

# 잭과 천재들 3
## 정글에서 길을 잃다

**1판 1쇄 발행** 2020년 2월 21일
**1판 2쇄 발행** 2020년 10월 1일

빌 나이·그레고리 몬 지음 | 남길영 옮김

**발행처** 와이즈만 BOOKs　**발행인** 염만숙
**출판사업본부장** 김현정　**편집** 오성임 박종주
**디자인** 이인희　**일러스트** 일오군(15kun)
**마케팅** 김혜원 김유진

**제조국** 대한민국　**출판등록** 1998년 7월 23일 제1998-000170　**사용 연령** 8세 이상

**주소** 서울특별시 서초구 남부순환로 2219 나노빌딩 5층
**전화** 마케팅 02-2033-8987　**편집** 02-2033-8933　**팩스** 02-3474-1411
**전자우편** books@askwhy.co.kr　**홈페이지** books.askwhy.co.kr
**ISBN** 979-11-87513-94-0 44840
　　　979-11-87513-38-4 (세트)

KC마크는 이 제품이 공통안전기준에 적합하였음을 의미합니다.

※ 이 도서의 국립중앙도서관 출판시도서목록(CIP)은 서지정보유통지원시스템 홈페이지 (http://seoji.nl.go.kr)와 국가자료공동목록시스템(http://www.nl.go.kr/kolisnet) 에서 이용하실 수 있습니다.(CIP제어번호 : CIP2020000919)